Chinese New Poetry Annual Research Report 2018

中国新诗年度研究报告

2018

李 森 主编

王凌云
魏 云 执行主编
李日月

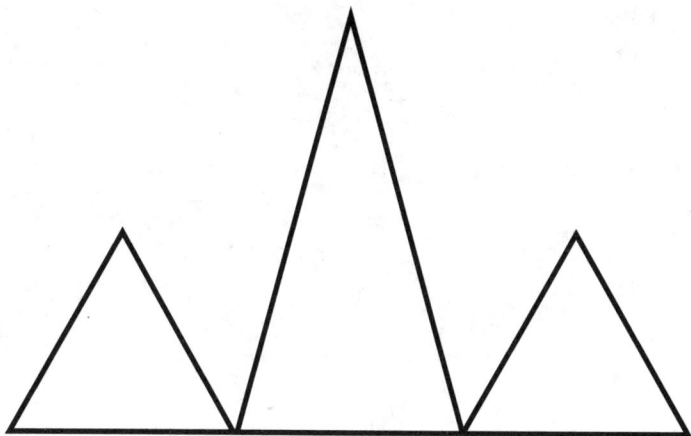

华东师范大学出版社

华东师范大学出版社六点分社 策划

目　录

论原初写作

李森 撰

1

诗歌的原初写作，是无任何遮蔽的一种纯粹的、直观的写作。但说出这句话来，是危险的。因为没有大写的、超越作品之上的"诗"那种东西，所以，必须宣布，自古以来关于"什么是诗"的命题，答案统统无效。同时取消的还有"文学是什么"、"艺术是什么"、"哲学是什么"等等命题游戏。

不过，我们还是可以说话的，逻各斯（λόγος）最早的含义就是说话或言词。只是我们不要轻易将命题游戏导向真知，在命题游戏中套出个什么形而上学的"本质"来。

2

既然没有大写的、超越具体诗歌的诗——没有理念的诗，那么，我们可以说，诗是语言漂移中生成的有生命气蕴的诗意。维特根斯坦说："哲学不是一种理论，而是一种行动。"我说，诗也不是一种理论，而是语言的一种漂移迁流。米利都学派的阿那克西曼德说："万物的本原是无限者。"无限者（ἄπειρον）音译"阿派朗"，是没有限界、没有限制、没有规定和性质的东西。

诗也是"阿派朗",是一种在语言漂移行动中生发的诗意生命,一种气韵生动、纯自由开显的形象或形式。

3

所谓原初写作,只能是一个假设。"原初写作"这个假设是必要的。因为我们一旦言说,就被投掷到语言之中,成为语言漂移迁流的生命符码。是故,我们有必要从理论方面,即从一个概念来谈论诗歌写作——可我们必须清楚,就艺术而言,凡是用理论去谈论的东西,都是可疑的;但是,我们的确需要提出一个概念,即建构一个理论的出发点去谈论诗歌写作,以使我有话可说——沉默会使语言的漂移处于凝固或停滞状态;只要还没有被理论伤害到病入膏肓的人士都将明白,我们言说的目的,是在说的过场中,将包括出发点的概念在内的所有封闭性的、狂妄自大的概念系统清洗干净。包括文学史书写中那些爱—恨—情—仇式,传统—现代式……的江湖术数,包括庙堂的"岳不群团队",江湖的"余沧海帮会"等等。

4

诗歌写作活动已经被知识、文化、审美、诗歌运动、文学史书写、集体或个人的写作狂想症、各种写作技术等范畴挤压得面目全非。这些范畴要么"参与"写作,要么"渗透"写作,要么"互文"写作,要么对写作实施"影响的焦虑"等等,各种写作知识、理论、审美模式,总是以反客为主的强大魔力,将纯粹诗意创造涂抹、扭曲甚至摧毁。

原初写作是一种写作行动,不是一种花样翻新的写作理论。原初写作的行动一旦开始,所有凝固不变的写作理论、复制诗意的写作生产线即刻土崩瓦解。

诗歌的原初写作作为行动，不仅需要去概念化，而且要去巫术化。

5

原初的诗歌写作源于生命自由自在的体验；源于语言自身对世界纯洁无瑕的初次虚构与创造。原初写作真的是这种说法的写作吗？对于玩理论的人，或者执迷于某种写作成规的人来说，这句话可以是对的，也可以是错。因为这句话离纯粹而可信的诗歌行动仍然很遥远。

原初写作所创作的纯粹艺术作品，是让所有理论失语的作品；相反，那些三流以下的作品，都是为理论阐释而创作的。越糟糕的作品，越有被阐释的可能性。因此，在原初写作的语言漂移行动面前，阐释者陷入了阐释无效的困境。除非，阐释变成创作行动，与原初写作的诗意创造同时处于的语言漂移滚荡的时刻。

6

理论的归纳或演绎，与艺术创作无关。如果某种诗歌写作事先设定了诗歌的观念或范式，那么，原初写作的行动是一种"非诗"的语言漂移行动；同样，如果诗歌理论是事先设定的，那么，原初写作的说法也是"非理论"的。当然，应该指出，作为语言漂移行动的原初写作，没有辩证法意义上的逻辑对立面。"诗"与"非诗"不是它讨论的范畴或追求的写作目标。

一个好作品完成的同时，"诗—非诗"、"理论—非理论"都已经退场。

诗到达，诗学退场。原初之诗开显，知识之诗退场。

7

诗歌理论的制造，是魔鬼对人的惩罚方式之一。

心灵结构的牢笼，以及语言自身之被利用，使原初诗歌的写作行动变得举步维艰。

柏拉图洞穴中的那群被缚的人，都跑出来经营诗歌，或搞起理论来了。

8

原初写作的言词、诗意是"无端"生发的，正如李义山《锦瑟》诗云："锦瑟无端五十弦，一弦一柱思华年。"无端的"风雅颂"，无端的"赋比兴"。"曾省惊眠闻雨过，不知迷路为花开。"（《中元作》）"曾是寂寥金烬暗，断无消息石榴红。"（《无题·凤尾香罗薄几重》）

原初写作不分庙堂民间，唯纯粹直观的好诗是举。张打油的《咏雪》，即是原初之诗：

> 江上一笼统，井上黑窟窿。
> 黄狗身上白，白狗身上肿。

《诗经·小雅·采薇》中最后一阕，是原初写作之典范：

> 昔我往矣，杨柳依依。
> 今我来思，雨雪霏霏。

行道迟迟，载渴载饥。

我心伤悲，莫知我哀。

9

对原初诗歌写作的出发点而言，无论心灵结构纯粹的语言发现，还是语言描绘的心灵结构图画，除了语言漂移的迷离风咏，里面空无一物。当然，我们也可以说，心灵结构即是语言结构，或者反过来说，语言结构即是心灵结构。心灵结构与语言结构，两个"深渊"相互吸引、漂移而重合为一。犹如雁南雁北，翅膀即阴影，阴影即翅膀，两个漂移的形象同时滑翔而为一。

的确，我们可以用"深渊"作个比喻，心灵结构或语言结构的比喻。就诗歌写作而言，其实只有一个深渊：语言的深渊。因为可知的心灵结构，即语言；而可知的语言，也就是可以洞明的心灵结构图景。除此之外，我们一无所知。诗既非先知，亦非后知。因此，原初写作的可能性与否，只能在语言中来讨论，在语言被激活的时刻才能洞见。

语言和人相互呼唤。当他们在诗中相遇，崭新的世界或被创造出来。

10

既然有原初写作的观察点，就有非原初写作的观察点。我们姑且将原初写作称为纯粹写作或直观写作，而将非原初写作称为知障写作或者谋划写作。原初写作既可以发生在写作观念、审美观念生成之前，也可以发生在破除了任何观念控制的写作形式之后。

原初写作的语言横空出世。鹰隼出尘，混沌自开；天光乍现，清霜满地。

相对于原初写作而言，价值观写作、审美模式写作、奖状写作、学院派写作、流派写作、利益集团写作、代际写作（比如"70后"）、某个阶层的写作（比如"打工诗"）、某个行业的写作、乡村写作、城市写作等等，统统都可以划入非原初写作的范畴。

有关写作谎言的制造，遮蔽了可信的写作行动。我们只看见写作利益链的打造和经营，只看见谋划或策略、算计或利用，而看不见对写作活动的敬畏和尊重。

很多诗人都在处心积虑地为"文学史书写"而写作。具体表现在：为无知的文学史家们准备好文学运动材料，编造好说法，制造好概念，准备好奖状，编辑好大型出版物等。

所有营销式写作都与原初写作无关。

三流的文学史家是不读作品的，他们无需训练对卓越作品的判断力，因为他们认为的文学研究，即是文学社会学、文学辩证法、文学概念系统的研究。

11

如果将原初写作作为考察作品的理论视点，那么，它只面向每一个具体的作品；一个具体的作品，既是考察的出发点，也是考察的落脚点。

具体作品是理论视点考察的尺度和界限。就诗歌或一切艺术而言，只有具体的作品，而没有普遍的、整体的、类型的作品。

人们一旦将一种写作引申为"普遍的"写作，艺术就随之消失，或瞬间退化为理论。以普遍的理论来谈论具体作品的行为，是形而上学家们虚构世界的一种方式，而非诗或艺术之想象力自由自在地生成心灵图景的方式。

12

韩东说："诗到语言为止。"我说："诗到语言漂移为止。"或者进一步说："诗到语言漂移着的音声形色为止。"诸如此类的命题，多说几个无妨。所有理论性质的命题判断，都是无话找话说。命题供养着理论家。通常，理论家视命题为真。假命题和真命题相互绑架，合谋编织语言的牢笼。

说到底，鲜活的诗、动词的诗与各种命题都无关。制造命题是无聊的。比如哲学，就是命题的扯淡。但言说还是必要的。所谓漂移着的音声形色，或为自由的、正在开显着的形象，或为一种纯净无蔽的开显形式；诗意的音声形色，是漂移迁流、敞亮的语言符码、生命符咒。诗意的音声形色，或开显于在任何语义生成之前，或寂灭于语义灰烬熄灭吹散之后。

臧棣说："诗的形式，说到底，是人们愿意采用什么样的方式看待感觉的对象：它可能是自然事物，也可能是人世纷争；所以，在本质上，诗的形式是基于生命感觉的一种给予能力。它是活的，它不是套路，尤其不可简单地归结为语言是否需要押韵。诗的形式，考验的是我们能否奇妙地理解事物的那种能力。所以，对诗而言，追求形式即自觉于我们有责任精湛地表达我们的生命感受。换句话说，对诗而言，形式的本质就是表达是否精湛。"

我说："诗歌的形式，即诗歌语言漂移迁流的形式本身。"每一首好诗，不但其诗意充盈，且形式自足、完美。形式和诗意融为一体。不可将形式与内容等二元对立面分开来讨论，否则将陷入理论圈套。

13

语言精湛地表达生命感受，是原初诗歌写作可能生成的路径之一。但也必须指出，理论的观察无非是在事物或诗歌旁边滑翔的一种逻辑游戏。它永远不可抵达诗歌（艺术）。所有理论的经营，都会将诗歌弄脏；一种既定的诗歌形象或形式，也会将原初的诗歌写作行动弄脏。这句话反过来说也是成立的，即被诗化了的诗歌（艺术），也会将纯粹的形象、原创的理论弄脏。

在纯粹、直观的诗歌作品中，理论与创作是一回事。理论即创作，创作即理论。好诗如一株空谷幽兰，它完美、自足、直观地开显在眼前。美或不美，高贵或卑贱，都与它无关。

一种大众式的、集体式的审美，通常都会被弄脏了的理论或形象推演着、繁衍着，也在编织着心灵结构的牢笼。当然，你也可以说，就诗歌创作行动而言，空洞的诗歌理论和空洞的诗美形象，本来就是牢笼。

14

形象是语言的形象，而非事物的形象。任何形象在被激活之前，都是非诗的。太白《菩萨蛮》词云："平林漠漠烟如织。寒山一带伤心碧。""平林"、"寒山"、"伤心碧"等就是被激活的形象。辛稼轩《贺新郎》词云："我见青山多妩媚，料青山、见我应如是。情与貌，略相似。"词人的"情"与青山的"貌"在对观的时刻被激活成诗，妙不可言者，到此为止。

任何被激活的形象，若能漂移进入无污无蔽的纯粹敞亮之境，即可能生发出原初写作的精妙诗意。兰波著名的《童年》组诗中有一个句子："我是圣徒，跪在露台上祈祷，——就像那些太平洋野兽吃着草直到巴勒斯坦海。""圣徒"与"野兽",两种绝然不同的生命形象,通过比喻的漂移碰触,生成了全新的诗意,刷新了诗意的形象。这就是天才之诗,一种原初写作的诗歌。

华莱士·史蒂文斯《玻璃水杯》中有一个句子:

> 玻璃杯立在中心。光
> 是下山喝水的狮子。

15

"诗—非诗"是一个对立的辩证关系。"诗"既不是恒定不变的"诗道",肯定也不是"非诗"。这里可以有一种新说法出现:如果诗歌的原初写作有赖于纯净无蔽的精妙诗意生成,那么这种可信的诗意必然生成于"非诗意"的推动力。以既定的诗意为诗,是原初写作的大忌;以既定的诗意为诗,是诗意的复制、诗的生产。绝大多数诗歌的写作,是诗歌生产。

的确,"诗—非诗"这对辩证关系里有个缝隙可钻——崭新的诗意在"诗—非诗"的张力磨砺时刻生成。但这只是一种辩证法的游戏。这个缝隙里是否能生成原初的诗意,则不得而知。

我们可以引经据典地论证辩证法管用,以表明诗歌的理论真实可靠。比如,我们可以列举老子《道德经》为例,《道德经》第二章云:"天下皆知美之为美,斯恶已;皆知善之为善,斯不善矣。有无相生,难易相成,长短相形,高下相盈,音声相和,前后相随,恒也。"老子的辩证法二元结构,讲的是"道"的存在。可是,原初诗意的生成并非"道"的生成。因为,诗既不是哲学,也不是辩证法的方法。如果我们能讲清楚诗意是什么,那就能讲清楚通往诗意生成之路在哪里。可事实上,这种理论或方法的妄想从未实现过。

靠辩证法逻辑写作，不可能生成原初的诗意。

16

原初诗意的表达与命题式的表达南辕北辙。命题表达建构语义或消解语义，而原初诗意的表达与任何命题表达式无关。将语义（意义与非意义）系统视为诗的内涵，那就将诗降低到了逻辑层面，导向知识或观念。逻辑系统冠冕堂皇地虚构世界，在这一点上，它似乎与诗的创造异曲同工，但事实上，逻辑系统要获取的是知识而不是诗。有时候，严密的逻辑系统构建，恰恰制造的是假知识。逻辑是一种工具，但常常反客为主。因此，就原初写作而言，诗歌理论总是欺世盗名。

17

原初诗意作为一种音声形色的无蔽开显，它既不在世界之外，也不在世界之内，它也不会一成不变地存在于语言之中。它在语言漂移迁流的时刻生成，它的生成是"一元"的。只有"一元"的开显、呈现，才能做到"纯粹直观"的开显、呈现。

"一元"浑然天成，自足、自在、自为。诗是一。诗是圆的。诗就是诗的不二法门。

当这个"一元"的诗歌生成的时刻，附着在"主—客"、"词—物"、"形而上—形而下"、"形式—内容"、"真—假"、"美—丑"、"善—恶"中的语义、观念系统都要退避三舍。

原初诗意在创作与阅读时刻的来临，来无所来，去无所去，如来如去，如去如来。《金刚经》偈语云："一切有为法。如梦幻泡影。如露亦如电。应作如是观。"

18

托马斯·特朗斯特罗姆《解散的集会》第三阕：

教堂里，乞讨的碗
从地上将自己托起，
沿着一排排椅子走动。

第五阕：

梦游者尼古德摩走在通往
地址的路上。谁有地址？
不知道。但我们朝那里走着。

这类诗符合"原初写作"的真意。没有叙述目标，不利用
语言，不按诗意生成的套路抒情达意。自然（物）、现实（世
界）、人（诗人、读者）、语言（书写者自身），都在无诗、无为
的原初"位点"上自在漂移着，不轻浮，也不下坠。也就是说，
原初写作不媚诗、不卖弄诗、不利用诗，并与伪诗、伪理论划清
界限。

2019 年 4 月 7 日于燕庐

分道而行：2018年中国新诗写作概观

一行　执笔

　　诗，关乎语言的更新与生长，也关乎文明的气运与走向。中国新诗作为现代中国的历史处境和生命经验的结晶或提炼物，始终与现代汉语和中国现代文明的命运息息相通。"观风俗者必先观诗"——通过对一个时代的诗歌进行总体观照，我们既可以理解这个时代的困境和要求，又能对其中的制度、人性和语言状况进行透视，并据此反思文明在这一时代上升或没落的可能性。在本文中，我们将对2018年中国当代新诗写作状况进行一个概观性的描述和分析，并据此对21世纪以来中国当代新诗的主要趋势、成就与问题展开审慎的理解和评判。尽管这离我们最近的一年的诗歌状况只是百年新诗历史地层的最上面一层，但它却是此前历史的汇聚物，并以全息方式浓缩着所有的时间。我们不妨将这一时间切片当成一块目镜镜片——对"当下"进行凝视的视线，总是穿越了当下，进行着对过去的回观和对未来的眺望。

　　从更具体的目标来说，对2018年的诗歌写作状况进行批评性的考察，既是为了显示今天的诗歌现场中那些最活跃的作者，彰显他们在这一年中的写作实绩，让更多的人关注这些作者；同时，也是在绘制一张地图，为那些正在写诗和想要写诗的人提供各条诗歌道路的指示牌和定位坐标系。中国当代新诗呈现出极为多样的诗学理念、写作方式和风格面貌，因而在描述和分析时需要选取恰当的问题意识和分类学视角，才可能绘制出这样一张地图。本文选取的几个主要问题和视角分别是：文化立场、语言技艺特征（写作方法论）、诗歌体裁和代际关系。为了避免将考察完全变成一连串人名和作品的列举，本文会将重点放在对不同诗歌道路的分歧所蕴含的诗学问题的讨论上，而非对具体人物的品评上。当然，必要的列举和评点仍不可缺少，但我们将只列出那些较为重要的人物和作品，正如地图只标明那些关键建筑物或地标的名称。以对不同诗歌道路的梳理为主，我们就能大体上看清当代新诗中那些较为清晰和要紧的线索，同时也能看清各种诗歌道路是在哪些地方产生了分歧、冲突和交错的。当代诗人如同走在"多向通道"之中的行路者，虽然呼吸着同一片历史性的空气，但他们各自选择的方向、出口和行路方式判然有别，决定着各自诗歌的前景，并汇合为中国新诗的未来走向。另外，由于任何一种有意义的考察都必然携带着自身的立场、态度和方法论依据，这种后设的立场、态度和方法使得考察能超出单纯的事实罗列和描述，而具有判断的力度和理解的深度。因而，在本文最后一部分，我们还将对自身所持有的诗学立场和方法作一个补充性的说明，将我们的"看"所依据的"视点-位置"本身交待出来。

一、立场的分歧：保守主义、民主诗学与文学自律

　　成熟诗人与不成熟的诗人的一个重要区别，在于成熟诗人的写作是依托于一套稳定、完整的世界观、诗学理念和方法论的。而在诗人的世界观之中，文化立场又是最为关键的要素。在今天，所有的重要诗人都具有自身的文化立场：文化立场不仅决定着诗人在诗中试图表达或呈现的观念和经验内容，而且也决定着其采用何种写作方法，并最终决定着其诗歌的整体风格、气质或面貌。作为诗作中隐含的精神信念，诗人的文化立场是其诗歌力

量的主要来源之一，因为读者总是热爱那些坚定和彻底的事物。成熟诗人对自身文化立场的显示，有时是直接而明确的，有时则是隐晦、暗示性的。即使是那些反对在诗歌中承载某种道德观念的诗人，他们的写作也是某种文化立场的产物（比如强调"诗歌纯粹性"和"文学自律"的立场）。

　　进入 21 世纪以来，中国当代新诗的一个重要现象是"保守主义新诗"的兴起。2018 年，陈先发、胡弦和汤养宗这三位带有不同程度的保守主义倾向的诗人获得"鲁迅文学奖"，成为了对"保守主义新诗勃兴"的又一个注脚。"保守主义新诗"这个命名看上去是一种悖谬，因为"新诗"原本是中国现代性（新文化运动）的产物，它似乎与"保守主义"在本性上是相反的。从新诗诞生之日起，绝大多数中国现代诗人都是现代文明及其基本价值的支持者和捍卫者。然而，近十几年来，"保守主义"作为一种文化立场，成为了越来越多的新诗作者的精神决定和皈依之所。这一现象当然与政治哲学意义上的保守主义有着深刻关联，并且在很大程度上是后者在文化和文学领域的一种投射物。但我们在此不准备讨论政治哲学意义上的"保守主义"——围绕它的研究和论辩实在是太多了（例如亨廷顿的著名论文《作为一种意识形态的保守主义》），无须再行置喙。今天在中国新诗中弥漫的保守主义气息，固然与 21 世纪以来"全球右转"和"共识政治瓦解，身份政治复兴"的大势有关，但具体到中国当下的文化场域中，其缘由还需要更为精确的说明。

　　中国当代的保守主义诗歌，其直接先驱是上世纪八九十年代的浪漫主义诗歌。作为现代世界中的"反现代性"思潮，浪漫主义及其现代派后裔始终对现代文明的理念和现实持怀疑甚至否定态度；而这种"浪漫-现代"的"审美现代性"进入中国后，产生出了以想象和现实中的"土地"、"河流"与"村庄"为讴歌对象的乡土抒情诗和祖国颂诗。不过，在 20 世纪，许多秉持

"审美现代性"立场的中国抒情诗人对现代文明的质疑仍然是不彻底的，多少有些三心二意和犹豫不定，比如海子在质问"土地死去了，用欲望能替代他吗"（《太阳·土地篇》）的同时，对现代的"自由"和"平等"理念并无明确反对。海子用"元素"和"实体"来超越现代主观性的诗学理念，更像是荷尔德林诗学在中国的变体，这种诗学认为，"自由"理念必须显身为"神性之美"。浪漫主义本身是从"自由"理念中推导出来的，因而在根底上仍然是现代性的一部分，它作为内置于现代性之中的否定性或"反题"（与启蒙运动的"正题"相对），构成了现代性的逻辑环节之一。而保守主义立场与浪漫主义的最大区别，就在于保守主义对现代文明的批判是更彻底的，它试图用古典的"德性-共同体"理念来取代和否定"自由-个体"理念。

中国新诗中的一脉从浪漫主义向保守主义的诗学转型，大体发生在世纪之交。从 20 世纪进入 21 世纪，中国的社会现实、观念氛围和思想状况出现了巨大而深远的变化。以"城镇化"和"城市化"运动为标志的现代性扩张，造成了中国乡村古老的宗法共同体的进一步解体，同时也造成了对于乡村自然生态和文化生态的破坏。一些对乡村生活具有深切记忆，并眷恋着自然山水和宗族伦理的诗人，开始自发地在诗中哭诉和抵制现代性对乡村的摧毁；而当他们通过阅读各种经典和文献，成长为秉持中国古典思想或深受西方反现代性思潮影响的保守主义者时，他们的诗歌就变得自觉和有理据了。保守主义新诗的兴起，暗中呼应着思想界的保守主义转向（刘小枫、甘阳和大陆新儒家），并与近年来由官方主导的"传统文化复兴"形成了某种奇特的配合关系。潮流席卷之下，许多昔日拥抱"现代"或"后现代"价值观的"先锋"诗人，摇身一变成为了古典文明的"保守"者。如今，书写土地、山水和乡村的保守主义诗歌是最受各类刊物欢迎的诗歌类型，它既能出现在非官方刊物上，也能出现在官方刊物上，并且横扫所有诗歌奖项（无论是官方、民间还是学院的奖项）。

在某种意义上，保守主义新诗的大行其道，使得旧有的"官方"与"民间"、"体制"与"先锋"、"学院派"与"口语派"的划分失去了效力。另一种更有效的划分方式开始显现：这就是依据诗歌作品所显示出的文化立场或对待现代文明的态度而进行的划分。"保守主义诗歌"、"自由主义诗歌"和"左派诗歌"中都出现过许多杰出作品，它们的区别在于对现代文明、中国传统和人之本质的不同态度，并由此形成了对中国当下现实的迥异判断。保守主义诗人试图通过恢复"王道政治"、"礼乐教化"、"山水之心"和重建伦理共同体，来纠正现代性造成的灾难。这些诗人处理"当代中国经验"的方式具有普遍的相似性：现代性使人"无家可归"，使我们丧失了那些古老的、值得珍视的伦理和自然经验。

雷平阳、陈先发和杨键是中国当代最具代表性的保守主义诗人。他们的作品在精神气质上有着微妙差别：雷平阳的诗如同大野中的草木，辽阔、悲凉并渗透着云南特有的巫魅气息；陈先发的诗则如同古代国画中的草木，有着精致的笔法和高妙的玄思，携带着古风和杀意；杨键的诗像是废弃宗庙里的荒草，在现代性的寒风中向着故国的残垣断壁悲泣。雷平阳的根底是民间化了的儒家（区别于正统儒家），但混合了巫风；陈先发更近于庄禅，尽管他在《与清风书》中声称自己想要生活在"一个儒侠并举的中国"；与这两位不同，杨键是儒佛双修，试图将"王道"与"慈悲"合一。杨键作为一位"精神遗民"，诗中的主要形象是孤单、无助和无常的个体，以及荒凉、颓败的乡村。从总体上看，杨键的诗偏好从实景向空旷背景的升华，以此来言说"无常"和"空幻"，故而时常显得是在说教。陈先发则擅长于构境，以一种强力的修辞技法和玄想观念将故事或场景中的内在张力引发出来，有时会给人一种"玄虚"或"用力过猛"之感。

与杨键诗中较为类型化的"空"或陈先发诗中较为写意化的
"虚"不同，雷平阳诗歌中的细节更多、更密，也处理得更具有
实感。雷平阳善于以冷峻、凌厉的叙事方式呈现云南生活的细
部，诗中总是充满着远古巫鬼之气、古典仁义之气和今日愤懑不
平之气。在雷平阳看来，传统如同他笔下的"东林寺山茶"，并
没有枯死，而是一直以那些"在土里活着"的"偷生者"为养
料，每一年"从和尚的骨肉上／仍然绽放茶花千朵万朵"。2017
年下半年，雷平阳推出了两本新诗集《送流水》和《击壤歌》，
陈先发出版了《九章》。顾名思义，雷平阳这两部诗集是对
"水-土（壤）"或"山-水"的再次致意，陈先发则试图返回屈
原和《楚辞》所开启的那个精神传统。与此前相比，雷平阳的
新作在笔法上有意"散淡"了一些，凌厉和黑暗的锋芒得到了
更多的收敛；而陈先发则试图改变以往诗作那种过于精警、严整
的章法和句式，让诗的形态和气息朝"松弛"和"滞涩"这两
个不同方向发展。

在这三位诗人之外，仍然有一些重要的保守主义诗人。其中
最为奇特的例子是于坚。于坚近二十年来在文化和诗学立场上日
益保守主义化，但他的诗歌写作却仍然属于"口语诗"阵营。
这不能不说是一种深刻的自相矛盾。中国古典文明是以贵族和读
书人（士大夫官僚）为主导文化阶层的文明，它的根基毫无疑
问是"书写"（经史和从经史衍生的子集）。整个古典文明、古
典诗学的正宗都不可能认同"口语写作"，即使是《国风》或
《古诗十九首》这样看上去有一点"口语感"的诗作其实也早经
文人的书写加工。于坚一方面鼓吹为中国古典的"文心"招魂，
另一面又死守现代性的"口语"和"拒绝隐喻"不放，属于两
头不讨好的类型。不过，于坚自己可能也意识到了这一矛盾，他
近年来的不少诗作暗中增加了隐喻和象征的分量。他在 2018 年
发表的《周颂》一诗更是明确地回到中国古典文化的象征和隐

喻系统之中——这首诗之所以引发了很大争议（甚至是"群嘲"），就是因为人们很难想象一位以"先锋"、"口语"著称的诗人居然会写出如此"腐朽"的、完全依赖互文、典故和象征词汇的诗来。《周颂》这首保守主义的"颂圣诗"充斥着令人难以置信的、为现代诗歌所绝不允许的"大词"，堪称一个标志性的事件：那些涂满了文化符咒的古典词汇，像塌方下来的石头一样，已经把很多诗人曾经行走其上的"先锋"和"现代"的道路给堵塞了。

另一个值得谈论的例子是湖北诗人李建春。李建春在十年前仍是一位天主教诗人，但近年来转变成了一位儒家诗人，其诗歌中的文化立场也从"天主教自由主义"逐渐变成中国文化本位的"王道-仁政"的支持者。他在 2018 年出版的诗集《等待合金》的基调，正是这种儒家文化观念，与从前的《街心花园祈祷》（2000 年）志趣迥异。这种精神转变是如何发生的？可能需要结合李建春的个体经历和近年来国内思想氛围的总体变迁才能说清。用汉语写诗的人特别容易陷入到一种身份焦虑之中：作为一位中国诗人，是否就必须认同、皈依（而非只是欣赏或热爱）中国古典文明，不然就无法使自己的诗歌语言获得历史性的精神生命的支撑，进而诗歌就丧失了可信度和真实性？然而，这一问题还有另外一面：我们写诗用的是"现代汉语"，它是一种现代语言，它的可信度和真实性植根于现代生活之中。语言真实性的这两种来源中，究竟何者才是最要紧的？能够兼顾、"调和古今"当然是最理想的状态：在现代生活中寻找古典精神的存留或变体，在古典中寻找现代的先声以及能被现代人接受的部分。《等待合金》中也不乏这种试图使古典与现代达成和解、共存和共通的诗作。但总体而言，二者的冲突与不和是更主要的。在"现代"和"中国"之间摇摆、被撕裂或者倒向其中某一方，是今天的中国诗人的宿命。李建春的个案，其实是许多诗人朝向保守主义的精神转变中的一例，它清楚地表明诗人作为敏感于语言的言说者，在面对语言本身的文明属性和时间属性时所可能产生的内在的冲突和焦虑。

其他的保守主义诗人，如聂广友、胡弦、飞廉和汤养宗等人，在 2018 年也有新作问世。这些人中，胡弦比较特殊，称他为"保守主义诗人"或许并不完全恰当。胡弦的诗在文化立场上不像上述其他诗人那么面目清晰，其中的古典江南文人气质可能只是一种风格面具，而未必就是他信奉的东西。这里需要区分文化立场上的"保守主义"和诗学方法层面的"化用古典"，后者更多的是一种语言风格和修辞策略，而不是精神生命的真实信念。有不少诗人写得很有"古意"，但他们并非保守主义诗人——比如张枣和钟鸣，比如茱萸和木朵。一位偏爱在诗中化用古典的诗人，可能在本质上是自由主义诗人或左派诗人，因而判断诗人的文化立场时，更多地应注意其诗歌的实质内容而非语言的风格效果。

从 2018 年的写作现场来看，中国当代新诗中的另一个重要趋势，是"公民诗歌"的兴起。"公民诗歌"可以看成是此前的自由主义诗歌和左派诗歌的汇流，它在文化立场上刚好构成了"保守主义新诗"的对跖点。20 世纪 90 年代以来，中国当代新诗中就出现了自由主义诗歌和左派诗歌的分野。自由主义诗歌秉持"个体自主性"的理念，以写作来捍卫个体的权利和尊严；左派诗歌则坚持"社会正义"理念，在诗中讨伐资本逻辑造成的社会不公正。而在近五年来，这两种诗歌却逐渐达成了某种共识和一致，因为它们发现自己所要批判的"资本"和"权力"原本就是共生一体、互为奥援的。无论是自由主义诗学还是左派诗学，在当前的处境中都属于"民主诗学"，它们的理念基础都同样是"人的尊严"和"对公正的诉求"。王东东在其著作《1940 年代的诗歌与民主》中，首次明确地采用"民主诗学"

这一概念来指涉中国 20 世纪 40 年代新诗的具体实践；陈家坪、凌越、陈家农、刘振周、蒙晦等人的写作则在当下语境中践行了这一诗学立场。"公民诗歌"或"民主诗学"的主张，正在将越来越多的诗人召唤到其写作实践之中：它不仅可以吸纳此前的多数自由主义诗歌和左派诗歌，也可以将"打工诗歌"或"工人诗歌"包含在自身之中，还可以吸纳那些仍富于批判力量的前辈诗人的写作（如钟鸣和宋琳）。它可以看成是以往时代的"介入诗学"和"见证诗学"在新的历史情势中的重生和变形——无论世界如何变化，真正的诗歌都必定会发出一种切身的、不屈不挠的、从人的存在深处涌起的声音。

在"保守主义新诗"和"公民诗歌"之外，还有其他类型的文化立场对诗歌写作产生了实质作用。其中较有影响的一种，是现代主义以来被不少人认同的"文学自律"的立场。这一立场认为，文学是一个独立于政治和道德的自治领域，诗的本体是语言而不是价值观，因此不应成为任何实质价值观的载体，无论这是保守主义、自由主义还是左派的价值观。许多诗人相信，诗歌不是表态，也不是批判，而是对事物、世界和心智之关系的语言呈现。2018 年，各类刊物上发表的诗歌中，有一部分就属于这种"语言诗"的类型，最典型的例子是余怒的《蜗牛》系列短诗和李森的《明光河》组诗。这样一种文化立场其实是将"价值观"从诗歌中剥离掉，而将直觉和瞬间完成的语言形式感当成诗的内核。这样生成的"语言诗"，既含有从东方心智结构而来的禅意，又带着从史蒂文斯（"最高虚构"）和当代观念艺术而来的特殊感性。不过，"语言诗"真正有意思的地方，是它完全致力于一套个体语码或独门语法的创造。当诗人将这套语码或语法植入到既有的某种诗歌类型之中时，就可以暗中感染和改写这一诗歌类型。不妨以余怒为例来说明这一点。余怒一直以来都以"反古典"或"反复古"的硬核立场著称，然而其《蜗牛》系列却被许多人视为又返回到了中国古典的"山水诗"或"自然诗"传统。这其实正是余怒的高明之处：他从完全相反的方向，抵达了"山水诗"所要抵达的境界。认为《蜗牛》系列是对"山水诗"的复归，这肯定是一种不恰当的误读，余怒本人也意不在此。中国山水诗的基本图景，是一个统一、和谐、意识达到圆融的世界。而《蜗牛》在表面的圆融下面，埋下了许多地雷和地刺，许多暗藏不露的沟壑和裂缝。余怒将强指、悖谬和意识分裂的木马病毒，植入到中国山水诗的传统代码系统之中，从而寄生、操控着这个代码系统，使之往绝不可能的方向产生了变异。这是一种"分裂的山水"。由此，他以打入古典诗的代码系统之中的方式，成功加强、深化了他一以贯之的"反古典"的意图——一种伪装成古典的现代性，和对古典的更深层次的反叛。将这种伪装当成真实，就是对诗中那些不时开启的缝隙视而不见。

二、技艺的分化：语言本体、经验主义与特殊知识

中国新诗自 20 世纪 80 年代末以来，曾经发生过一个可称为"技艺自觉"的转向。不少诗人喜欢用庞德的名言"技艺是对诗人真诚性的考验"来标举自己对语言形式和方法论的重视。今天那些写得好的诗人，普遍都会承认技艺或诗歌方法论对于其写作的重要性，但是，他们对诗歌技艺的侧重点的理解是很不相同的，对于技艺与诗歌其他要素（诸如情感、精神性等等）的关系的理解更不相同。某些人强调修辞技艺，另一些人则强调语调和语气的控制；有人强调叙事方法的重要性，另一些人则更重视诗歌的分析性和观念演绎法；有人认为技艺需要与精神性相结合，还有人则认为技艺本身就是诗的精神。从诗歌技艺和语言形式的角度来说，中国当代新诗获得了空前丰富的形态，极大地拓

展了现代汉语的潜能、活力和灵敏度。

所有这些对技艺和方法的探索，都与新诗所使用的语言——现代汉语的特征紧密相关。各种不同的诗歌方法和诗歌道路，其实都根源于现代汉语朝各个方向伸展的可能性之中。就语言的变迁而言，现代汉语一方面在普通话化、官方化、网络化，另一方面也在向日常化、地方化进展；同时，从局部来说，古汉语的词汇和句式不断进入某些诗人和作家的个体语言系统中。由此，在诗歌中也开启了"书面语"与"口语"之争、"普通话"与"方言"之争、"翻译体"与"语言复古主义"之争。现代汉语的三种主要漂移方向，乃是西化（翻译体）、日常化（口语）与古汉语化（回归古典）。而这三种方向的目的地本身也在漂移，就连古汉语也在我们的诗歌写作中被不断改写。

20 世纪 90 年代以来，中国新诗在技艺上的探索主要体现为三个彼此不同、但又互相交织的命题："对语言本体的沉浸"（张枣），"叙事作为诗歌的一级概念"（1990 年代部分诗人的观点），以及"诗是一种特殊的知识"（臧棣）。从第一个命题出发，技艺被理解为对内在于语言之中的"词与物"之关系的特殊洞见和处理；从第二个命题出发，技艺乃是对经验场景和事件进行结构化处理的能力；从第三个命题出发，技艺是诗歌对世界和语言的认知能力，同时也意味着诗人如何重建诗与知识的关系。我将第一个命题称为"语言本体论诗学"的技艺观，将第二个命题称为"经验主义诗学"的技艺观，将第三个命题称为"知识诗学"的技艺观。一般来说，持第一种技艺观的诗人更强调修辞和语感，第二种技艺观则看重叙事和结构，第三种技艺观则可能分化为"神秘知识派"和"材料派"这两种类型。这三种技艺观有时会出现在同一位诗人那里，特别是那些风格跨度很大、同时写各种类型的诗或写综合类型的诗的作者。比如：臧棣的诗就既具有语言本体论的性质，又具有知识诗学的性质，有时甚至还包含经验主义的叙事场景。

语言本体论诗学最为关心的是"词与物"的关系，但在这里，"词与物"的关系并不意味着"词"与一个在语言外部的"现实之物"的关系，相反，"物"也处在语言内部，它只是作为"语言的物质性"而存在的。因此，张枣将"对语言本体的沉浸"解释为"在诗歌的程序中让语言的物质实体获得具体的空间感并将其本身作为富于诗意的质量来确立"，从这里出发，很容易推导出"诗是关于诗本身的"这一"元诗"观念。张枣诗歌中的修辞和语感，都是以"词与物"的这层关系为依托的，其中每一个词如同精心摆置的"静物"一样处在语言的房间中，并在那儿轻盈地呼吸吐纳。张枣辞世之后，这种诗学的代表人物是臧棣和朱朱。臧棣擅长在语言的空间内部"将元气转化为氛围"，并且发展出一种独有的"语言之看"："诗的写作激发了这样一种情境：一方面，我们处于语言的看之中；另一方面，语言处于它自身的看之中。"臧棣的诗学沉思录《诗道鳟燕》收集了从不同角度射出的"语言之看"的视线，它们有时是"鳟鱼"的水中之眼，有时是"燕子"的天空之眼。朱朱则更着迷于诗歌中的"主体"问题，它既指向诗的声音主体，也指向事件的伦理主体。他在精心构造的语言剧场中，总是让"自我"分裂为"海量的陌生人"（胡桑语）。这可以看成是深化了张枣诗学中主要以"我与你"的关系呈现的自我之裂变，而将此裂变进一步转换为"我"与"我之中的众多他者"的关系。在更年轻的诗人中，也有很多人学习张枣开启的这一诗学方法，比如李海鹏的《新厨师》（2018 年）、《阿肯色山区》（2017 年）不仅在诗的形式、语调、节奏方面继承自张枣，而且在人称转换方式和词的空间感方面也有着相似的精心考量。基于"词与物"之关系的修辞，类似于对一个房子进行室内景观布置，它必然是一种"整体修辞"，而不只是局部意义上的诸如比喻、通感、悖论之类的修辞手法。"整体修辞"的目的，是为了让一首诗获得形态上的恰当、平衡和精密性。

然而，这种完全处于"语言内在性"之中的诗歌技艺，固然能写出"精深世故"的诗作，却也容易产生一些在它内部难以解决的问题。首先是修辞惯性问题：当一位诗人在长期写作中形成了某种"语言空间布局"的稳定感知力和方法之后，他如何才能再次获得自我推进或突破？多数时候我们看到的是他不断复制、沿袭自己已经熟练掌握的整体修辞和布局手法，而并不愿意更新和改变自己的风格。欧阳江河近年来的写作之所以受人诟病，在很大程度上就是由于他的诗仍在二十年前自己发明的修辞套路中运行，《凤凰》（2012 年）如此，《古今相接》和《宿墨与量子男孩》（2018 年）亦如此。一种过度追求平衡和精密性的诗学理念，往往会使写作在某一点上止步不前，因为这种诗艺确立的是一种风格的"超稳定结构"，它在抵达某个高度后就很难被打破，也很难有进一步生长变化的空间。第二个问题更为重要：当诗歌将现实世界中的一切经验、事物和关联都吸纳转变为"语言内部"的关系后，语言就很快进入到自我循环的封闭性之中，它不再与现实世界产生真实的交换关系。也就是说，受"语言本体论诗学"支配的诗人容易陷入到"文本之外并无他物"和"风格即是一切"的魔障之中，陷入到一种深沉的梦境里，无法再被人、被外部发生的任何事件唤醒。掌握了"词与物"之精深技艺的诗人，会相信自己的诗中已经处理了足够复杂、丰富的经验，但他往往忽略了这些经验其实类似于梦中的经验，看起来充满曲折、应有尽有，然而仔细端详就能发现它们都是经过"风格"（梦）精心过滤的产物。"沉浸于语言本体之中"营造出的风格固然迷人，但风格也会带来深重的幻觉，让人沉溺其中不能自拔。

要打破"语言内在性"的封闭屏障，就必须使诗歌保持一

个朝向外部的开口。一种足够真实的诗歌，必须具有与语言的
"外部"产生关联的通道。这个"外部"经常被理解为"日常生
活世界"，但事实上，光是谈论"日常性"是不充分的，因为
"日常性"同样可以被吸纳到语言内部变成一种风格化的语言景
观。真正能突破"语言内在性"的，是列维纳斯意义上的"他
者"和德里达、阿兰·巴迪欧意义上的"事件"。前者意味着，
"他者"的到来是"我的语言/风格"所无法同化的东西，它没
法被吸收到诗人惯用的稳定套路之中，这是"伦理"出场并改
变语言的时刻；而"事件"与"他者"直接相关，它是任何一
种既有的语言编码方式所不能方便处理的东西，"事件"在"风
格"的边界上打孔，并瓦解、击碎这一风格整体，使人接触到
被风格屏蔽了的"实在"。"沉浸于语言本体"之中的诗人，如
果天赋和努力足够的话，会在某一刻抵达一种"从无败笔"的
写作境界（比如张枣和臧棣），这既是他们的杰出之处，也是他
们的问题所在。语言运行得太老练、熟稔，语言外部的东西就
不再能够突破进来了。我们更感兴趣的，是这些诗人的作品重新又
出现一些"生涩"、"不那么稳妥"之处的时候，就像马戏表演
者突然没有接到落下的球的时候——这并不是初学者意义上的
"辞不达意"，而是语言被事件所干扰、不得不发生改变的时刻。

　　臧棣在 2018 年写下的部分诗作中，就包含着这样的事件性
的成分。与他以往的诗作相比，这些近作中包含着远为深刻的情
感力量。他诗歌中的视线被伦理所调校，"眼睛"里不再只有一
位智者的"精深世故"，而是有了别的东西："……早晨的眼睛，
浑浊的眼睛，/噙满悲伤的反光的眼睛——/假如痛苦只想让我更
盲目地/战胜生命的虚弱，世界的虚无，/那么，来吧，哪怕是这
残酷的事实：/无边的悲伤让我更像一个人，/一个以悲伤为神秘
的无法命名的人。"（《镜子入门》）这似乎是对此前他的一句谶
语般的话的印证："诗是从永别开始的。这构成了一个秘密的启

示：对生存而言，真正的你也是从永别开始的。"（《诗道鳟燕》，2014 年）正如德里达所看到的，"永别"作为一个生存事件看上去是他者的缺场，但实际上他者是以不再存在的方式永远地进入了我们内部，成为了我们的一部分并重新塑造了我们之所是。在臧棣这里，它也重新塑造了语言之所是。

以伦理的方式，诗歌才可能保持与世界的真实接触，它让事件来到诗歌的语言之中，让诗人更像是一个活生生的人，而非只是一架修辞机器。"叙事"对于诗歌来说的重要意义也在于此，尽管"叙事"并不是唯一使语言与外部相连接的方式。以"叙事"作为主要方法的诗学，就是"经验主义诗学"：它强调人类主要是以"事"的方式遭遇世界和他人的（而不只是与"物"打交道），因而诗歌必须将力量集中到对"事"的叙述中，情感和观念都必须以叙事为依托才有具体性和真切感。当代新诗中的"经验主义谱系"，应该从 1990 年代算起。恰当的结构安排、准确的场景描述、密集的细节处理和精微的语气控制，是叙事技艺的基本功。张曙光、孙文波、吕德安、桑克、森子等人是这种经验主义诗歌的较早实践者。2018 年，我们除了读到这些诗人的新作之外，还读到了另一些重要的叙事诗作品。例如，湖南诗人路云的小长诗《父亲》在一种伦理之光的照耀下，对"父亲"进行着极为生动细致的观察和聆听，并建立起了"雪"和"父亲"之间的深层类比，"雪"的"嘎吱嘎吱"声成为了回旋在诗中的生命节奏；广东诗人刘振周的《冰库》则呈现了另一种"父亲和我"之间的关系，其中，"父亲"成为了带我进入一个"秘密空间"的引领者，这个空间让我既好奇又感到"森严"和"虚妄"，它似乎是对于"成年状态"的某种暗示。

不难看出，这些叙事诗人都曾受到弗洛斯特和希尼等国外大诗人的影响。然而，上世纪"九十年代诗歌"中的叙事和经验主义，主要是伴随着"反讽"这一意识展开的。这与希尼等人诗中的那种以"肯定性"为主的意识状态完全不同。我们认为，近年来中国新诗中的经验主义与 20 世纪 90 年代新诗中的经验主义的最大区别，在于今天的诗人们终于找到了在叙事中克服或超越"反讽"、重获"肯定性"的途径。黄灿然的《奇迹集》就是一个典型的证明，他这几年的写作也仍在这条"肯定性"的道路上行进。而在雷武铃的诗中，"引领物质飞升的光芒"（《献诗》）也贯穿始终。雷武铃发展了一种类似于"油画逐层着色"的诗歌技法（《远山》和《白云（二）》），并在诗中致力于将知觉、记忆和联想进行绵密的综合。这使得他的诗具有非常强烈的写实绘画的气质（这也是王志军等人诗作中绘画感的来源之一）。"写实"并不是进入诗歌堂奥的唯一方式，但写实却能训练出对任何诗歌写法来说都弥足珍贵的层次感和具体感。而且，写实能够使人从对天才、主观性和修辞幻觉的迷恋中摆脱出来，在世界和自然面前保持虚己。从雷武铃近几年的作品来看，他的写实技法已经从对自然风景的细致描摹，过渡到对内在生命（情感和情绪）的精微描述，2018 年发表的《论灵魂》一诗即是例证。对生命内在性的如实呈现，是更高一层的写实。从诗的构成上看，他的每一首诗都是生长性的：像树那样，通过一层层长叶子的方式，获得枝繁叶茂的结实性和揭示性。他将"情景交融"的古老技法运用得恰当而有力：情感像糖分一样缓慢融入到叙事的果肉之中，由此抵达形态的饱满。雷武铃诗作中的经验都是连续的，这同时意味着自我成长的连续性。不需要（修辞化的）跳跃和拼接，精神的成长就是世间最神奇的事情。借此，他向我们表明：学诗和写诗，是最好的教育和自我教育。这样进入诗歌，它就和我们自身的生命真正亲近、融合、统一，使我们成为具有饱满感知力和诚恳理解力的人，并努力去成为真实的人。

　　近几年来，当代新诗的一线作者们对经验的处理，已经从

20 世纪 90 年代的"日常性"和"历史性"书写，转进为对"地方性"的书写（"转进"意味着既转换又深入）。这似乎是从"时间经验"（历史）转向"空间经验"（地方），但实质上是对时间和空间经验的综合：一种折叠在空间（地方）中的时间和时间化的空间。今天的经验主义诗学，在很大程度上表现为"地方性的诗学"。许多重要诗人开始构建"诗歌中的地方"：雷武铃的保定，雷平阳的昭通、昆明和基诺山，哑石的成都，桑克的哈尔滨，朱朱的"江南共和国"，李森的"明光河"……任何一种具体的经验，都植根于诗人在某个地方的生活，因而忠实于经验就意味着诗歌必须具有某种"地方性"。但是，真正有效的"地方性"并不只是对实际存在的地方生活景观的书写，也不只是对想象中的地方的书写，而是对"现实的地方"和"想象的地方"之间的关系的书写。每一个"地方"都是三重性的：现实的、想象的和语言的。同时，诗人必须以一种独特和个体性的方式去建立自己与地方的关联，这种关联还需要具有可被他人感同身受的普遍性。一切有诗学价值的"地方书写"，都同时是个体书写和普遍书写，它意味着通过个体的生命经验，使得地方性在诗歌中变成内在的（而非标签化的）地方性。此外，诗人对世界的经验也未必局限于"地方性"之中（虽然它需要有地方性的维度），它也可以包含着"非地方性"和"超地方性"的部分，这里仍然存在着多重漂移方式。有游动的、从原有地域出离而漫游的去地方性（如孙文波《长途汽车上的笔记》），还有一种国际化的、"本地即他乡"的去地方性（如欧阳江河《祖柯蒂之秋》所呈现的那个受制于资本的全球化虚拟现实）。无论如何，对"地方性"的重视不能变成"唯地方性"或"地方主义"，因为诗歌经验的丰富层次绝不是用"根"或"地方性"就能完全涵盖的——正如我们所知，即使是植物的生长，在扎根于土地之外，它也需要从别处吹来的"风"，以及从天空而来的

"光"。

考虑到"经验主义诗学"对人类经验进行探测和拓展的努力，我们也可以将经验题材的扩展当成其主要贡献之一。在"日常生活"、"历史性"和"地方性"这些早已渗透进新诗血液的题材之外，今天的经验书写还包含着两个值得注意的动向。首先是社会-家庭伦理题材的诗歌大量出现，优秀的诗人们不再只是将目光聚焦于"原子化的个体自我"的生命感受，而是重新强调自我与社会、自我与共同体的关联，在呈现个体经验时注重挖掘"自我的根源"。许多诗人的写作不仅不回避与原生家庭之间的纠葛，不再只是美化自己和父母、兄弟姐妹、子女之间的情感联系，而是能够直面这些关系中的幽暗、不堪和冲突。好诗人和坏诗人的差别之一，就是坏诗人总是用套路化的抒情和刻奇来对待这些情感，而无视这些情感中包含着压抑和权力控制的事实；好诗人则是从对事实的承认出发，用反思和呈现来剥离其中的虚妄部分、继而净化这些情感。就社会题材来说，除了"工人诗歌"和"公民诗歌"这些关注底层处境、时代的精神氛围的诗篇之外，诸如学校教育场景、办公室场景、单位会议场景的诗作在如今的诗人创作中也不鲜见。第二个值得注意的动向是，"海洋经验"正在成为不少诗人书写的方向之一，其中已经出现了许多重要作品。中国古典诗学主要是围绕着"山水"或"山河"这一"陆地经验"展开的，在新诗的百年历史中，对"陆地经验"的写作仍是主要的诗歌地理定向。不过，在 21 世纪以来的当代新诗中，由于人们的生活场域和感受方式开始朝着沿海地带投身，与"海"的遭遇、对"海"的书写正成为诗歌中发生的重大转向之一。孙文波、陈东东等前辈诗人近年的创作中，就有不少关于"海"的作品（部分原因是他们住在海边）。蒋浩可能是当代新诗中最多地写到"海"的诗人之一，他的一大贡献在于，真正通过诗展示出了"海"这一场域、元素和母题的语言潜能。在蒋浩的《沙滩上》《玉带湾观海》等作品中，"海"不只是一个意象或词语，一个诗所要书写的客体或对象，也不只是某种具体经验的场景。"海"以某种方式赋予了诗歌以形状、形体和形式，同时也是诗歌中构成性的元素和质料。"海"变成了诗的血肉和精神起源，变成了诗歌吐纳万物的气息。

如果我们将"技艺"和"修辞"理解为一些可以被公用的手法，那么，这一意义上的"技艺"就需要研发者，同时它们在被某一诗人运用时也要经过一个"个体化"的融合过程。在当代新诗中，存在着一些专门从事技艺研发的诗人，他们致力于对语言本身之可能性的打量和琢磨。作为当代新诗技艺的主要开拓者，他们的工作理应得到人们的尊重和敬意（而不是像某些人那样一谈到"修辞"就一脸鄙夷）。这些诗人耗费心力，创造出全新的句法、比喻、语词组合方式和诗歌质感，并将语言的微妙和精细发挥到了极致。臧棣是当代新诗的修辞大师，他在比喻和诗歌句法上的成就有目共睹。从 1999 年的《蝶恋花》开始，一直到近年来的"丛书""协会""入门""简史"系列诗，臧棣将现代汉语的弹性和柔韧提升到了一个全新的高度，并且贡献出了许多精妙的文本。胡续东是另一位使用比喻的高手，他是少数几个能够将"明喻"这种手法运用到让人瞠目结舌程度的诗人之一。从《青城诗章》以来，哑石就以通透、饱满的感知力著称，而与这种感知力相匹配的，是其高超的修辞能力。哑石近些年作品中的核心技艺，是圣与俗、冥想与现实在诗歌微观层面的相互包裹与相互渗透，既营造出丰盈、华美的质感，又吹拂着生活的腥膻。蒋浩堪称迄今为止新诗历史中最具技术含量的诗人之一，其招牌性的独门手法可称为"语素关联法"，它是对谐音、同字词联想、对偶、双关、互文或用典、语义还原、形象相似性联想、历史相关性联想等手法的综合运用。尽管诗艺高超，但这些从事技艺研发的诗人始终强调"修辞立其诚"——事实上，中国当代的优秀诗人有一个共识：对于诗歌来说，"语言的可信度"始终是衡量其高下和成败的标准。

一种被当代诗人广泛采用的手法，是"化用古典"。新诗历史上，对于古汉语词汇、句法和古典诗歌传统的借鉴与化用一直存在。卞之琳、吴兴华是较早的范例。而在当代诗中，张枣和陈先发成为了新的典范。陈先发近年出版的诗集《九章》中，包含着许多新的玄妙手法，其中"诗的身体"是"由即兴物象压缩而成"，而"语言的无限弹性"来自从"瞬间"中打捞出来的"生死两茫茫不可说"（《渺茫的本体》）。这是将古代禅意引入当代"元诗"的又一尝试。不过，正如前面所说，语言上对古汉语和古典诗歌的化用，并不等于文化立场上的保守主义——事实上，那些在化用古典方面做得精微深沉的诗人，多数都不是保守主义者，比如哑石、蒋浩和韩博。语言上的"化古"，只是在气息、形式、格律、句法和音韵层面借鉴古典，从而增加诗歌语言的内在张力，并拓展现代汉语的空间边界。除了上述诗人之外，我们还能看到李森对《诗经》句式和古代歌谣的创造性征用，朱琺《一个人的〈诗〉》中以当代句法和感受力对《诗经》文本的个体化重译和改写，胡弦诗中简静深稳的节奏和句法，聂广友诗中如同"颜体字"的端方刚健之气，施茂盛诗中对精微感知、宇宙论冥想和古典光辉的综合，茱萸诗中酷似李商隐诗歌的"哀感顽艳"气质……这些都是"古典"在当代新诗中得到重生的明证。

对"技艺"进行理解的另一条进路，是考虑"诗与知识"的关系问题。"诗是一种特殊的知识"，对这句话可以进行三种不同层面的解释。第一种是将"特殊的知识"解释为写作者需要掌握的各类手法以及将它们统一、协调起来的"分寸感"，在此，"诗的知识"就是"如何把诗写好的技艺"。这种解释虽然非常圆融，但较为普泛化而缺少具体的写作针对性。第二种解释并不把"特殊知识"等同于"写作的技法"，而是强调诗的内核是一种"神秘认知"或洞察力，这种洞察力与想象和冥想密不可分。由此，诗作为"知识"就不是那种科学化或理论化的认知活动，而恰好是神秘主义意义上的"灵知"（gnosis）。第三种解释则把"特殊知识"理解为诗歌必须与人类的各种认知活动产生关联，也就是说，诗人必须有能力处理不同类型、不同来源的知识，将这些知识转化为诗的内在要素。这就是"材料主义"的诗学方法论，它把诗歌当成一个能够处理、搅拌和消化各类知识的特殊认识装置。在当代诗中，强调直觉和神秘体验的诗人可能大多数都会支持"灵知主义诗学"，问题在于，神秘主义本身也有"旧套路"和"新方式"之分，多数诗人所偏爱的不过是常见类型的、旧套路中的神秘主义（比如杜涯诗中的神秘主义）。而像臧棣、哑石这样的诗人同样有着强烈的神秘主义气质（如臧棣《芹菜的琴丛书》、哑石《短句·花的低语》），但由于他们的诗作不容易进入，很多人会将其中的神秘灵知当成是面目可憎的"学院派知识"。

让许多人更加无法接受的，还不是这种陌生化的"神秘灵知"，而是"材料主义"诗歌。"材料主义新诗"可以看成是当代诗中最具雄心和抱负的一种诗歌类型，与此相伴随的是，"材料问题"成为了当代诗学中几乎可以与"叙事"相提并论的重大诗学问题。这里所说的"材料"是指诗歌中出现的一切不来自于个体的直接生活经验的知识、词汇和观念，它们以专业术语、引文、典故和各类暗示性的互文关联的形式存在于诗歌内部。"材料主义"可以视为古诗中"用典派"（其代表是黄庭坚）的当代继承者，但与古诗所用典故多来自于经史典籍不同，当代诗所处理的"材料"可以是世界中的任何文献、知识、话语和信息。这些"材料"，是诗歌的物质性和坚实感的来源之一，它们在翻译过程中一般不会受到变形和损坏。庞德的《诗章》是"材料主义"的集大成之作，也是当代中国新诗中材料派诗人共同学习的典范。在几乎所有的口语诗人、抒情诗人和一部分叙事诗人看来，"材料主义"根本就是走火入魔的写作方法，他们一口咬定诗绝不可以容纳那些不是来自于直接经验的东西。"材料主义"被这些人视为"学院派"或"知识分子写作"中最为有害的一种类型，比"修辞主义"的危害更大。然而，"材料主义"诗人也并非没有自我辩护的理由：当代世界的媒介景观、知识状况和精神氛围，本来就是以多重时空的传统并置、多元价值观和多种语言游戏并存的方式呈现，一种不能广泛吸纳各类材料、不具有内在异质性的诗歌，根本不能与当代世界的复杂结构和生存状况相匹配，也不能满足成熟心智的要求。在这样一个高度复杂的世界上，只写作那种诉诸直接经验的抒情诗和叙事诗是不够的，它们规避了真实世界，也规避了对世界进行反思的难度。在这个意义上，"材料意识"是"当代诗"与"现代主义诗歌"的重要区别之一：现代主义诗歌更注重形式或形式感，其诗歌的实体仍然是抒情和叙事；而当代诗更注重材料和材料的显现，其诗歌实体是通过组织材料而达成的对世界的想象性、反思性的知识。

中国当代的材料主义诗歌，其较早的实践是杨炼等人的"文化史诗"写作，但真正将其上升为一种新的诗学方法论的诗人，是 20 世纪八九十年代的欧阳江河和钟鸣。以前有论者将这一类诗歌命名为"分析性诗歌"或"社会学诗歌"，但它们的关键特征并不只是观念意义上的分析性和社会学反思。欧阳江河《长诗集》中的部分新作（如《古今相接》），以及他在杂志上刊出的长诗《宿墨与量子男孩》，都是材料主义诗歌的最新例子。这些诗作受到了很多人的批评，除了那些反感"材料主义"方法本身的人之外，批评者中也不乏对此类写作持同情和理解态

度的诗人。有人指出,《古今相接》组织材料的方式,类似于开
"名流博览会",而缺少真正有效的诗性逻辑。在我们看来,欧
阳江河近年来的这类写作,其最大的缺陷在于完全靠修辞和诡辩
法驱动。他把各种来源的词汇和知识分配到诗的不同位置上重新
进行组装,而材料自身在来源领域中的特殊经验完全被忽略和过
滤,只剩下了其符号性的、词的对位法性意义上的特征,仅仅为
了能够嵌入到某个修辞格中而被征用。这样一来,材料被征用后
形成的诗学效果,就只是一种"万花筒"般的效果,而不涉及
任何真切的情感、情绪和体温。这种完全不掺杂直接经验和情感
现场性的写作,制造出一种"间接性的混杂",它与我们所能感
知的生存中的"直接性的混杂"并不相同。另一方面,这种写
法还会遭遇到柏拉图式的质疑:诗人征用各种领域中的专业知
识,造成一种"无所不知"的假象,但诗人并不拥有真知识,
他们从事的不过是制造幻觉和影像的模仿术。欧阳江河式的
"修辞主义的材料主义"甚至比这更糟,它连对某一领域中的实
际活动的模仿都省掉了,只征用这一领域中的词语。可以肯定的
是,多数"材料主义诗人"对自己征用的材料,并没有真正的
知识。当他们在诗歌中塞入各种哲学名词、科学术语、生僻观念
时,他们其实是缺少该领域的真实训练的。他们只是草草阅读了
某些书籍,又匆忙将这些东西塞入自己的诗中。因此,我们经常
看到的是各种硬块般的知识、引文和名词堆积堵塞在诗之中,消
耗着读者的耐心和信任。

我们需要一种更为成熟、健全的"材料意识"。它既要能够
满足我们对反思性的要求,也要能够回应柏拉图式的批评,同时
还能保持诗的感受性(与切身的生存情绪和情感相关)和气韵。
今天,一种有可信度的材料主义写作应该符合以下条件:(1)材
料在诗中是为感受、理解和想象服务的,它不能只是变成一种装
饰性的修辞手法,更不能"为材料而材料";(2)材料必须在诗

歌中被充分碾磨、溶解和消化，而不是作为硬块卡在诗中；
（3）诗人对所征用的材料应该有真实的知识和理解，不能只是
出于虚荣和炫耀来装样子。我们在此可以举出几个青年诗人的例
子，来说明今天的材料诗歌写作是如何避免重蹈前辈诗人的覆辙
的。茱萸的近作《春天的菲利布》是一首包含着许多柏拉图对
话细节的组诗，其中的每一条知识线索，都被编织到一个具体生
活场景中，通过这一场景获得其意义参照和指向性，这样就避免
了对知识的直接、强行的植入；同时，茱萸基本不采用现成的引
文、术语和过于明显的典故，而是把来源文本中的知识打散并隐
藏到字里行间，通过细微的提示词、类比或对照来建立暗示性的
互文关系。经过这样的溶解之后，茱萸诗中的知识线索接近于一
些纵横交错的水脉，为诗歌带来了更多的氤氲雾气。第二个例子
是吕布布的《读莱辛〈金色笔记〉》（2018 年），这首中型诗在
一种"我"与"你"的对话结构中，将来自《金色笔记》和其
他来源的材料，完全消融在对自身成长经历、当前处境和历史情
势的沉思与回顾之中。整首诗萦绕着一种略带悲伤和疲倦的情
绪："在我壮阔的现代亚洲世界的木旋里／体会现代人的疲惫与
寒意。"这些知识、轶事和成长中的见闻，都向着被情绪浸透的
理解汇聚："我深深地理解你，你们。"吕布布的诗有一种穿越
各类知识来达成对历史、对自我的理解的意欲。第三个例子是谭
毅的长诗《天空史》（2018 年），其中涉及到大量的天文学、宇
宙论、进化论、天文技术史方面的知识材料，这些材料在诗中并
非装饰性的修辞或引文，而是以真实的学习和理解为前提。谭毅
专门学习过生物学和天体物理学，并查阅了大量的技术史文献。
但是，谭毅并未将这些专业性的知识直接塞进诗歌之中，相反，
她的每首诗都首先考虑诗的感性形态，在引入知识的同时不破坏
诗的气息、光泽和质感，于是，知识就融化为诗的感受力和想象
力的一部分。

在一首真正成立的材料诗中，"材料意识"的强大固然是特征，但其核心仍然是诗人个体的经验与想象。材料意识是为呈现个体的经验与想象服务的，诗人不能过度依赖于材料。换句话说，一首诗最主要的构成要素应该是直接性的东西（全新的感受和洞见），而不是作为间接之物的知识和材料。不然，这首诗就欠缺一个赋予材料以方向和意义的内核，也失去了真正意义上的新鲜度。正是由于诗歌贡献出了完全新鲜的经验和想象，诗人才是文明的创造者，而不只是用文明或文化包裹自己的挪用者、装饰者。坏的诗人用一堆文化、知识和材料来包裹自己，只是为了使自己显得很博学、很有历史感。但是，这种利用本身忽略了诗对新鲜活力的要求，一堆现成的材料像落叶一样掩埋了诗本身，使诗发出腐臭的气息。古人反对"掉书袋"，就是反对这种酸腐的利用材料的方式；但古人却同样赞叹那些好的用典和互文，它们是用不可替代的直觉来擦亮材料，使之焕发新光。

三、体裁的分殊：短诗、系列诗与长诗

对当代诗进行考察的一个常见视角，是依据诗歌体裁来进行的。诗歌体裁与诗歌类型不同。诗歌类型是按照诗歌的内容和风格特征来分类的（例如分为叙事诗、抒情诗和说理诗等等），而诗歌体裁则是按照诗的长短、形制和裁剪方式进行分类的。在当代诗中，诗歌体裁主要有两种分类法，第一种是按照长度来分类，比如短诗、超短诗、中型诗、小长诗和长诗；第二种则是按照诗的内部构成方式来分类，主要应用于那些具有预先的整体构架、由多节或多首诗组成的"诗章"，可分为系列诗、组诗、大组诗和（严格意义上的）长诗。我们看到，所有这些诗歌体裁的潜力或可能性，在今天的写作中都被诗人进一步开掘，由此产生了许多耀眼的诗篇，甚至形成了一些稳定的"新型诗体"。下

面，我们就分别按照不同的体裁来扫描 2018 年前后的当代新诗写作状况。

首先来看短诗的写作。短诗中最考验诗人功力的是"超短诗"这种体裁。我们用"超短诗"来指称那些气息完足、在 8 行或 10 行以内的诗歌。这是由于，中国古代律诗以四联八句（行）为主（不算排律的话），8 行之中已经可以呈现很浩瀚的内容。这是中国人最习惯的长度形态，是一口气可以写完和读完的形态。因此，超过 8 行的诗似乎就有点"不够精悍"了，考虑到新诗的语言特征与古诗的差异，这一限度最多可以放宽到 10 行以内。超短诗可以写得复杂、有很大的内部空间，但其主要特征仍然是"看上去是一口气、一瞬间完成的"。因此超短诗更多的是用于呈现一个瞬间的感受，无论这是俳句式的禅意，是某种突然迸发的神秘玄思，还是事物在某一刻的动态和意味。超短诗讲究"寸劲"或爆发力，要在很短的时间内就能击中人。

近年来，我们读到了许多短诗或超短诗高手的作品，比如哑石的《诗论 100 则》（2015 年）、李森的《屋宇》（2012 年）以及胡弦的部分短诗。这些诗人各具特点，比如哑石注重词语在"清凉湛寂的想象"中的回旋空间感和元诗性质，李森强调光阴的"悲智"或生命中寂寞与欢喜的合一性，胡弦偏爱在文人式的场景悬设中展开禅意……在 2018 年，引人注目的短诗首先是陈东东和王小妮这两位写作生涯持续了四十年的重要诗人的作品。陈东东在 2018 年结集出版的诗集《海神的一夜》收录了从 1981 年到 2017 年的主要短诗，早期的唯美、冷艳、注重"名词"质地和音乐性的风格，与后来更加混融、城市化的语言景观，在这本诗集中都有呈现，显示出一位诗人在"手艺"方面从不间断的自我锤炼。王小妮在《草堂》上刊出的一组短诗《冬天预先私藏了更多珍宝》，以及近年来反复书写的"月光"系列诗，营造出"谈话"式的讲述氛围，以一种"微型剧场"

的方式，从日常生活的情境中汲取着想象力。王小妮并不以文本的精致见长，但她作品中的词与句像是活水中的鱼群，在一种从容、松弛又跌宕的感受力中使现代汉语获得了"活化"。此外，前面提到的余怒《蜗牛》系列、陈律短诗集《一个自我的追忆》、清平的短诗和王天武的短诗也值得关注。余怒的短诗创造了一种新的形态感，语言在内在歧义、分裂、对抗中重获对称和平衡；陈律则将高渺的抽象思辨与爆发性的瞬间直觉，统一在稳定而简朴的个人声调中；清平的短诗有一种句法上的奇崛与明快，他常在貌似简洁、透明的句子上吸附复杂难明的情绪因子，而自带一种不可穿透性并营造出诡异的美感；王天武的笔法看似闲散，却能通过一种缓慢渗透的、有魅惑力的语调，勾起我们对生命中若干重要场景的回观。在他们的诗中，我们能读到"那种原始的，像十九世纪的火车头/笨拙、沉缓地向着群山前行的专注"（陈律《自省》），读到"一次失明复明、昼夜转换时的空间骤缩"（余怒《记录》），读到"在新清澈和新茫然之间/神秘的惊骇终究要来到/更加广阔的此地"（清平《沿着河边》），读到"温暖众生"的阳光下那清净的"将要出现的棋局，是从未有人走过的"（王天武《棋道》）。这几位诗人都能在短短篇幅内，呈现出混沌又清晰的深切直觉。

短诗这种体裁适合进行新型诗体的创造。近年来，有三种新型的短诗诗体得到了众多诗人的尝试。其中参与人数最多的，是由蒋一谈等人发起的"截句"运动。然而，正如清平在《关于截句》一文中所指出的，目前我们看到的所谓"截句"体诗作，绝大部分都"仅仅是修辞练习，或一首诗中的个别修辞，不是一首诗"。很多诗人的"截句"只不过是将自己某一首诗中的片段截取出来，与摘句无异。这样的截句既没有"俳句"体那种瞬间感知的清新度和形态上的自足感，也缺少诗歌应有的完整性，显得过于随意和松散。因此，我们只能将"截句"视为一群诗人的消遣玩乐之举，它本身在诗学上难以成立，甚至对初学者的写作会产生误导和危害。

另外两种新的短诗诗体分别是"新绝句"和"谐律体"。"新绝句"主要是由王敖创立的诗体，后来，由肖水、蒇弦、卢墨等青年诗人推广，现在已经成为不少诗人争相尝试写作的体例。"新绝句"用四行（有时是五行）的篇幅，展开一个幻象场景或故事性的经验场景，强调语言感受力的清新和奇崛，很像是电影中的微型短片。除了王敖的作品之外，肖水的《未来文选》和《渤海故事集》是这种体裁的代表性作品。而"谐律体"是由茱萸创立的诗体，它是一种"四段两行"的八行诗，其特征是对谐音双字词的大量运用，使得诗歌形成一种综合了头韵和复沓的特殊节奏或声音效果，精妙地体现了汉语本身的特质和可能性。秦三澍、蒇弦、李海鹏等人也写作了不少"谐律诗"，其中不乏"迷路的驯鹿"和"寻路的麋鹿"此类精巧的谐音对位。"新绝句"和"谐律"这两种体裁的发明和实践，不仅是这些青年诗人个体的兴趣或癖好所致，其中也涌动着新诗百年来不绝如缕的形式发明精神，并在形式的现代感和汉语自身的特质之间获得了平衡。

由于 20 世纪 90 年代诗歌中"叙事"风潮的影响，组诗和一种被称为"中型诗"（40—80 行左右的诗）的体裁曾经成为许多诗人喜欢采用的诗歌样式，孙文波、席亚兵等人的不少作品就是例证。组诗和中型诗最适合于满足叙事对连贯性和篇幅的要求。而随着"叙事"在近十年来写作场域中的逐渐退潮（并非消失，而是成为了当代诗深处的稳定要素），另一种诗歌体裁占据了原来"组诗"和"中型诗"的生态位。这就是"系列诗"的兴起，它堪称最具"当代性"或"当代感"的诗歌体裁，因为它具备德勒兹所说的"块茎"（另一译法为"根茎"）特征。"系列诗"是用类似的写法或围绕同一类主题写下的若干可独立的短诗的组合，这些短诗彼此之间既可以完全独立，又由于写法或主题上的类似性而可以组合在一起，构成一本诗集或一首积木似的"准组诗"。但系列诗即使组合之后，也仍然不是真正的组诗，因为其中每一首诗的位置是可以随意调换的，并没有任何必然性，它们只是算术性的叠加（可随时、自由拆卸的积木）；同时，系列诗本身不存在完成形态，也就是说，诗人永远可以新写一首塞进去，不会有任何违和感，系列诗在原则上可以无限增加新的部分。系列诗中拿掉任何一首，这个系列也不会出现任何问题。而组诗则是围绕着一个主题写下的若干不可独立的章节的统一体。组诗一般是以建筑术的样式构成的，在好的组诗中，其每一部分、每一章节的位置都是必然的、非此不可的，不能随意更换位置和次序，而且，它的每一部分都是不可或缺的。原则上，组诗的每一章节虽然有自己的标题或数字编号，但单独拿出来之后总会受到损害，因为缺少其他部分的支撑和补充。组诗能够体现诗人的章法意识和结构能力，又能写出容量和深度，因而曾经是许多诗人喜欢采用的诗歌体裁。但它的问题是自由度不够，不能随意拆卸、增删，因而它在当代新诗中的地位被系列诗取代了。

　　系列诗由于其具有很高的自由度、开放度，又有在某一类主题上进行深掘的可能性，而成为了当代诗人最偏爱的诗歌体裁。臧棣的"协会"、"丛书"、"入门"和"简史"系列是系列诗的代表。哑石的《诗论》、陈先发的《九章》、李森的《屋宇》、余怒的《蜗牛》，都是近年来系列诗的重要作品。系列诗的大量出现，其实是中国新诗走向成熟和稳定形态的一个标志，因为写作这种诗歌的前提是一位诗人在语调、风格和意识水准上的成熟和稳定。系列诗是能够"规模化"和"量产"的，这一方面体现了当代诗人们的技艺之高超和沉稳，另一方面也存在着自我套路化、自我沿袭的危险。今天的问题是：如何在保持勤奋态度和写作体量的同时，使得系列诗的写作从内部发生真实的更新和生长？

对很多诗人来说，长诗是最高的诗歌体裁。今天仍然有不少诗人将主要精力放在长诗和小长诗的写作上。"小长诗"是 80—140 行以内的诗，在诗集中一般占 5—7 个页码。长诗是超过 140 行以上的诗，在诗集中至少要占 8 页以上。小长诗可以用来处理比较重大、有较高复杂度的主题，但一般来说它处理的主题仍具有某种单一性，其中的线索和问题不能过于缠杂、不能分割为很多部分。如果主题可以进行分割（对应的就是数字标出的节的划分），小长诗一般要控制在 3—8 个部分（节）之内，每一部分一般在 10—40 行之间（一首短诗的篇幅）。此外，最严格意义上的小长诗和长诗，都不能是以组诗的方式进行架构（除非组诗中的某几节本身就有中型诗或小长诗的长度），而需要具有更严密的气息连贯性和结构上的有机性。长诗适合用于处理重大、广阔、混沌、庞杂的主题，比如一个人的整个生平，一个地方、一个共同体的生活与观念的总体，一次错综复杂的战争、社会运动和事件。诗歌史上，之所以不少人认为长诗在诗歌中占据最高地位，是因为一般来说只有长诗才能为重大事件命名。如阿兰·巴迪欧所言，诗的最高使命就是"为事件命名"，荷马史诗就是例证。长诗比起组诗，在整体性上的要求更高，因而章法和结构需要更严格的安排和布局。长诗的整体性，要么体现为气息上的不可轻易分割性，要么体现为事件经过、观念逻辑上的高度连贯性。长诗往往不像"建筑"这样的人造物（这是组诗的特征），而更像是"河的流动"或"树的生长"，具有更高的类自然物的特性。那种按照人造物的方式构成的"长诗"（比如欧阳江河的部分长诗），读起来总是会觉得不太对劲，或者感觉它其实本来应写成组诗。

2018 年的长诗作品，除了前面提到的欧阳江河《宿墨与量子男孩》之外，仍出现了不少在某一方面具有开掘意义的诗作。西渡的《风中之烛》是对青年学者江绪林（1975—2016）的哀悼之作，这首诗写出了某一类青年在当代世界中的生存处境和精神挣扎。这种挣扎不只在江绪林这一代身上存在，在西渡和戈麦那一代人身上也同样存在。西渡说："他的死唤起我之前很多的东西，仿佛戈麦又死了一次。悼念他，也是悼念我自己和我们那一代人。"西渡这首长诗，与此前王东东的《一个自由主义者的忧郁》（2016 年）一起，成为了我们时代自由精神的挽歌。与王东东长诗中偏于抒情声调的营造不同，西渡提供了极多的人事细节，写得更实在，命运感更强烈。安徽诗人叶丹的《屏风》以精工富丽的风格，对晚明的一段历史进行了充满刺绣般细密针脚的绘制，并成功营造出"一种满腹字句不能出口"的沉默氛围。叶丹是 1980 年代出生的诗人中具有高超修辞技艺和非凡均衡感的代表之一。湖北诗人李建春的两首长诗《幼年文献》和《大红勾》以叙事的质朴、真切和全景视角见长，他在中国近现代史的脉络里，理解自己记忆中的村庄和人事，将个体的命运、村庄的命运与国族的命运联系在一起，并对历史的走向进行反思和评判。李建春的写作是一种儒家诗学的实践，他试图恢复"一个朴素中国人感知世界的完整感，使那些被个人主义屏蔽的本土经验和社会情景重新进入诗歌"。云南诗人李森的长诗《明光河》是一个强调中国文明和礼乐传统的文本，其想象世界立足于《礼记·月令》和古代南方诗歌传统之中。《明光河》将古典田园诗的景观、浪漫派颂诗和神话诗的空间气象、当代事物诗的细微知觉和冥想特性、民间歌谣的直接性和单纯融于一炉，在语言上多向度地挖掘了现代汉语的潜能。《明光河》诉诸"天下之志"，即"以天下为己任"的"士"的传统，正是对"士之志"或"文心"的强调，使得《明光河》成为了一条被"文明之光"照耀的"物象之河"。湖南诗人路云的长诗《三文鱼刺身》

将"三文鱼"的生命历程与诗的叙述行进方式进行了精心对位，并在一种现场感和回忆氛围的双向交错中展开了对亡友的纪念，这首诗在对生活中的动作、神态细节的捕捉上极尽精微，同时又将情感的具体发生和变化以不动声色的方式融入细节之中，向我们提示着生命和记忆中的隐秘。

可以看到的是，这些较为成功的长诗作品与前些年被人诟病的某些长诗作品（欧阳江河《凤凰》、西川《万寿》、柏桦《水绘仙侣》、萧开愚《内地研究》）很不一样，从诗的形态、修辞和对历史进行想象的方式上都有较大差异。最大的差别，可能是真诚度上的差别：写得成功的长诗不仅仅是对历史或地方展开个体化的想象，而且这种想象是基于个体经验的具体感知的，诗中的每一事物、每个词语都好像是被个人触摸和轻抚过的。这种基于对世界和语言的真诚态度的写作，要求诗人在微观层面上做到真切的细致性和准确性，在宏观层面上做到有可靠知识和信念的贯注和支撑。我们认为，此前的那些失败的长诗在微观上是不真切、不准确的，在宏观上是缺少真实信念因而迷失于冷漠心智和虚无感之中的。在文人化的享乐、颓废和智者化的怀疑、虚无之中，不会产生出任何可以支撑起长诗写作的东西，而长诗的命脉，就在于历史和记忆中那些肯定性的、永不消逝的光芒之中。

四、代际的分野：晚年、中年和青年

"晚期风格"（或"晚年风格"）一词随着萨义德被译介到中文世界之中而产生了巨大的发酵效应。许多诗人喜欢用这个词来讨论他们心目中的外国大师在某一阶段的写作（比如沃尔科特《白鹭》），甚至也不乏一些诗人以此来自我标榜。据说，当诗人被"死亡之手"触及，他们的写作就会进入到另一个境界，一个被"不合时宜"的"弥漫性的晦涩"所充满的境界。其中蕴含的"个体在存在面前的无能为力",并没有使这一境界显得颓败,相反,它用"死亡的钟声"将写作提升到一个新的、难以企及的高度。那么,在今天的新诗写作中,究竟有没有人能够当得起"晚期风格"这一称法呢?

无论那些步入晚境后声称自己要"衰年变法"的中国诗人是如何理解自己的写作的,一个残酷的事实是:迄今为止,没有任何新诗作者有资格被认定为具有一种"晚期风格"。最接近于具有"晚期风格"的诗人是穆旦,但他写于 1975—1976 年的那些诗作(如《冥想》《冬》)在诗艺上仍然缺乏绝对的说服力。一位诗人具备"晚期风格"的前提是他已经是一位大师,并且一直保持着高超的诗艺水准和写作质量,在各个不同的写作阶段写出了不同类型、不同风格的杰作;在进入晚年或临近死亡之际,他由于听到了"命运的神谕"而又决意突破自己以往的方法和风格,围绕死亡重新塑造自己的语言。"晚期风格"的首要前提就是诗人作为诗人的完成度:必须是善始善终,不能半途而废、中途停滞和三心二意。如果用这一标准衡量目前为止的中国新诗作者,可以说几乎只有两个人具有较高的完成度:穆旦和昌耀。但即使这两位诗人,都没有达到他们本来应有的完成度。无数的诗人中途停滞、倒退、改行和消失,无数的诗人在几十年的写作中没有任何寸进、变得油腻不堪,无数的诗人在中年结束前就终结了自己的诗歌生命,再也写不出像样的作品或者只是靠惯性在写。几乎没有什么中国当代诗人到了六十五岁以后还能写出让人信服的作品(或许邹昆凌是一个例外),即使把时间线放宽一些,六十岁以后还能继续有效创作的诗人又何其稀少!

这一切,指向我们所说的"诗人的衰退":在中国新诗场域中,绝大多数诗人在进入晚年后(有一些甚至在中年时期)就会发生写作水准的断崖式下跌,他们常常会写出让人惊愕的、拙劣或平庸到难以置信的诗作。前面提到的于坚的《周颂》、西川的《万寿》和欧阳江河的《自媒体时代的诗语碎片》就是明证。中国新诗史中，诗人的衰退主要不是由于自然年龄的增长带来了头脑的生理退化，而是由于另一些原因。首先是他们对诗歌缺少一以贯之的真正热情和专注力，尽管他们有雄心和抱负，却缺少从专注而来的严格自律和自我要求。当早年成名并在鼎盛期写出了一些在他们看来能够"留名文学史"的作品之后，他们许多人在荣誉和声望的包围中就失去了对于诗艺本身进一步探索的意愿，开始躺在过去的成就上昏昏睡去，热衷于到各类场合扮演"大诗人"和"文化名流"；即使其中一部分诗人试图改变写法做出新的尝试，他们也往往由于刚愎自用而听不进别人（特别是来自青年人）的批评意见，因而丧失了对自己写作水准的有效判断力和反思能力。我们看到的，是他们在越写越差的同时，却越来越坚定地认为自己的写作"天下第一"。第二个原因，是那些上了年纪的中国诗人普遍欠缺学习能力和学习意愿，他们很多人本就没有受过很好的文学教育，到了五六十岁时就开始忙于各类应酬、会议和活动，没有时间和精力读那些对头脑有较高要求的新书，因而他们的知识结构一般都是严重老化的，即使有人愿意读新出的各类书籍也只是囫囵吞枣、不能消化。我们无法相信，一位没有形成良好的阅读和学习习惯的诗人，能够在今天写出具有成熟心智和新鲜感受力的诗作。许多诗人处在陈旧的知识结构和老套的写作方法之中，对于词语的磨损毫无觉察。第三个原因，是这些年纪较大的诗人普遍只喜欢和同代人交往（各类由中年油腻大叔诗人组织起来的诗歌活动更像是一些"夕阳红俱乐部"），不愿意与青年人进行坦诚、深入的交流，因为他们既不关心青年诗人的写作，更不愿意听到来自青年人的批评意见。他们觉得自己有资格指导、教育甚至"教训"青年诗人，却往往忽略年长者也需要向年轻人学习的道理。他们对青年人身上的活力、生动和善于吸收一切的消化力视而不见。于是，当他们陷入写作惯性或停滞期之后，由于得不到来自青年人身上的活力和新感受的滋养，就会越写越干枯。今天，那些仍然能够保持写作水准的中年或老年诗人，无一例外都是严格自律、专注于诗艺的人，无一例外都是勤于阅读、善于在学习中调整自身知识结构的人，无一例外都是与青年诗人们保持着良好互动关系的人。在这些诗人中，我们可以期待出现未来的、具有"晚期风格"的诗人。

在本文中，我们用"晚年诗人"、"中年诗人"和"青年诗人"的区分，取代通常被人们采用的"50后""60后""70后""80后"之类的代际划分方式。我们将1960年以前出生的诗人称为"晚年诗人"，将1960—1979年之间出生的诗人称为"中年诗人"，将1980年后出生的诗人为"青年诗人"。这样做的目的是使讨论更加简明化，同时它们也指向完全不同的诗歌状态和意识状态。今天的诗学场域中，"晚年诗人"开始逐渐退场，"中年诗人"已成为主力和中坚力量，而最活跃的却是"青年诗人"构成的各个群落。有意思的是，几乎每一个"青年诗人群落"都是以一位或几位"中年诗人"（有时是"晚年诗人"）为中心或召集者组织起来的，这些前辈成为了对青年诗人来说具有感召力的精神中心和学习榜样。例如：江西宜春以木朵为中心的诗人群体（包括刘义、孙小娟、唐颖、曾纪虎等人）；云南昭通以雷平阳为中心的诗人群体（包括王单单、胡正刚、祝立根、张雁超等人）；河北保定以雷武铃为中心的诗人群体（包括王志军、王强、谢笠知、刘巨文等人）；四川成都以哑石为中心的诗人群体（包括安德、何骋、黄浩、陈玉伦等人）；复旦大学以肖水为中心的诗人群体（包括洛盏、徐萧、曹僧、王子瓜等人）；同济大学以茱萸和胡桑为中心的诗人群体（包括砂丁、薤弦、秦三澍、甜河等人）；以臧棣、姜涛为中心的"北大诗群"（包括徐钺、范雪、李琬、王彻之等人）；以张尔主编的《飞地》杂志为中心的深圳诗人群体（杜绿绿、颖川、须弥等）；还有陈家坪、王东东等人发起的"北京青年诗会"（包括江汀、昆鸟、张光昕、李浩等人）。青年诗歌的另一些推动力量，来自于高校诗歌奖项和某些杂志主办的青年诗歌夏令营活动。四大高校诗歌奖项（北大"未名诗歌奖"、复旦"光华诗歌奖"、南京大学"重唱诗歌奖"和武汉大学"樱花诗歌奖"）推出的获奖者中，有很多已经成长为非常优秀的、具有成熟诗学理念和稳定写作水准的诗人。拥有较大影响力的"青春诗会"，与近些年受人瞩目的"星星大学生夏令营"、"新发现诗歌夏令营"一起，也对青年诗人的发现和成长起了良好的助推作用。

在近些年来的中国新诗图景中，可以清晰地看到不同代的诗人在理念、风格和写作方式上的巨大差别，以及他们之间的竞争或较量关系。一个基本事实是，尽管某些老一辈的诗人已被经典化（主要是通过人民文学出版社的"蓝星诗库"和作家出版社的"标准诗丛"），但随着他们中的大多数在诗艺上开始走下坡路，他们对青年诗人的影响力也逐渐消退。另一方面，如果我们把目光聚焦于"青年诗人"中的那些佼佼者，特别是 1985 后出生的诗人（比如茱萸、王辰龙、方李靖、薇弦、李琬、砂丁、李海鹏等），会发现他们在诗歌感受力和语言控制力上早就超过了许多成名已久的前辈诗人。除了新一代的诗人能够比他们的前辈接触到更多的重要诗歌甚至能够直接通过外文研读国外大诗人的原作之外，不可否认中国新诗传统的积累和传承也在发挥作用——"一代新人胜旧人"，这证明了前辈诗人的努力没有白费，他们诗作中的有效成份在新诗人那里被很快汲取。而更有意思的问题是：在前辈诗人那里，有什么东西是还没有被后来者学到或掌握的？而在青年诗人那里，他们的优势之中又有哪些是可能同时包含着一定危险和陷阱的？

我们可以看到，将"青年诗人"与他们的前辈区分开来的，主要有三个因素。首先，他们拥有更好的学习条件和学习能力，因而他们的语言技艺普遍早熟，他们在知识结构和感受力方面也更系统、更前沿和更新鲜。这一点前面已经提到过。像包慧怡和王彻之这样的青年诗人，他们所具备的在中西方正典和生僻知识之间来回穿梭的能力，根本不是前辈诗人所可能掌握的。于是，他们的写作在知识和材料方面的驾驭能力普遍非常强大。其次，总体而言他们在"历史感"和"在地感"方面较为薄弱，因而诗歌中的经验和想象尽管可以说是个体性的，但缺少一种与中国文明的历史脉络和地方生活相关的感受和气息。部分青年诗人的写作，看上去完全不像是一个中国诗人的作品，而更像外国诗人的作品（例如徐钺的《姆里亚》，包慧怡《异教时辰书》，王彻之《狮子岩》）。这样一来，就很容易招致"殖民化"或"翻译体"的指责，尽管他们诗歌中那种耀眼的天才光芒是不容否认的。第三个因素，是他们之中那些最优秀的诗人身上经常具有一种强烈的、活跃到极致的敏感性，这种敏感性与青春时代的生命热情、深层欲求和勇气直接相关。在一些青年诗人那里，这种敏感性体现为极度紧张、暴虐的处境感（比如安吾和蒙晦）；在另一些诗人那里，则是炽热的灵性追求和试图达成精神独立的渴望（比如张慧君）。

这里需要澄清一个对今天的青年写作来说极为常见的批评观点。许多人（几乎都是中老年诗人）认为：除了极少数例外，绝大部分学院出身的青年诗人都没有形成自身独有、清晰的个体风格面貌，他们之间是高度同质、千人一面的，而且多数都是走"技术化"和"修辞化"路线，缺乏情感和血的浸润。这一批评意见中的某一部分是有些道理的。确实，许多青年诗人技法高超，却仍然处在国外大诗人和某些前辈中国诗人的影响之下，还没有确立自身风格的专属性。而风格的专属性，很多时候不仅要求语言形式方面的独特构想，更要求个体的人格修养、人生阅历、文化立场和精神气质方面的成熟。就这一点而言，1950 年代和 1960 年代出生的诗人有很多在语言上显得粗疏、笨拙，但他们的写作打上了明晰的个体生命历程的烙印，而且我们可以通过回顾他们的个人写作史和生活史，在每一个写作阶段之间建立起清楚的连接关系——他们的写作由此扎根于其生命和精神的自我成长之中，这使得他们的诗歌显得真实和可信。相比之下，我们很难看清现在这些优秀的青年诗人的诗作与他们的生命处境和自我成长之间的关联（修辞技艺可以早熟，但现实感、世界观和精神力度却难以早熟）——他们的写作是否真地扎根于生命和精神的深处，还需要时间去检验。

然而，认为青年诗人的写作是高度"同质化"和"技术化"的，这只是看到了表相。如果批评者有能力读懂这些青年诗人的作品，并且大量阅读了他们的话，不会看不出这些青年诗人彼此在写法、面貌和精神取向上的重大差异。徐钺诗歌的气质与茱萸显然不同，袁永苹对日常生活的处理方式与范雪大异其趣，李浩诗歌的精神性来源和江汀路径不同，砂丁的节奏语感和蕨弦的各擅胜场。他们每一个都有自己的精神谱系、诗学来源和定位坐标。认为他们之间"高度同质"只是阅读的粗疏和匆忙的结果。而"技术化"的指控，则来自于中国当下诗歌场域中由来以久的江湖习气的误导，很多对诗歌缺乏敬畏之心的人认为写诗不需要专业精神，不需要严格的技艺练习，只靠"情怀"和"机灵"就可以写好。或许我们应该批评的，是青年诗人的技术还没有达到真正完备、恰当的程度，还没有与他们的生命本身、与他们的世界观相融合，而绝不是去指责他们"太技术化"。

"历史感的薄弱"的确能够成为一项对许多青年诗人进行批评的理由（但也存在例外，像安吾和蒙晦的写作显然具有历史感）。不过，历史感虽然是一种财富，但它也是负担。正如尼采所说的，过量的历史使人无力行动，无力自由地改变自身，它常常窒息生命的可能性。过量的历史也会窒息诗的可能性。当代新诗中，有部分诗人试图通过"将历史个人化"和"将历史修辞化"的策略来摆脱过重的历史负担，并从中获得自由。而"青年诗人"则由于没有这一负担，而能够更加自由地去想象诗的可能性。当然，为了使这种可能性不至于变得轻薄和浮浅，青年诗人需要一些特殊的路径来通往诗歌的内核。在我们看来，这些诗人中有部分人采用了同一种方式，那就是在诗歌中诉诸"精神性"（spirituality）。

"精神性"又译"灵性"，它一般是指人与神之间的关联状态或人对神的经验。宽泛而言，精神性乃是人对更高者（神、天道和超越者）的绝对专注的朝向，它并不要求人成为某个宗教组织的信徒。在中国新诗史上，诉诸精神性的传统始于冯至对里尔克的译介和学习，并一直存在于新诗的血脉之中。在当代新诗中，注重精神性的诗人各有自己的来源和参照范本：例如，多多受策兰和法语诗歌影响，王家新受俄国诗歌、策兰和里尔克等人影响，蓝蓝的诗中有茨维塔耶娃和索德格朗等诗人的气息，杨键的诗有佛教背景，哑石的《青城诗章》有道教修真的痕迹……而在中国当代青年诗人中，我们可以看到江汀的诗歌明显受到里尔克、曼德尔施塔姆、特拉克尔、荷尔德林等人的影响。2018年江汀发表的那些十四行诗中呈现出来的沉稳、深邃、简朴的气质，体现了精神性对诗歌品级的提升作用。厄土诗歌中的精神性主要来自里尔克，但后来又受到了中国古典传统的校正。徐钺诗歌也同样受到曼德尔施塔姆的影响，但他和江汀诗中的节制、精审完全不同，徐钺身上有一种狂热、迷醉的气息，他的《一月的使徒》和《暗之书》是某种神启状态的产物。而李浩则从基督教信仰那里获得了精神性的特质，他的一些短诗（如《花冠》）有一种血玉般的精粹性。

诉诸精神性会对诗歌产生一些显著作用。它将诗人和读者的注意力集中到一条朝向"上方"的道路中，因而能够使诗脱去杂质，有效地增加了诗的纯度和强度。精神性诗歌的魅力往往是难以抗拒的。同时，诉诸精神性的诗歌并不要求技法上的复杂性和绵密性，因而适于那些不愿把诗写得过于精致的诗人。但是，诉诸精神性也会带来一些负面问题。姑且不谈那些装深沉者会以修行的姿态来冒充"精神性"，即使一位诗人具有灵性上的天赋，他也应该限制这种能力在诗歌中的过度运用。因为精神性从本性上要求牺牲其他的一切，特别是牺牲感性、智性和现实感。这样的诗歌可能专注、纯粹、有强度，但却过于狭窄，像没有刀背的刀刃。在这样的诗中，我们看不到丰富的细节、精妙的形象感知，而只能看到一束抽象的灵性之光。多多这位前辈诗人最近几年的诗作，就陷入到用灵性替代感性的陷阱之中，失去了他以往诗中那种饱满的感性力量，变得抽象而干燥。我们必须记住，诗歌的首要能力是感性和想象力，灵性和智性最好是起辅助作用，而不要去强行占据主导位置。

另一条不借助历史感通向诗歌核心的道路，是发明新感性或新的经验方式。这种新感性可以产生于新的句法（如臧棣和清平），也可以产生于直觉在瞬间爆发形成的幻象（如王敖），还可以产生于诗歌对某些陌生的人类经验的引入和想象。一般来说，青年诗人多会选择前两种方式。而方李靖走的道路属于后一种。对于长期以来归属于人文艺术领域的诗歌来说，科学活动和技术活动的经验，就是一种非常陌生的经验，其中包含着特别丰富和奇妙的感性。方李靖带着她从"结构工程"专业而来的眼光，来理解我们这个"发达工具理性时代"的众多技术性的事物和工作。这里包含着对诗歌感受力和理解力的一次更新——诗歌从此越出了感通、自然、教化、抒情、叙事、"纯形式或纯语言"等观念规定，真正向人类的一切知识和经验敞开。

今天的诗歌场域中，受到公众和体制最多关注的，是中年诗人的写作。由于多年来的积累和经营，这些诗人处在自己声望和影响力的峰顶——无论是对于那些真正写得好的诗人，还是对于那些名不副实、"混场子"的诗人都是如此。这两类中年诗人除了写作质量上的差别之外，他们所呈现的精神气息也是完全不同的。真正写得好的诗人，多数不愿意将过多的时间和精力投放在各类应酬和诗歌社交活动之中。在具有专业精神或工作态度的写作之外，勤奋的阅读和学习，与青年诗人的密切交流，是他们的共同特征。我们时代的公众和各色诗歌社交人士对青年诗人的写作普遍漠不关心（即使关心也只是关心那些有特殊背景或哗众取宠的人物），而真正优秀的中年诗人却会将目光投向青年人，并对青年人有更多的耐心和细心——他们清楚地知道，青年才是诗歌的未来。

五、结语：观察者的位置

我们在这篇文章中对当今新诗写作状况的考察，显然是有立场和尺度预设的。我们的全部考察，都依据写作的内在原则和与写作相关的问题意识来进行。但我们并不自诩做到了"客观"和"不偏不倚"——因为完全的"公正"是不可能的，因为观察者也在这个场域之中，也具有自己的理念、眼光、标准、趣味和偏好。但我们能保证的是，这里进行的描述、分析和评判，都有事实根据，都有一整套诗学道理或理由为它们提供辩护性的支持，而不只是基于主观好恶和圈子化的利益考虑。

多年前，胡续东在一篇关于当代诗歌场域的分析文章中指出，当代诗在两个方面都日益"孤绝化"。一方面是当代诗在整个当代文化格局越来越处于孤绝位置；另一方面，在所谓的"诗歌界"内部的诸构成群落之间也发生着"不断细分的相互孤绝化"：

> 2000 年以来，随着官方/地下、北京/外省、知识分子/民间、国际/本土、市场/独立、激进/保守、意识形态/审美等一组组二元性文化张力在新的文化情境下趋于淡化，"诗歌共同体"内部短暂凝聚于 1990 年代末的二元式群落结构本来有望迎来一次全新的整合或者互渗，但由于诗歌界未能清醒地完成文化角色和场域建构方式的调整，来源驳杂的外来力量以恶性僭越的方式加剧了群落的细分惯性，以至于近十年来，"诗歌共同体"内以孤绝的二次方的面目出现的细小群落之间几乎找不到任何共享文件夹。而饶有意味的是，每个小群落自己的文件夹里几乎都存放着容量惊人的信息：网络交流的、出版物的、"活动"的、奖项的甚至对群落自身的小历史进行宏大叙事的信息。（胡续东：《近十年来的诗歌场域：孤绝的二次方》）

区隔的发生，是由于诗歌场域中各色人群的阶层地位、教育背景、生活环境和交往圈子的差异造成的。这种区隔在今天的格局中被日益强化。在此种情况下，试图发明某种让多数诗歌圈子都接受的"共同标准"或"共识"几乎是不可能的。因而我们这里的考察本身也处在一个"孤绝"的位置上。我们深知，这篇文章的观点和讨论方式不可能得到所有人、甚至不可能得到多数诗歌相关人士的支持和认同，许多诗人或诗歌圈子会以一种轻蔑和厌恶的姿态来对待本文，但我们相信，一种诚恳的、有着广阔视野和高度反思性的考察，绝不会是白费力气。另一方面，这种相互之间"找不到任何共享文件夹"的状况也并非没有任何价值，因为它充分说明了当代新诗的理念和实践具有无穷多样的可能性，每一条道路都不能垄断全部的真理。这正是新诗的活力所在。当我们肯定这些道路各自的价值并肯定诗人是在"分道而行"时，我们事实上是站在现代文明的基本立场上。每一条认真行走的诗歌道路都是珍贵的，每一个严肃诚恳的诗人都应该得到必要的尊重——这是对想象力、可能性、本真性和自由之价值的肯定。无论诗人如何理解中国当代现实，如何判断中国目前的处境和状况，如何理解自身经验的起源、成因和我们遭遇到的困境的性质，他们都只能忠实于自身的经验。即使诗人的经验与技艺分化为多种类型、多种立场和多种语言形式，使得中国当代新诗呈现出极其驳杂的面貌，我们也不能强求统一。尊重个体性和多样性，这是诗的伦理，也是诗歌批评的伦理。

但这并不等于我们就认同诗歌标准上的相对主义。韩东在近期的一篇文章《诗歌多元论》中认为，诗歌有多种写法，所有写法在价值上是平等的，并无高下优劣之分；而高下优劣之分，只能在某一写法类型内部作出评判，不能在不同写法的诗之间进行评判。韩东的这一主张虽然也尊重个体性和多样性，但却导向了诗歌类型之间的相对主义。我们认为，不同的诗歌写法或类型之间，也有可能进行某种价值评判。这种评判并不意味着，写某类诗天然比写另一类诗更高级、更优越，而只是意味着：某些写法需要更成熟的心智和更综合的能力，因而前景更广阔、更有可能写出伟大的杰作；而另一些诗歌写法则有着较大的局限性，或者难以满足心智的最高要求，只能写出优秀的作品，却几乎不可能写出足够丰富和伟大的作品。诗歌道路千万条，但仍然可以区分出大道、小道和偏歧之道。大道是端正、有根基的写法，越往后越结实和开阔，抒情诗传统、叙事诗传统和哲理诗传统就是大道中的三种主要方式，它们三者也可以综合或融合起来。凡是不间断地在大道上努力的人，一般都会越写越好。而小道则是某些杰出诗人自创的新式套路和诗歌方法，可以成就某些人的诗歌，但一般只能走到较远处，而无法走到最远或无限之境。某位诗人开创的小道只能供他人在某一阶段研习，后续潜力相对不足。而偏歧之道则是死胡同或短窄的甬道，它只能由其发明者本人使用，且只是一次性的道路，其他人学了也毫无意义，比如青年诗人丁成的写法就属于此种。从教育学的意义上说，大道能对所有写诗的人皆有助益，小道能帮助少数人，而偏歧之道只能成就一个人（发明者本人）。小道和偏歧之道是确立个体风格独特性的有效方式（可以速成），走大道要花更长的时间才能获得完整的个体性。从价值上说，"大道"的价值显然是更高的，因为它和诗人个体的精神成长相关，它的意义并不只是有助于"把诗写好"，而且在于它从最深的根基处对人进行滋养。

在这篇文章中，我们据以评判和考察各类写法的标准，是由我们所认为的"大道"的特征规定的。我们认为，在今天的语境中有效的写作方式必须满足以下条件：它必须是真实、可信的，必须是以个体的直觉和经验为内核的，必须贡献出新鲜的语言方式，贡献出新的感受、想象和理解。我们用"原初写作"来命名这样的诗歌样式。真实可信的诗，忠实于个体在当下处境中的原初经验，"原初"意味着真切的处境感，拒绝用文化惯习、理论预设和既有概念覆盖、钝化这种经验。以个体直觉和经验为内核的诗，最关心世界、事物和心灵状态的当下呈现，"原初"意味着诗是生命的感发而不是修辞或材料的堆砌，尽管与当代处境相匹配的诗可以利用甚至必定要利用恰当、准确的修辞和材料。我们需要以"真"为依托的修辞和材料引入方式，反对依赖、滥用修辞和互文手法。贡献出新质的诗，是对我们的理解力和精神具有更新作用的诗，它改变我们看待事物、世界和语言的方式，改变我们对待他者的方式，"原初"意味着永远保持对于世界、他者和事件的开放态度，时刻准备着让新的东西进入我们和我们的语言。"原初写作"不接受"套路"对诗歌的支配，不接受自我和语言的封闭性。一言以蔽之，原初写作的目标，是"真切的新鲜"和"新鲜的真切"。

这一时代的诗歌场域中，各种"套路"大行其道，各种"装"也甚嚣尘上。我们如何才能获得写作的"原初性"？当某些诗人写出了这样的作品时，又如何能够使人辨认出它们？前者取决于诗人精神生命的真实性以及从这种真实性而来的决断，要求诗人截断众流、义无反顾；后者则取决于这一时代的诗歌教育和诗歌批评机制，它们必须培养出更多具有诗性感受力的读者。我们的考察到这里遇到了它的边界。更进一步的事情，是对当代诗人的生活和精神状况的理解，以及已刻不容缓的、需要更多人投身其中的诗歌教育行动。

2019 年 4 月于昆明

2018 年中国新诗批评与研究述要

符二　执笔

　　2018 年是中国新诗发展史上的一个重要节点，恰逢新诗走过百年历程，同时，也是"五四"新文化运动百年即将到来之际。本年度中国新诗研究成果颇多，但倘若探寻其规律，总体说来，可以梳理出中国新诗研究的三个向度：一是回望和总结了百年新诗的发展历程；二是注重新诗的诗学理论建构，在研究中凸显新诗的现代性意识；三是在新媒体语境下，学者们关注传统诗学与现代新诗之间审美的断裂与延续，并对新媒体语境下诗歌跨界带来的契机、危机等方面问题展开了分析探讨。现择其要加以综合评述。

一、　对百年新诗发展历程的回望与审视

　　2018 年中国新诗刚好走过百年历程，紧接着即将迎来作为新诗基本语言方式和手段的白话文运动一百年到来。一个世纪以来，中国社会发生巨大变迁，新诗作为一种话语方式，深刻地介入到历史与现实中，在时代变革中记录人们的生活与情感，塑造新的审美，在向日常人生回归的过程中体现大众的价值判断和精神追求。作为研究聚焦的"百年新诗"，近一两年，关于百年新诗的探讨话题颇多，2018 年研究态势持续发酵。具体说来，本年度研究方向主要凸显在三个方面：一是为"新诗"正名；二

是关于新诗流派展开争论；三是探讨新诗的语言、韵律、技艺等具体层面。

傅元峰在《"百年新诗"辨》①一文中，首先对"百年新诗"的概念进行了梳理。文章指出，《蝴蝶》被认为是新诗的起点，以一首诗宣告一种文体的诞生几乎是前所未有的。"新诗"在草创期呈现为诗人离弃旧体过程中的新的诗体想象及其漫长的文体试验，试验之最终结果，应是以理论和创作构筑文体壁垒，将"新诗"从旧体和歌谣等组成的"新的诗"中区别出来。严格说来，文体意义上的新诗尚处在妊娠期，并未真正面世，但研究者却写出了新诗长大成人的传记。鼓吹"新诗百年"的人，他们所进行的文体意义上的新诗起源考据，大多重其事而忽略其质。《蝴蝶》是新文学发展史上的重要事件，但学者们放大了其对新诗的文体开创价值。傅元峰进一步指出，所谓"新诗百年"，并非新诗"诞生百年"，而是新诗筹备、试验并在新白话中孕育了一百年。因此，探讨它是否诞生、何时成熟的问题，不如进行新诗文本的考论，从中提取已经由优秀诗作体现出来的文体征象。傅元峰对"百年新诗"这个指称的辨析总体来说显得客观而审慎。"百年新诗"的提法，在时间认证以及新诗发生所持的依据上其实是比较模糊的，比如陈仲义对"百年新诗"的时间起点及其冠名依据，就曾经梳理出了八种之多，至于作为一种新的诗歌体式，在冠名上百年来还存在着十多种不同的命名。②傅元峰整体关注到了汉语新诗在生成、发展以及各种诗学流派形成的过程中，其内部错综复杂的一系列诗学问题。

傅元峰为"新诗"正名，钱继云则以"朦胧诗"为切入点来探讨新诗。"朦胧诗"是新时期第一个影响力最大、最深远的

---

① 傅元峰. 百年新诗辨［J］. 南方文坛，2018（1）。

② 陈仲义. 百年新诗："起点"与"冠名"问题［J］. 中国现代文学研究丛刊，2017（10）。

诗歌流派。伴随着"三个崛起"理论的提出,"朦胧诗"以一种崭新的姿态迅速登陆中国诗坛,开启了中国新诗的新纪元。在《〈诗刊〉与"朦胧诗论争"》①一文中,钱继云系统而全面地梳理了"朦胧诗"产生的时代背景和特定的历史条件,以及"朦胧诗"在《诗刊》上发表后,所引发的诗坛的巨大震荡。钱继云指出,《诗刊》作为国刊,难免受到主流意识形态的制约。这种制约既缘于"朦胧诗"基于独立意识与自主立场而裹挟着激进乃至偏激的批判性,在传统的新诗观念与权威的主流意识间左奔右突,也与彼时非艺术、反艺术的观念对文艺过于牵连缠绕,以致框约了人们的思维模式与表达方式有关。如果说《诗刊》在朦胧诗讨论初期尚能致力倡导并勉力保持良好的学术争鸣氛围,大致能够将对朦胧诗的批判诉求限定在文学、学理的范畴内,然而随着讨论的渐次深入,于既有秩序与规范而言,新诗潮带来了兴奋感的同时也交织着危机感。钱继云对"朦胧诗"的重新梳理,显然是强调其在新诗发展过程中,对整个中国新诗的推动作用。

同样是探讨"朦胧诗",万水、包妍则是从"朦胧诗"生发的起点和经典化问题,采取朦胧诗接受史研究的角度,来对"朦胧诗"展开探讨。在《朦胧诗"起点论"考察兼谈其经典化问题》②一文中,二位学者指出,孙绍振的《新的美学原则在崛起》认为"朦胧诗"的出现标志着一种新的美学原则诞生,虽然没有直接使用"起点"一词,但是它们已经具备了明确的"起点"意识。作为肯定和支持朦胧诗的第一个重要批评家和诗人谢冕,认为朦胧诗的出现可以比肩于"五四"新诗运动,因此"朦胧诗"也常被视为第二个新文化运动。"朦胧诗"在20

① 钱继云.《诗刊》与"朦胧诗论争"[J]. 扬子江评论, 2018 (3)。
② 万水、包妍. 朦胧诗"起点论"考察兼谈其经典化问题 [J]. 当代作家评论, 2018 (1)。

世纪 70 年代末、80 年代初横空出世，短短几年的时间内对中国新诗诗坛造成极大的冲击，其后随着大部分主要朦胧诗人出走海外，作为整体的朦胧诗潮由"进行时态"变为"完成时态"。此后的朦胧诗接受史基本沿着两条道路进行，一条是经典化道路，一条是反思道路。万水、包妍指出，如果说 80 年代初期朦胧诗起点论还是一家之言，那么随着朦胧诗进入体制，主流评论界出现了更多的将朦胧诗与"现代诗歌新航道"、"新时期文学新思潮"相对接的论调。90 年代的学者在整理 80 年代的文学遗产时发现，朦胧诗无论在人道主义和个性主义的启蒙方面，还是在现代性的追求和反思方面都走在了时代的前列。万水、包妍通过分析"朦胧诗"起点背后的文学史叙述逻辑，以及梳理了其经典化的形成过程，意在说明"朦胧诗"内部意涵的丰富性和多面性，这样的判断在唤醒人们对 80 年代辉煌记忆的同时，也使得朦胧诗的文学史形象更加立体。

　　紧接着"朦胧诗"浪潮之后，出现的是另一个声势更为浩大、成员更为众多、同样产生深远影响的诗歌群体，他们以反价值系统起家，以颠覆朦胧诗、解构传统和崇高为理论基础，这就是"第三代"诗人。第三代诗人一个非常重要的诗学主张体现在语言上，他们提出"诗到语言为止"。李心释在《20 世纪 80 年代以来的"口语诗"问题综观》① 一文中指出，"朦胧诗"成功突破了集体话语的封锁，一改此前诗歌浅白、口号式的写作风气，以密集的意象、语象抒情为主要特征。但是，"朦胧诗"最赖以存在的诗学特质反过来成为了其最受人诟病的地方——当"朦胧诗"创作中的意象、语象逐渐凝结为一种呆板而僵化的书面语，其复杂而艰深的象征、隐喻手法带来文面的晦涩和难懂，

----

① 李心释. 20 世纪 80 年代以来的"口语诗"问题综观 [J]. 福建论坛（人文社会科学版），2018（7）。

引发了读者和评论家不断的争议。此等情况下，"第三代"诗人以一种前所未有的先锋姿态轰轰烈烈出场，他们提倡"口语写作"，甚至是写"废话诗"。到了 1990 年代，口语化诗歌随着时代环境的变迁，其民间立场和先锋精神遭到了越来越多的质疑，口语化写作本身也呈现出新的变化，口语与书面语的有机结合使现代汉语诗歌取得空前的成熟。李心释对"口语诗"诗学问题的全面阐释，在"百年新诗"理论化建构的过程中有着重要的意义。

如果说以于坚、韩东、杨黎、李亚伟、周伦佑等为代表的诗人以"口语"写作开辟了新诗的一块荒蛮之地，那么，几乎是与此同时，另一种新的美学追求又"崛起"了——以西川、欧阳江河等为代表的诗人，在坚持专业写作态度和人文主义立场的基础上，强调诗歌应该以智性适度疏密的艺术方式来处理时代的生活经验。这就是"知识分子写作"。但无论这些诗人群体持有怎样的诗学主张和审美立场，要回到具体的诗学问题，最重要的仍然是语言的问题。敬文东以欧阳江河的创作为例，同样选择"语言"为研究切入点，从微观上进一步揭示在百年新诗发展的历程中，诗人是如何处理现代经验的。在《从唯一之词到任意一词——欧阳江河与新诗的词语问题》① 一文中，敬文东指出，新诗自诞生之日起，就如何处理现代经验，发展出两种不同的诗学倾向：新诗主心论和新诗主脑论。新诗主心论一直占据着新诗史的主流位置。它实则是古典主心诗学的现代延续，而它过分强调的抒情性，有可能影响新诗对现代经验的精确表达。面对复杂难缠的现代经验，新诗主脑论则强调，以脑为首、以心为辅，并仰赖词语的分析性特征和一次性原则，深刻地显现事物内部的秘

---

① 敬文东. 从唯一之词到任意一词——欧阳江河与新诗的词语问题［J］. 东吴学术，2018（3）。

密，这是新诗现代性的必然要求。欧阳江河的反抒情诗学及其实践，所仰赖的词语的直线原则和瞬间位移，对新诗主脑论所作的延续与推进揆之于新诗史有深远的意义。

余旸则是以另一种独特视角，以张枣的具体诗作为例证，对张枣的"汉语性"概念进行了全面的阐释。在《文化帝国的语言——诗人张枣的"汉语性"概念阐释》① 一文中，余旸指出，在 20 世纪 90 年代，诗歌界发生了一次有关中国当代新诗文化身份合法性的大讨论，涉及到当代新诗与中国古典诗传统和西方现代主义诗歌关系的问题。从胡适尝试"白话诗"开始，"传统"与"现代"的问题一直纠缠在新诗探索与评价史中。几乎每次诗潮的涌动，新诗都要经受"古典诗传统"的质询、评判、衡量。而在 20 世纪 90 年代复杂的社会语境下，如何对待"古典诗传统"再次成为诗人与批评家阐释及争论的核心。但与以往不同，这次对该问题的探讨，还与对 20 世纪 80 年代以来新诗写作受到西方现代主义诗歌决定性影响的反思相关，不仅涉及到新诗文化身份合法性的探询，也涉及到了可能性资源的寻找与探索，成为"90 年代诗歌"自我建构非常重要的一部分。诗人张枣在对新诗"现代性"的寻求过程中，虽然内在服膺于欧美的现代主义，但他看到了现代性本身所携带的方法论危机，所以在如何为当代新诗的写作困境提供突破的可能性上，张枣才始终强调"汉语性"原则，试图借助"传统"也即"汉语性"的重构来克服这种危机。余旸在这篇文章里，精准地揭示了新诗在进入新时期之后，以张枣为代表的诗人自觉与中断了的"五四"新文学传统接轨的过程，这其实也是一种深层次的文化归属过程。在百年新诗发展进程中，张枣的诗歌创作具有一种意义重大的文化

---

① 余旸. 文化帝国的语言——诗人张枣的"汉语性"概念阐释 [J]. 文学评论, 2018 (4)。

补救性质。

与敬文东和余旸所采取的角度不同，李章斌谈论的是新诗的韵律问题。在《新诗韵律认知的三个"误区"》①一文中，李章斌指出，在有关中国现当代诗律学与诗学论述中，学界一直有一个根深蒂固的理解：认为"格律"与"韵律"（节奏）是同一的。这种混淆背后隐藏着一个认知误区，即把固定的、周期性的格律当作韵律的全部形态，甚至当作诗歌之形式本身。李章斌认为，如果不重新审视和理清"韵律""格律"以及"形式"这些基本的理论基点，对于自由诗的韵律认知便只能付之阙如，对当代新诗的韵律现状以及整个文体的理解也会产生偏差。2018 年度，李章斌还发表了另外三篇文章：《重审卞之琳诗歌与诗论中的节奏问题》②、《自由诗的"韵律"如何成为可能？——论哈特曼的韵律理论兼谈中国新诗的韵律问题》③、《帕斯〈弓与琴〉中的韵律学问题——兼及中国新诗节奏理论的建设》④，这是李章斌继 2017 年度对胡适与新诗节奏问题的思考⑤之后，对韵律问题研究的又一次持续发力。在对新诗的格律和韵律理论进行重新审视，厘清新诗"格律"与"韵律"的认知误区，以及探讨新诗新的韵律和韵律学前景等领域上，李章斌几乎是目前国内诗评家中研究最专注、关注最广泛、同时也是最为执着的一个。虽然李章斌的个别论点，比如他指出新诗的格律理论在总体上是宣告失败的，"其标志是到目前为止新诗

① 李章斌. 新诗韵律认知的三个"误区"［J］. 文艺争鸣，2018（6）。
② 李章斌. 重审卞之琳诗歌与诗论中的节奏问题［J］. 文艺研究，2018（5）。
③ 李章斌. 自由诗的"韵律"如何成为可能？——论哈特曼的韵律理论兼谈中国新诗的韵律问题［J］. 文学评论，2018（2）。
④ 李章斌. 帕斯《弓与琴》中的韵律学问题——兼及中国新诗节奏理论的建设［J］. 外国文学研究，2018（2）。
⑤ 李章斌. 胡适与新诗节奏问题之再思考［J］. 中国现代文学研究丛刊，2017（3）。

并没有建立具有明显的节奏效果而又被诗人和读者广泛接受的格律诗体，甚至连其节奏具体如何产生现在也没有达成基本的共识"① 的说法尚有值得商榷之处，然而在百年新诗诗学理论建构的过程中，其持续挖掘、持续深入、持续拓展的研究态度，不得不令人肃然起敬。

而在所有这些关于新诗的研究探讨中，洪子诚老前辈关注的是一个表面上看似易于言说、实则是所有诗学问题中最难以言传；表面上看起来最形而下、实则最形而上的一个问题——诗歌的技艺问题。在《诗人的"手艺"概念》② 一文中，洪子诚从诗歌发生学的角度来谈 20 世纪 90 年代的新诗技艺层面。文章指出，当代诗人不大愿意将写诗和"手艺""技艺"联系起来，也相对忽略谈论诗歌写作的"技艺"的这种情况，根源于当代文学观念重视的是文学（诗歌）的社会功能，而语言、技艺总被放在次要、附属位置上有关。而内容、形式不可分的"整体论"，也无法留给技艺更大的关注空间。文章进一步指出，技艺是使人们在认识语言的有限性和诗歌的"无用"之后，用来重新探索思想、历史承担如何得到可能的一种方式。回望 20 世纪 90 年代，技艺论者许多同时也是强调诗歌表达感受、生命、灵魂的理想主义者，海子、骆一禾、张枣等都是技艺的强调者，诗歌"手艺"的提出，意味着诗人更加专业化、职业化。事实上，关于诗歌的技艺问题，是一个古老的话题，同时又是一个略带玄秘色彩的话题，中国古典诗话中对此论述颇多，争议也非常之大。洪子诚对手艺概念的重申，可以说回到了诗学的源头，从本质论角度对现代新诗进行了探讨。

---

① 李章斌. 有名无实的"音步"与并非格律的韵律——新诗韵律理论的重审与再出发 [J]. 清华学报（台湾），2012, 42（2）。
② 洪子诚. 诗人的"手艺"概念 [J]. 文艺争鸣，2018（3）。

二、 新诗诗学理论的建构

无论把"百年新诗"指称为自由诗、白话诗、新诗、现代诗、现代汉诗、先锋诗、当代诗……也无论出现多少诗学流派，引发多少诗学论争，无可辩驳的事实是，这种截然区别于古典诗歌形式的诗体——姑且称为"新诗"——是当代的诗人用当代的话语方式、结合当代的经验和生命体验所创制而形成的。如此，诸种因素在现代文化的境遇下相遇、杂糅、融合、生成，如此成长起来的"新"诗，所蕴含的当然是"新"的诗学思想。因此，对"新诗"所进行的一切理论研究，本身就是一个"新"的诗学思想的不断建构过程。2018 年度，诗评家除了从诗歌的基本概念、美学原则、诗学特质、研究范畴等方面切入新诗，还分别从诗歌的生态学、伦理学、地理学以及现代性等等诸个角度展开深入研究，为新诗诗学理论的建构添砖加瓦。

梅真在《诗学的方向与归属：生态诗学——中国当代生态诗学建构之我见》① 一文中指出，生态诗学是所有诗学的方向与归属、初心与源头。"生态诗学"是源生于中国古代生命论诗学和吸收西方生态思想的整体主义生态诗学。中国生态美学学科和理论体系已经建构起来，生态诗学则还没有，中国当代生态诗学的探索与实践，是诗坛对全球生态危机的积极应对，其不仅给新诗的发展带来广阔的天地，而且对诗歌史的叙写产生一定的影响。梅真认为，生态诗学可能不从属于任何诗学范畴，而是所有诗学中，更深层的或者更广阔的一种诗学。严格意义上说，中国

---

① 梅真. 诗学的方向与归属：生态诗学——中国当代生态诗学建构之我见 [J]. 当代文坛，2018（6）。

的生态诗学是在 20 世纪 90 年代中期逐渐兴起的，生态诗学理论的建构，在内容上包含了对诗歌的创作方式、动机、主题、思想、特点、价值等方面的提取、归纳和研究，又能够在丰富诗学理论的同时指导诗歌创作和诗歌批评的实践。

张静轩则从诗歌伦理学批评的角度来谈新诗的问题，在《浅论当代诗歌批评的伦理学重建》[①] 一文中，张静轩指出，当代诗歌批评存在两个层面的积弊：一方面在批评写作的文本内部，尚缺乏清晰的文学伦理学意识，批评的伦理价值长期被忽视；另一方面，批评文本外部的生产传播机制，也时时存在失衡与失范的风险，功利与人情的牵扯使得批评家无从抽身，这也从另一侧面说明了诗歌批评在伦理建构上的缺失。此二种积弊体现出两面性，给当代诗歌批评的现状与前景覆上了挥散不去的阴影，也促使我们不得不思考当代诗歌批评的伦理学重建问题，以此为其未来的积极健康发展寻找新的诗学可能。张静轩为当代诗歌批评伦理学方法的久遭冷藏深感忧虑不无道理。因为当代诗歌批评在很大程度上依赖并且受制于意识形态，很多有效的批评方法，实际上长期处于一种被遮蔽的状态。重新回到诗学的内部问题，才是真正行之有效的建构现代新诗理论的方向与途径。

钱文亮近年来致力于在现代性理论背景和全球化视野下研究中国诗学与文学。在《现代性与人文地理学：透视新世纪中国诗歌的"地理转向"——以雷平阳、"象形"诗群为例》[②] 一文中，钱文亮主要以云南诗人雷平阳和湖北"象形"诗群为例证，

---

① 张静轩. 浅论当代诗歌批评的伦理学重建 [J]. 文艺评论，2018（3）。张桃洲、吴昊. 诗学论著与中国诗歌理论现代性的建构 [J]. 华中师范大学学报（人文社会科学版），2018（7）。

② 钱文亮. 现代性与人文地理学：透视新世纪中国诗歌的"地理转向"——以雷平阳、"象形"诗群为例 [J]. 文艺争鸣，2013（3）。

指出这些诗人将"诗学地理"概念落实到了具体明确的自然地理范围和地理人文的历史线索上，在诗学的价值取向、语言态度、思维方式和心理状态等方面表现出一定的类同性、趋近性。文学中的"地理"因素，当然蕴含着非常丰富而重要的人类学、文化学、社会学、政治史甚至是思想史的内容，从这个意义和角度来探讨诗歌写作中的地理因素，于论证当代中国人所特有的现代审美体验，无疑具有十分重要的意义。但是，钱文亮提出的"诗学地理"概念，并未超越于此前评论家曾一度热衷的"地域诗歌"提法，相反，在内涵上可能"地域诗歌"还要更加丰富。梦亦非在谈到"地域诗歌"时提到四个"本地"要素构成：本地文化、本地经验、本地体验、本地事物。"地域诗歌"的重心是创造主体，即所谓"以本地文化为背景，处理本地经验、本地体验与本地事物"，① 绝非主题关涉某地即称其为"地域写作"或"地理诗学"。

张桃洲、吴昊在《诗学论著与中国诗歌理论现代性的建构》② 一文中，通过对 1920—1949 年期间公开出版发行的中国现代诗学论著进行挖掘与梳理，试图对现代性及其相关问题作出回答，从中总结中国现代诗歌理论具有普遍性的诗学问题。现代新诗在研究过程中，所涵盖的领域无非是包括了诗歌史、作家作品、诗歌文体、诗学批评史等几个方面。现代汉语诗歌在百年的发展历程中，一直以一种比较开放的姿态来吸纳西方文化，甚至从西方的话语方式那里获得借鉴与启示，这是新诗走上了与传统诗歌判然有别的最主要的原因。因此，从诗学批评史的角度要探讨新诗的演变，不仅为新诗获得了更为广泛的言说空间，更重要的是在探求诗歌理论现代性推进的进程中，无疑具有较强的新诗

---

① 梦亦非. 苍凉归途［M］. 广东：花城出版社，2010：156。
② 张桃洲，吴昊. 诗学论著与中国诗歌理论现代性的建构［J］. 华中师范大学学报（人文社会科学版），2018（7）。

史料意义。

同样探讨新诗的现代性主题，刘波则是从现代性美学推进的角度，对新时期四十年以来新诗的发展历程作了梳理。在《现代性的美学演进——关于新时期诗歌四十年的线性叙述》① 一文中，刘波指出，以"朦胧诗"浮出水面作为起点，来谈论新时期诗歌的发生，既是接续"五四"以来文学的现代性问题，又是在诗性的层面更新其语言、观念以及对现实的回应。从现代性问题入手，动态地梳理当代诗歌发展的内在逻辑，或许会是另一条"重估"与阐释的路径。一代又一代诗人的出场和崛起，重塑了新诗的诗歌美学，无论这样的美学是反叛的、抵抗的，还是重新推翻自己另起炉灶的，他们都获得了再次突围的契机。诗人所追求的多维度的写作格局，包括读者在接受方面的宽容度，都印证了新世纪诗歌的内在丰富性。

宋宝伟从诗歌批评的体系建构这一角度，阐述了现代诗批评体系建构与话语转型的重要性与必要性。在《现代主义诗歌批评的体系建构与话语转型》② 一文中，宋宝伟指出，尽管现代主义诗歌与新诗在概念、范畴和指向等方面存在很大差距，但属于新诗范畴之内的中国现代主义诗歌，也和新诗一起走过了辉煌而多艰的百年历程。代表着中国新诗"横的移植"的全部成就的现代主义诗歌从其诞生的那一刻起，对其质疑否定或赞许有加的诗歌批评也就随之展开。现代主义诗歌批评在最初阶段表现为一种"片片断断"的零星解释与感悟，缺少系统性理论阐发与学理观照，但就是在这零散、非系统性的论作中，我们还是看到了一种现代主义诗歌批评模式的滥觞，或者说是现代主义诗歌批评

① 刘波. 现代性的美学演进——关于新时期诗歌四十年的线性叙述 [J]. 文学评论, 2018 (3)。

② 宋宝伟. 现代主义诗歌批评的体系建构与话语转型 [J]. 北方论丛, 2018 (3)。

体系—— 一种阐释、对话、碰撞的诗学理论的"建构"。现代主义诗歌批评顺应诗歌发展的潮流，完成向先锋批评话语的转向，致使诗歌转入了常态化写作，那么就必然要求诗歌批评在坚守批评伦理的同时，发生相应的话语转型。

明飞龙在《完整性写作：一种走向完整的诗学》① 中指出，"完整性"的诗学观念是对策略化写作的拒绝，要求诗人从诗学观念本身出发，强调诗歌对现实生存真相的揭示和批判意义，并把这一切当作诗歌追求的基础。但同时明飞龙也指出，从写作的本质来看，诗歌写作并不存在"完整性"的问题，诗歌写作与一切概念无关，它只是每一个鲜活的创作个体对自我生命的寻找与求证。如果存在"完整性"的话，也只是心灵的"完整"，这种"完整"蕴含着对世界、对生活、对自我、对语言乃至对诗歌的不断怀疑与反思。"完整性写作"，是一种让作者和读者走向完整的诗学。

三、断裂与延续、危机与契机——新媒体语境下对现代新诗的研究

新诗从最初胡适先生带有实验性质的"尝试"，到如今从创作手法到诗学理论日臻成熟的过程，如果我们对新诗发展历程进行梳理，可以清晰看到几代诗人艰难探索的轨迹。从形式的固定到摆脱传统格律，从对语言的革新、反叛到从日常口语中寻求鲜活的语言和精美的抒情，这同时也是新诗新的审美价值逐步确立的过程。历经几代人的探索实践，新诗可以说已经积累了丰富的经验，建立起了迥异于千年传统诗学的审美体系。但是，新诗不仅是中国诗歌传统的革新，更是中国诗歌传统的延续，它全面地

---

① 明飞龙. 完整性写作：一种走向完整的诗学 [J]. 文艺争鸣，2018（4）。

继承了中国古典诗学的很多精髓。

中国新诗的经典构成一直在不断发生着细致微妙的变化。这种变化，从中国古诗到当代新诗，本质上是一个持续的过程。由于新诗和古体诗二者之间的断裂如此猛烈，导致一种新的文学体裁在重新生成的过程中，其孕育的经典和作为古体诗的经典二者之间有着天壤之别。但是，新诗经典的生成，又终将会汇入中国诗歌传统的河流之中，体现出内在的关联性。在创作实践上，如前所言，以张枣等为代表的诗人，在古典与现代之间，就找到了一个非常精妙的结合点。那么在理论建树中，2018 年的中国诗歌研究，也典型地呈现出了这样的特征。

赵黎明在《"境界"传统与中国新诗学的建构》① 一文中指出，在传统诗论里，诗歌的产生源于气、感于物、兴于象、成于境，从兴发到完成每一环节都与境界牵连，"境界"成古典文论家热衷谈论的话题。新文学发生之后，出现两歧现象：在古典文艺学范围内，相关讨论热度不减，成果叠出；而在新诗学领域，人们却束之不关，避而不谈，"境界"在新诗中遭遇"断裂"命运。事实上，境界传统对新诗学建构具有很大的镜鉴价值，在新诗发展历程上，境界自身在"语象化""事象化""理象化""虚境化"等诸方面经历了整体变异的过程。以横向移植为能事的新诗学，使用一套现代西方诗学话语，但这些话语与境界诗学范畴之间，存在着巨大交集，充分说明境界传统具有贯通古今中西诗学的活力。赵黎明指出，境界传统对新诗学建构在保持诗的精神高度、保证诗的感性底色、重建现代"直寻"诗学以及建立一种"深度"诗学的过程中，具有着多方面维度的昭示。

在当代新诗歌谱系中，张枣是一个比较有意识将当代的诗意

① 赵黎明. "境界"传统与中国新诗学的建构 [J]. 文艺评论，2018（5）。

植入到古典诗歌精神向度里的诗人，汉语在张枣那里被他运用得非常精微和出人意料。敬文东在《味与诗——兼论张枣》① 一文中，认为汉语是一种具有舔舐能力的语言，而诗是语言的产物，是语言在舔舐天下万物和万事的过程中使之成味。从味觉思维（或味觉思想）的角度看过去，作为现代性的对称物，汉语新诗的最低任务极有可能是：重新展开成己以同时成物（成诗）的过程。新一轮的成己以成物（成诗），乃汉语新诗在新的历史语境中被迫认领的新任务：它有必要在失味甚至变味的时代，在遍地"馊物"的世界上，恢复汉语新诗的赋味能力，重新让世界变得有"滋"有"味"。从本质上，敬文东的这一观点，是在汉语世界追求现代性而普遍失味的情况下，从传统诗学的意味、韵味出发，切入到对现代新诗的一种新的阐释。

但是，新诗与古典诗歌之间虽说存在斩不断的内在联系，很多当代新诗都是在一种开放的语言状态中获取诗的古典品质，然而在新的时代背景之下，尤其是当下新媒体语境的强烈冲击和影响之下，当下诗歌又出现了很多走向。"新媒体"强调"媒介即现实"，各种新媒体全面介入社会的各个领域之后，"现实"的内涵与外延发生明显迁移，导致诗歌与现实之间的关系也发生巨大变化，于是关于诗与现实之关系的讨论重新成为理论焦点。

罗小凤在《新世纪诗歌对现实的"发明"与"重塑"》② 一文中指出，一直以来，诗歌"重返现实""介入现实""干预现实""呈现现实"等呼声反复成为学界热点。尤其在当下新媒体语境下，由于进入诗中的"现实"不过是"现实"本体的镜像，因而现实既无法呈现，亦无法重返和"介入"，诗人只能调整其与现实的关系状态，对现实进行再塑，发明新的现实，从而建构

① 敬文东. 味与诗——兼论张枣 [J]. 南方文坛，2018（5）。

② 罗小凤. 新世纪诗歌对现实的"发明"与"重塑" [J]. 中国现代文学研究丛刊，2018（9）。

诗与现实的新型关系。当下世界面临新媒体技术横扫各个角落的语境，虚拟现实、超真实、拟像、仿真等概念与实际存在使诗歌对现实本体的摹写遇到新的挑战，任何书写都无法真正抵达现实本身，只能以新的诗歌语言、技巧、形式对已经拟像化的现实生活进行书写，发明文字中的"现实"，再塑我们对现实的认识与体验。的确，处在新媒体语境下的"现实"由于媒介技术的全面介入而显得更为复杂，诗人需要穿透现实表象层面，抓住"噬心"主题重新"发明"与再塑现实，从而建构诗与现实的新型关系。

2018 年的新诗研究，不少学者还注意到了诗歌跨界的问题。有人认为诗歌跨界给诗歌创作带来了新的活力和契机，有的学者则对此表示了隐忧。邱志武在《跨界诗歌：逾越后存在的问题——兼谈消费语境下诗歌的姿态》① 一文中指出，近年来，诗歌跨越自身的边界与其他艺术元素进行融合而衍生出一种新的艺术，跨界、"混搭"诗歌成为一种新的现象。邱志武指出，在一个消费和物质主义盛行的时代，跨界诗歌的出现，确实使清寂寥落的诗歌吸引了众多的眼球。然而，诗歌的跨界在热闹的背后，也存在一些不容忽视的问题。在消费语境下，诗人应坚守自己的理想和情怀，着眼于人类命运和灵魂的关怀，挖掘自身的艺术特长，并适度合理地融合、吸收、升华其他艺术特质，最终构建出一种新的诗歌姿态和诗歌理想。

刘波在上文提及的《现代性的美学演进——关于新时期诗歌四十年的线性叙述》② 一文中也提出，经过了由 20 世纪 90 年代的内敛式探索到新世纪的主体话语重建，当下诗歌又开始有了

① 邱志武. 跨界诗歌：逾越后存在的问题——兼谈消费语境下诗歌的姿态 [J]. 当代作家评论，2018（2）。

② 刘波. 现代性的美学演进——关于新时期诗歌四十年的线性叙述 [J]. 文学评论，2018（3）。

更多富于异质性和陌生化的面向，这是诗人在诗歌技艺与现代意识上更为自觉的表现，然而，这也与读者形成了一种错位。尤其是在新媒体时代，不同读者对诗歌的理解和接受是不同的，相异的美学趣味和不同的文学素养，也决定了诗人与大众读者之间无法达成美学的一致性，这也可能在于对诗歌所持有的标准被消费时代所"异化"了。异化的一个表现，就是不少"娱性诗"的出现。如何持守纯粹的现代性，也许是今天诗人所面对的更大挑战。

王士强采取一种比较折中的立场，在《新世纪诗歌：活力大于危机》① 一文中认为，对新世纪新诗的评价，更多的是活力、契机与问题、危机并存。从诗歌史的角度来看，新世纪诗歌进入了一个新的阶段，诗歌的生态系统已然进行了整体性的重组、重构，虽然称不上"日日新"，但的确出现了诸多新的特质，显示出前所未有的活力与创造性；但另一个方面，诗歌也面临着重重的危机与陷阱。但具体来说，新世纪诗歌正处于一个走向自由、多元、繁荣的上升阶段之中，其基本面是向好的，其活力大于其危机。也许当今的诗歌的确并不"成熟"、问题很多、层次不高，但是，它是走在探索、前进的道路上的，是有活力、生机勃勃、充满可能的，这应该成为关于我们时代诗歌的一个基本判断。

四、结　　语

本文对 2018 年中国新诗研究成果所进行的大致梳理，是基于诗学家在研究过程中不约而同聚焦的几个领域，从而总结归纳出来的几个大致方向。实际上，伴随着百年新诗走过的漫长历

---

① 王士强. 新世纪诗歌：活力大于危机［J］. 南方文坛，2018（4）。

程，诗歌批评史也已经有了越来越深厚的累积、越来越多元化的阐释角度、越来越成熟的理论体系。但是任何一种诗学理论，其在建构的过程中，总会有较为特殊的个案无法被接纳到某种潮流、意识形态之中。评论界尤其期待诗人、文学家创制出石破天惊的作品，以丰富文学理论的建构。但无论如何，通过大致梳理可以看出，2018 年度新诗的研究情况，虽成果不少，但大致是与新诗的成长历史保持了平行的推进。换言之，诗论家的研究总体显得较为平稳。"平稳"绝非誉美之词，稍有不慎"平稳"将向"平庸"滑落。文学的批评与创作并非是脱节的，更不是先有了作品随后才产生批评。有效的批评，恰恰对诗人、作家的文学创作具有重要的指引性和启示性。期待诗学家在今后的研究中，能够站在理论的前沿和高度，更加系统、深入、尖锐地探寻和挖掘中国新诗的现状和走向，为诗人和读者提供更加行之有效的批评文本。

2019 年 4 月

色-彩语言诸相的漂移

——漂移说①层次之一

李森 撰

佛告须菩提："凡所有相皆是虚妄。若见诸相非相，即见如来。"

——《金刚经·如理实见分第五》

1. 名-状

名-状②，就是形-容、形-象、描-绘。在名-状的原初时刻，诗意和观念两种范畴尚未生成。但诗意和观念有可能在"名-状"的语言漂移时刻瞬间生成。《文心雕龙·原道》开篇云：

---

① "语言漂移说"简称"漂移说"，是本文作者李森创立的一个诗学方法论，它认为一切艺术语言或符号均处于漂移状态，在漂移中生成诗性，在漂移中寂灭和退隐，即诗性的创造既不来源于本质，也不来源于现象，而源于语言或符号在漂移时刻的诗意生成。这一学说超越了主体与客体、形式与内容、表现与再现、艺术与生活诸多二元论的诗学主张。这一学说是非本质主义和艺术现象学在中国当代新的思想生成与理论创造。

② 本文的许多词汇中都加了"-"连接符，意在将一个词或名称的凝固静态，激活为灵动的、绵展的、漂移的动态。此"色-彩"，已非彼"色彩"。"色-彩"是在形容、描述、幻化中漂移着的色与彩。色-彩，既可能是名状的，也可能是诗意的。"名-状"、"自-在"、"开-显"等的用法亦然。词中加"-"连接符的发明权属于马丁·海德格尔。比如《存在与时间》中的"此在"（Dasein）这个概念，到了《哲学论稿（从本有而来）》中，变成"此-在"（Da-sein）。这是一个天才的语词、概念激活法，加一个连接符，就把一个旧词换成了一个新词，把一个旧概念换成了新概念。

文之为德也大矣，与天地并生者，何哉？夫玄黄色杂，方圆体分；日月叠璧，以垂丽天之象；山川焕绮，以铺理地之形。此盖道之文也。仰观吐曜，俯察含章，高卑定位，故两仪既生矣。惟人参之，性灵所钟，是谓三才。为五行之秀，实天地之心。心生而言立，言立而文明，自然之道也。旁及万品，动植皆文：龙凤以藻绘呈瑞，虎豹以炳蔚凝姿；云霞雕色，有逾画工之妙；草木贲华，无待锦匠之奇。夫岂外饰，盖自然耳。至于林籁结响，调如竽瑟；泉石激韵，和若球锽。故形立则文生矣，声发则章成矣。夫以无识之物，郁然有彩，有心之器，其无文欤？

名-状，是人的语言与自然交触、会意、赋彩的开始，是会心和命名的必然。名-状，首先是对一个事物或一种事态的看——视觉摄取。原初的视觉摄取，源于直观——看见天了吗，看见了——看见地了吗，看见了。看见，是一种视觉相信。其次，在名-状事物和事态的时刻，字词深度构造的路径迷离打开——看见天了吗，没看见——看见地了吗，没看见。看见与没看见，都是视觉摄取，是"相信"向着"不信"，"不信"向着"相信"的漂移。见与不见，如明澈与虚妄；信与不信，若风动与幡动。

看见，是"直观摄取"，即原初的视觉采集；没看见，是"深度摄取"，即摄取遇到了障碍，陷入了思与想。"直观摄取"和"深度摄取"既是人类先天的能力，即天赋才能，也与人类实践活动的般若自觉、文明衍生。但"直观摄取"是自然而然的"看"，而"深度摄取"则是义理（内涵）的"看"，两种"看"有天壤之别。"看见物"与"物是被看见之物吗？"两者大不相同。肉眼之看，心灵视觉之看，语言（符号）之看等，难以同构，是为看之漂移。

"直观摄取"的"看"。你看见的"桃红"（"桃之夭夭，灼灼其华"），与他看见的"桃红"（"桃花潭水深千尺"）是一种"红"吗？同样是"日红"，白居易"日出江花红胜火"的"红"，与李义山"夕阳无限好"的"红"，是一种"红"吗？即便在悬搁诗意的前提下，"红"亦无定"红"，"红"也在漂移时刻生成"红"。直观摄取的看，或澄澈，或迷离，都在看的时刻停顿、滑翔、绽放或陷落。（李森有一首小诗《桃花》：青山南坡/桃花来了，桃花去/桃花到达我的笔尖/瞬间焚烧成灰//古老的村头/桃花来了，桃花去/桃花在我的琴弦上/瞬间红润，一滴泪//此时，只有一朵桃花/桃红漂向桃花/桃花漂向桃红/还是只有一朵桃花）

"深度摄取"的"看"。你看见了德拉克洛瓦《自由引导人民》，那面旗帜的"红"，与你看见任意一块红布的"红"是一样的吗？一块"文革"时街头的红布，与一块当下街头的红布是一样的吗？还有玫瑰象征的"红"，鲜血隐喻的"红"。无限多的"红"在漂移。"红"被引申为"非红"，"看"被遮蔽为"非看"。"非看"也是"看"，"看"在漂移时刻生成"看"与"非看"。（叙利亚诗人阿多尼斯有两句诗，描绘了"看"漂移的一个古老途径："一朵花正越过植物的障碍，/向我凝视，并化身为一位女子。"）

2. 语言穿越事物的共通属性

语言漂移是语言穿越，穿越所有语言创造的范畴。穿越，犹如风物千重浪，心绪绕百结。

色、彩、形、象、相，是感觉（视觉）生成世界图景的五个范畴，是人的视觉感光和心灵感应对天地万物的名-状。它们是五个词汇，有时候是动词，有时候是名词，但它们不是具体事物，而是具体事物"共通"的属性，是世界作为世界图景显现的属性；它们是视觉经验中的五个类概念，而不是具体物事的在-场。如果从柏拉图的角度看这五个范畴，他就会看见五个理念（共相）对具体事物和事象的统摄；如果从亚里士多德的角度看，他就会看见它们从单个具体事物（殊相）的质料和形式中溢出，像眼前那只工蜂正在占有的那朵玫瑰，正在从玫瑰中出来。但无论是柏拉图，还是亚里士多德，在他们作为哲学家出场的时候，都没有"看见"诗意的生发。或许他们不得不悬搁了诗意。概念、观念（共相、殊相、类、共通属性等等）均不产生诗意，只推动逻辑的归纳、演绎系统，驱使语言"无中生有"或"有中生无"。

事物的共相和殊相，只有在它们漂移的时刻，诗意才会生成。在-场的、可靠的诗意，是一种高级的智慧和情愫，当概念和观念将人裹挟着远离世界的时候，诗意会将人召唤到物事的在-场中来。诗意于漂移的时刻，在-场的瞬间激活共相与殊相。诗意的激活，是对共相与殊相的抛掷、放弃。一朵桃花在漂移的时刻激活花，抛掷、放弃了花。花开诗意。花无诗，诗亦无花。

人被观念和概念囚禁，人要自我释放，首先要穿越视觉的门槛，也就是要穿越色、彩、形、象、相这些（事物的）共通属性的门槛，才能到达具体事物或事态的在-场。在-场是语言的到达，是漂移途中的在-场。马丁·海德格尔的"在-场"是稳定的、哲学的"此-在"（人）；李森的在-场是瞬间的、诗意的，在开显和寂灭的瞬间，在漂移幻化的时刻，在人（此-在）被裹挟而去的途中。

柏拉图和亚里士多德师徒俩的哲学分说，可以等同于共相（统一性、整体、类）和殊相（个别、具体物事）之间的语言分易。（豪尔赫·路易斯·博尔赫斯是柏拉图和亚里士多德的合体。他在《你》一诗中写道："在这个世间，只诞生过一个人，只死过了一个人。")

假设老子遇见柏拉图、亚里士多德师徒，他可能会说："五色令人目盲，五音令人耳聋。"(《道德经》第十二章)说完，他就在牛背上睡着了。老子既不相信感觉的真实，亦不相信语言的真实。假设孔子遇见柏拉图、亚里士多德师徒，他或许会说："'易有太极，是生两仪，两仪生四象，四象生八卦'。你们俩可比'太极'生出来的两仪（阴-阳），谁也别想离开谁。"

假设李森遇见博尔赫斯，问他"那个唯一的人是谁"，他会回答：

> 那个人就是尤利西斯、亚伯、该隐、那布下星斗的始祖、那修建第一座金字塔的人、《易经》卦相的记录者、在亨吉斯特的剑上用北欧古字母镌下铭文的铁匠、弓箭手埃伊纳尔·坦巴尔斯克尔维尔、路易斯·德·莱昂、孕育出了塞缪尔·约翰逊的书商、伏尔泰的园丁、站在"比格尔号"船头的达尔文、毒气室里的一个犹太人，以及，还活着的你和我。
>
> ——《你》

尤利西斯、亚伯、该隐、达尔文们之所以成为柏拉图和亚里士多德的合体，是因为语言穿越了共相的人和殊相的人，穿越了人之精神的普遍性扩展和具体人于其"在-场"中的登场。语言在穿越的时刻，瞬间停在了诗意上。诗意生发的时刻，万物显现自性的共通属性即退场。(就审美经验而言，在-场是不稳固的)尽管"共通感"是审美交流的"人性"基础，但当它没有在语言漂移过程中被激活，共通感也只是一种概念假设，这一点是伊曼努尔·康德没有意料到的；尽管"回到事情本身"是一条重要的途径，但当"事情本身"没有在语言漂移过程中被激活，事情本身也与诗意无关，这一点也是埃德蒙德·胡塞尔没有意料到的。

诗意瞬间生成的独立性背对一切，包括背对死亡的、滞固的语言或符号。

语言穿越"色"。《尚书·益稷》："以五采彰施于五色。"五色，即青、黄、赤、白、黑。《左传·桓公二年》："五色比象，昭其物也。"（此"物"乃物色、选择义）《说文》释色："颜气也。"色是原初的看-见，是视觉的直观到达，即先天摄取。事物、事态在人的视觉中的原初开-显，即是色的开-显。原初开-显，是人的视觉的第一次停顿，也是恍兮惚兮事象漂移的第一次停顿。视觉停顿，色显明；视觉移离，则色隐晦。色在空，故色漂移；空在物，故物赋色。诗意之色，在漂移中穿越共通感的色、共相和殊相的色。

语言穿越"彩"。《说文》（新附字）释彩："文章也。"（章，同彰）《广韵》："光彩。"（彩，同采）《集韵》："通作采。"彩是色的描绘、色的彰显、色的言语、色的纹理。彩是气象万千的色，是色的名-状，是色的缤纷飞翔。彩是具象的视觉摄取。语言穿越彩，诗意生发。

语言穿越"形"。《说文》："形，象形也。"《庄子·天地》："物成生理谓之形。"《易·屯》："雷雨之动满形。"《乐记》："在天成象，在地成形。"《孟子》："形色，天性也。"《史记·太史公自序》："形者，生之具也。"在视觉摄取事物、事态的时刻，形即是色。无色，则无形，如剥花瓣，瓣瓣剥落则无花。形是色的构成，色是形的在-场。在视觉艺术中，形（型）构即是色构。名-状，是形色的时空停顿。形的停顿，即是色的停顿。在此，形是名，色是状，反之亦然。原初视觉中无"名"，只有"状"（色，貌）。语言穿越形，同时穿越色。语言裹挟着形漂移，创造形；形自身裹挟漂移，创造语言。自身穿越，即自在、自由的穿越。

语言穿越"象"。《尚书·尧典》:"钦若昊天,历象日月星辰,敬授人时。"《易·系辞》云:"在天成象,在地成形,变化见矣。"又云:"象也者,像此者也。"《礼·乐记·注》:"象,光耀也。"《韩非子·解老篇》:"人希见生象也,而得死象之骨,按其图以想其生也,故诸人之所以意想者,皆谓之象也。"象,本为动物的大象,或许因为其体态大,形象奇朴,就用来喻天象,又喻万物风貌。事物自己不能言说自身,就用形色性状类似它物来言说,这就是象(像)。从象到像,是一种名-状向着另外一种名-状的语言漂移。"象"的名-状漂移生成各种像,比如"气象"。明人陈继儒说:"欲见圣人气象,须于自己胸中洁净时观之。"(《小窗幽记》)"气象"就是"颜气"(色)。是人或万物的名-状。语言穿越象,以使形-象漂移。形-象漂移时,反对概念、观念的语言。诗意穿越于形-象漂移之时。

语言穿越"相"。《说文》释相:"省视也。"《易·咸卦》:"二气感应以相与。"《尔雅·释诂》:"视也。"相是主观的看,演为看见的事物形色,民间主要指人的面貌(相貌)。相,首先是视觉摄取面貌的动态,紧接着是视觉的凝聚、停顿,而后名-状。《金刚经》中,相指形像貌态。("若菩萨有我相、人相、众生相、寿者相,即非菩萨。")有的翻译家将柏拉图的"理念论"译为"相论",共相就是理念、本质、普遍性。这是事物或事态名-状在漂移过程中的引申,是语言漂移到"深度构造"的理性选择。语言穿越相,先穿越视觉的看,又穿越理意(义)的显在,再穿越语言自身立相的孤身犯险,后穿越诗意的凝聚之凝聚。语言穿越"一合相"(佛陀语)。伟大诗意的生成,在于使"一合相"的聚拢与散开。佛说:"所谓一个聚合的形相,妙不可言喻。可是一些凡夫俗子却偏偏要贪恋执著有个真实的聚合的形相。"(《金刚经·一合理相分第三十》)

3. 诗意假象生成的有效性

语言漂移幻化万象、层出不穷。语言漂移总是在种种特殊的时空关系中漂移。当我们想到语言漂移的时候，这种时空关系就自然显现了瞬息万变的在-场。有三个基本时空：物理时空、心理时空和语言（符号）时空。基本时空生成无限多的形-象、隐喻、转喻时空。语言漂移看似在物理时空和心理时空中漂移，其实，那只是语言漂移的一种假象①。事实上，漂移只是语言自身的漂移，但却需要物理和心理的时空假象作为通道，漂移才获得了语言名-状呼吸着的生命空间。"通道"是假象通道；语言漂移亦是假象漂移。

在艺术语言朝向诗意生成的时刻，漂移是任何漂移者的生命蒸腾、游弋或放纵。漂移者以假象漂移为"真"。生命的真，被假设为真。生命原在的真不被语言摄取，（语言没有这个能力）但被语言创造。语言的创造即语言的漂移。

语言漂移的出发点是名-状。名-状是哲学中惯用的"名称"的"动态"或"动-象"稀释。哲学家要解决名称之命名事物（事实、事态）和名称被使用的问题，往往陷入语言的纠葛谜团。哲学史即是这一谜团的麻窝。哲学家抽丝成团，抽团成丝，翻来覆去地玩弄语言，使哲学陷入永无止境的秘境。哲学的堕落莫过于此。

语言自身要澄清自身本来就是个矛盾，恰似事物自身要澄清自身的困难。比如，作为事物的太阳，能澄清太阳的存在吗？而

---

① 这里的"假象"是个中性词，它是现象学所说的"现象"的语言生成形态、诗意生成形态，它是形-象（形-相）滚动式的、云卷云舒式的、明-暗交错式的漂移。本文提出的"假象"概念与文中所引马丁·海德格尔《哲学论稿（从本有而来）》中的"假象"不同，海德格尔所使用的"假象"一词指的是存-有被错识的状态。

作为对太阳命名的名称"太阳",又能澄清作为名称的"太阳"吗?法国哲学家阿兰·巴丢（又译为巴迪欧）在《维特根斯坦的反哲学》一书中写道:"关于名称的问题,至少从《克拉底鲁篇》开始,就属于哲学中有很大争议的问题,维特根斯坦也未能予以澄清。我们非常明白,在命题中名称代表着事态所关联的对象,而名称出现其中的命题则表述着事态。但是,我们不明白的是,对象之不可思考的差异,是如何通过被名称所证实的差异来指代的呢?在对象的多样性（实体一边）与名称的多样性（命题一边,或者说图像一边）之间的面对面的镜像构建中,有一个错位契入进来。如果对象违背了莱布尼茨的不可识别原理,那么这些仅仅作为对象之符号的名称,又是如何遵循着这一原理的呢?因为,可以肯定的是,无论同音异义的可能性范围有多大,两个不可识别的名称最终总是同一的。名称,与对象相反,不是通过外在的唯一性关系来确认。它们有着内在的紧密的同一性。"①

事实上,阿兰·巴丢的"肯定"和"同一",无论是"外在"还是"内在",都是不可能的。这是语言的决定,而非思维或逻辑的决定。思维、逻辑和语言一旦相互决定,"上帝"就会发笑的——因为"上帝"没有预设过这个决定,尔等不能随意决定。柏拉图的师祖赫拉克利特说:"我们不能两次踏进同一条河,（照赫拉克利特说,也不能两次摸到同一个一模一样的变迁的实体,由于变化剧烈、迅速,）它散又聚,合而又分。"(D91)② 这一伟大的洞见仍然有效。"行动"之不能两次踏进同一条河流,语言又怎么能踏进这条、这无限多条河流去呢?维特

————————————

① 阿兰·巴丢. 维特根斯坦的反哲学 [M]. 严和来译. 桂林:漓江出版社,2015:53。

② 赫拉克利特. 赫拉克利特著作残篇 [A]. 见:北京大学哲学系编译. 西方哲学原著选读 [M]. 北京:商务印书馆,1981:23。

根斯坦说："哲学不是理论，而是行动。"可就连这个"反哲学"的伟大命题，也只是个语言命题，正如帕斯卡、尼采的诸多类似命题。维特根斯坦的"行动"，也是语言的漂移，这是维氏的哭笑不得之处。

阿兰·巴丢总结了维特根斯坦"语言"的三个"公理"：

公理一："哲学不是理论，而是行动。"【T. 4. 112】

公理二："哲学将通过清楚地表达可说之物来指谓不可说之物。"【T. 4. 115】

公理三："我想我概括了自己对哲学的态度，当我说，哲学应该如写诗般去创作。"（维氏在四十年代的言说）

维特根斯坦为了解决事物、事态、思维、逻辑、语言之间无法"同一"为世界真相的诸多困境，在体现后期哲学思想之《哲学研究》中创立了"语言游戏说"。这一学说是"反哲学"的伟大思-想。语言游戏说是语言漂移说的前思-想，"语言游戏"是"语言漂移"的一部分，或一种语言漂移的"游戏"向度。

伟大的哲学是语言漂移的诗意创作。即便是柏拉图的"理念"和老子的"道"也是创作。之于反哲学，尼采和维特根斯坦等的思-想会流于此。阿兰·巴丢也看到了这一点，所以，他接着上引"关于名称的问题"写道：

　　最终，我们开始怀疑像这样的命名是否一个非思想。事实上，人们可以也必须坚持，存在着一种语言实践，它完全专注于作为命名的思想，那就是诗歌。实际上，诗歌行为的确不是描述性的（即使它也描述），也不是神秘因素意义上的"呈现性的"（即使它也暗示）。它的目标更在于组织一个语词的整体（一首诗自身构成一个命题），其方式是，一个存在的在场被这个语词的整体所命名。没有任何日常语言对此予以命名。诗歌是创造以前未知的存在之名。诗歌的唯一公理是："所有具有存在性质的东西，不管是简单的还是有着无尽的复杂性，都有一个名称。困难在于发明这个名称。"为了这一尚未听闻的发明，诗歌并非毫无目的地在既有语言的名称之间运用差异的最大来源，包括声响。①

命名是必然的，它指代事物或事态，获得了假象的真——诗意的真——心灵结构的真。

语言漂移自身作为种种语言运动的假象，它在各种假象在-场时刻漂移而获得语义或诗意假象。假象与假象的纠结、缠绕、互文、互喻，生成了无限绵延不绝的假象世界。在这个假象世界中，假象作为表现或开显的有效性，有时候在于假象事先被设定为有效，但这种事先设定也在漂移中幻化。当然，有效性生成是复杂的，比如诗意的有效性虽然可以事先假设，但却没有稳定的诗意有效性作为共通感性、共通直观实用于所有心灵和心智。也就是说，诗意的有效性作为假设也是漂移的——没有恒定的、边界清晰的、对所有心灵有效的诗意。假设既是出发点，也是归宿。如果在诗意的有效性假设和诗意的归宿（诗意生成）之间没有诗意创造（闻所未闻的在-场命名），那么假象的漂移即是无效的语言漂移。

4. 假象漂移种种

假象是语言的种种成象。假象是个中性词，它不是"假

---

① 阿兰·巴丢. 维特根斯坦的反哲学 [M]. 严和来译. 桂林：漓江出版社，2015：53—54。

相"，不是所谓真相的另一面，它在语言漂移生发有效诗意的时刻，就是真象（像）——语言和心灵真象（像）。假象对所谓客观事实可能为假，对诗意事实可能为真（相信）。在语言中，假象和真象如剑的两面，同时生成锋利和光芒。

语言漂移作为假象的漂移有种种形态或形式。有色-彩的漂移、形体的漂移、音声的漂移、隐喻的漂移等等。

譬之色-彩，它漂移在时间艺术、空间艺术、语言艺术的各种表现形态和构成关系中。漂移既可以是单向度的，也可以是多向度的；既可以是单层的，也可以是多层的。漂移是放射性的状态，如云卷云舒，聚散分合，无所谓起点或终结。在假象时空的漂移节点上的漂移形态或样式，都可以作为漂移的起点，也可以作为漂移的终点。蓝不是天空，但也可以说，蓝是天空。正如辽-阔、苍-茫之于大地，亦可以言说天空。

色-彩源于视觉直观，如果有纯粹视觉直观，即有纯粹色-彩；色-彩同时源于心灵直观，如果有纯粹的心灵直观，即有纯粹的心灵色-彩。在作品中，直观的自然色-彩和直观的心灵色-彩有时合二为一，可能构成诗意色-彩；有时，两种色-彩处于分离状态，也可能构成诗意色-彩；可是，还有一种色-彩，既非源于心灵直观，也非源于自然直观，而是源于自在的语言或语言假象。当三种色-彩相互摩擦、彼此呼应的时候，有可能形成一种生命的回响。这种回响作为纯粹之诗，是形式化的诗意感觉经验的新生。这种新生不是作为本体的诗意经验的获得，而是作为漂移着的诗意语言的无端显明。艺术中伟大的音声形色均起源于"无端"。"锦瑟无端五十弦，一弦一柱思华年。庄生晓梦迷蝴蝶，望帝春心托杜鹃。沧海月明珠有泪，蓝田日暖玉生烟。此情可待成追忆？只是当时已惘然。"（李义山《锦瑟》）此无端，可喻之空无、妙有，（"珠有泪""玉生烟"）亦可喻之伟大诗意语言、色-彩和精神的回响。语言漂移的深意在于，伟大的诗意显

明是对文明、文化、诗意、观念等各种成规的对抗。这种对抗，
首先是对垂死、半垂死心灵结构的对抗。

　　色-彩的呈现是光-亮。但光-亮是迷离的无端闪烁。光似乎
导向"看"的清晰，却使清晰陷入"看"的迷离困惑。对于心
灵结构而言，语言漂移是在梦呓中的漂移，正如想象中天堂的
底座和地狱的穹顶，还有无数圣哲攀登的云中天梯。此时，有
无数首诗需要引领无辜的心灵咏叹。让我们来吟咏阿多尼斯的
两阕：

> 在我心灵的深处有一道光，
> 我感觉它长着嘴巴，总是对我私语：
> 光明并不是为了把你导向清晰，
> 而是为了让你越来越靠近意义夜晚的广袤边境。
> 清晰：并非朦胧的终结，而是它的起始。
>
> 光，开始唤醒夜，
> 夜，开始唤醒渔网和波涛，
> 所有的一切都在嘟囔着它的名字
> 为它出现在大地而颤抖：
> ——染红天际四壁的血来自何处？
> ——谁在发问？
> 大自然是哑巴，
> 通往语言之邸的向导是瞎子。

　　　　　　　　　　　　　　　　　　　　——选自《黑域》

　　色-彩风标而至，假象在席卷。所有的一切，都在生成假象
连环，以使假象为真。真，在清晰的时刻停顿，在朦胧的时刻下
陷，在名字中被呼唤出来。光裹挟着色-彩化为灰烬。灰烬有一

种假象的冷，也有曾经跳跃的色-彩余温和墓室中响起的剥啄之声。

5. 譬之色-彩，假象直观

所有艺术作品中，都存在着色-彩和色-彩之间的语言关系。这种关系有时候是显在的，有时候是隐在的。视觉假象、听觉假象、味觉假象、触觉假象、嗅觉假象、语言假象都会同时或单一地在漂移的生成或寂灭之中。色-彩假象是艺术语言最直观的幻影。

在创作和欣赏时如何创造或解读色-彩，与诗意的心灵结构和语言漂移有关，而与色-彩的所谓本质存在无关。色-彩在作品中的呈现从来不是稳定的，即便在具有共通感的心灵结构中，色-彩的呈现也处于某种扑朔迷离的状态。色-彩呈现的先天直观能力和后天经验积淀，开显为不同的诗意色-彩。你看见色-彩了吗？你未必看见色-彩。你创造了色-彩，还是色-彩创造了你，完全不是一回事。视觉经验中的色-彩，可能是对视觉直观色-彩的一种整合，但也可能是对视觉直观中的色-彩的颠覆，譬如在某种观念色-彩、某种象征色-彩、某种特定的意识形态色-彩颠覆先天直观的色-彩之时，先天直观色-彩就可能作为"本有"或"本在"的色-彩隐匿无踪、遁去如风。

无论是视觉直观还是视觉经验中的色-彩，都来自于自然和心灵之间的磨砺，犹如锋利的剑刃源于磨石、剑自身和磨剑者的力道控制。诗意的色-彩源于色-彩自身与色-彩之间的磨砺。艺术天才期待着本真色-彩的显现，而普通人则渴望钻进色-彩意识形态的墓室去自我埋葬。

直观的色-彩在漂移的时刻滑翔出世界的痕迹。那种种痕迹是疼痛，还是幻象的欢喜，只有在具体的语境中才能体会。体

会，就是接受色-彩痕迹的摩擦。色-彩是世界的划痕，人的存在
也像色-彩一样成为他人或历史的划痕。色-彩是花开锦绣，也是
刀光凛冽。人的意识、诗意、感觉、经验，无不被色-彩切分。
李森有一首诗《公鸡》鸣唱色-彩：

一身红毛
一个挺拔的冠子
一对黄领章
一个空虚的臀
一撮黑毛
一双手掌
一个扩音器
一张尖嘴

它爱舞台
更爱母鸡的背

我阉掉它
它长得更肥
我养着它
它的毛更红

我有尖刀
它有颂歌

公鸡，就是色-彩。公鸡的鸣唱，也是色-彩。直观的色-彩
当其呈现直观色象之时，它可能会迷离般地向着某种隐喻或诗意
偏移，但仍然被直观色-彩的瞬间稳定性牵引着，如一块布的色-

彩在旗杆上飘扬，被旗杆、征象或自身牵引。吉尔·德勒兹的《耻与荣：T. E. 劳伦斯》一文，是阐述劳伦斯《智慧七柱》一书色-彩漂移为诗意真实的典范。德勒兹列举了劳伦斯如是书写来说明："他的眼皮在粗硬的睫毛上坍塌成疲惫的皱褶，透过眼皮，一束来自头顶太阳的红色光线在眼眶中闪烁，将眼眶变成了炽热的火炕，而人在这火炕中慢慢燃烧。"（《智慧七柱》第九卷）其实，《耻与荣：T. E. 劳伦斯》这样的德勒兹文体，才是色-彩漂移的典范中之典范。吉尔·德勒兹写道："劳伦斯，文学史上最伟大的风景画家之一。壮观的鲁姆山谷（Rumm），绝对的视觉，思想的风景。而且色-彩运动着，偏离着，移动着，滑动着，倾斜着，比起线条来有过之而无不及。这两者，色-彩和线条同时产生，融为一体。砂石和玄武岩的风景结合了色-彩和线条，然而一直处于运动之中，巨型的线条层层叠叠地被着色，色-彩被拉成巨型的线条。芒刺或圆球的形状此起彼伏，与此同时，色-彩相互回应，从纯粹的透明至令人绝望的灰色。脸庞同风景相呼应，在这些构图简洁的画中或隐或现，令劳伦斯成为最伟大的肖像画家之一。"①

文体和万物形色惺惺相惜的直观对局，是古往今来灵魂飞翔者之间的呼应。假象创造了寓言与现实中的人交流，将人变成语言（符号）的在-场。假象作为寓言的飞翔，如所罗门王的飞毯，上面可以站着他的军队、他的跟班、他的鲜花与美人。在那个巨大的飞毯起飞时，风也听从他的指挥，飞毯上空还飞着一群鸟，为飞毯上的人群遮阴。伟大的艺术的色-彩、形-象铺陈，都有寓言性质。寓言，是语言对世界不得不做出的选择性重构。比如，华莱士·史蒂文斯的《怎样活，如何办》一诗的第一段，

---

① 吉尔·德勒兹. 批评与临床［M］. 刘云虹，曹丹红译. 南京：南京大学出版社，2012：252。

使"夜晚"成为寓言的千古之夜：

> 昨夜，月亮从这块石头上升起
> 和世界一样不太纯洁。
> 男人和他的伴侣停下脚步
> 欣赏这壮丽的奇观。

6. 假象作为诗意真理

马丁·海德格尔说："真理乃是澄明着的遮蔽，这种遮蔽作为移离（Entrückung）和迷移（Berückung）而发生。移离和迷移，在它们的统一性中以及在它们的过渡中，为存在者之游戏提供出转换了的敞开域，而存在者是在其真理的庇护中作为物、器具、谋制（Machenschaft）、作品、行为、牺牲而变成存在者的。不过，移离和迷移也可能凝固于一种漠然无殊状态中，进而，敞开域便被视为一般现成之物，后者给人一个假象：它是这个存在者，因为它是现实之物。从虚假的无移离状态和无迷移状态的这样一种本身遮蔽着的漠然无殊状态出发，移离和迷移便显现为特例和奇特的，而实际上，它们在那里显示的是真理的基础和本质。那种漠然无殊状态也是一切表象、意见、一切正确性发生的领域。"① 与其说海德格尔的这种观点是现象学的，不如说与尼采的非本质主义一脉相承。《哲学论稿（从本有而来）》在文体和"反哲学"的思想上，几乎就是对尼采文体的模仿。移离和迷移的敞开域使存在者通过，使自然的万事万物、人以及人的创造物显现自身，这种存在者在敞开域中的显现，即是真理在漂移

---

① 马丁·海德格尔. 哲学论稿（从本有而来）[M]. 孙周兴译. 北京：商务印书馆，2012：76—77。

时刻的发生。我们必须补充，真理作为存在事件（本有、本在）既是澄明着的遮蔽——说出"真理"这个行为本身已是遮蔽，也是遮蔽着的澄明——不能不表达、不能不漂移的无端言说。按照海德格尔的概念，此在（人，此-在）的出场，也是一种移离或迷移的发生。此在（人，此-在）之作为诗意真理，事实上也是一个假象。真理作为假象显现，假象作为真理显现是同一回事。也许海德格尔并没有认识到这一点，但是，他已经走到了这个连接天空的苍茫泥沼的边缘。艺术天才总是从泥沼向着天空飞翔，在飞翔的时刻泥沼和天空一起旋转。这是此-在最痛苦、也是最欢喜的漂移。

真理作为知识，可在科学和技术的层面上衡量。而作为色-彩、形-象、诗意和美-德，则是移离和迷移的飘摇、蹉跎、凝聚或蒸发。在诗意创造中的真理被控制在清晰可辨的形-象在-场，如果人的存-在有一种终极意义，那么这种存-在就是移离和迷移的心灵结构的洞见。首先是自我洞见，然后，在他者的心灵结构那里得到确证——惺惺相惜，色-彩相照，灵魂相顾。这就是人不能作为知识、理性而存在的关键。只有人制造的机器，能作为知识和理性的各种模式而存在，而人被异化为知识和理性的存在，是人的全面堕落。呼唤人归来的，不是知识或理性模式的所谓真理，而是绝对不能越过异化边界的自由人的在-场。人是自由。人反复地在-场，以证明人的存-在，就是人的自由。李森有一首诗名之曰《柏拉图》，他呼唤"柏拉图"进入人的在-场，到达人的自由。在李森呼唤的"柏拉图"出场的时候，他的所有哲学概念，包括他的"理念"，被润解为某种音声形色、某种形-象、色-彩。知识、理性的真理不能到达作为自由的柏拉图，但相信（信念）和诗意，则可以使柏拉图重生：

一

那个海在哪里?
你曾用海水
涂鸦了第一轮圆月

那个天空在哪里?
你给了它，单一、纯洁

你曾经给月牙谱过一个橙色的曲调
接着，又亲手抹去

二

从明镜里
你解开了太阳的索链
让它上天，多么轻盈
你又控制了它，恰到好处
不能飞远，也不破裂

7. 譬之色-彩，其漂移的方向

我们先预设一个色-彩漂移的出发点，这个出发点即是本在事象。本在事象是万事万物构成的自在世界图象。当我们把本在事象作为坐标点来讨论色-彩语言漂移的时候，我们可以画出色-彩语言漂移的四个方向。当然，本在事象作为四个漂移方向的出发点，其自身亦在漂移。也就是说，本在事象也是一个漂移的方向。而这个漂移原点的方向是任意的，事实上它向任何方向漂移。它既是在-场，也是在-场的崩-溃。色-彩的本在事象向着四个方向漂移的简图如下：

```
              意
              识
              形
              态
直陈其事   本  在
          象  事      修辞幻象
              纯
              粹
              形
              式
```

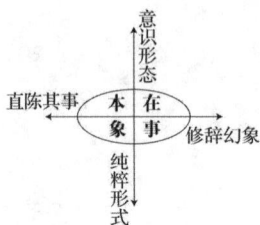

　　"向上"，是意识形态隐喻漂移的途径；"向下"，是纯粹形式直观漂移的途径；"向左"，是直陈其事漂移的途径；"向右"，是修辞幻象漂移的途径。上、下、左、右四个方向，是个象征性的说法。本在事象的这个出发点，也是一个象征性的出发点。也就是说，象征作为"假象"，无论它在暂且稳定、自显的时刻，还是在漂移的时刻，都要有途径和出发点。

　　四个途径漂移的出发点，在本在事象这里。如果没有本在事象这个万事万物构成的图像世界，就没有色-彩。从视觉途径与世界的交流来看，甚至可以说，没有万事万物构成的图像，就没有世界本身的显现。这万事万物构成的图像，就是唯识宗（创始人是玄奘）所说的"外境"，即心外之境。当然，如果没有心生成的世界结构，外境是不存在的。即是说，万象形色，作为一种外境的确存在，但如果没有我们的视觉直观和视觉经验的参与，外境也不存在。这个外境，与美和不美没有关系，而美和不美却也在这个外境显现、生发的时刻。《金刚经》说："应无所住而生其心"。我们也可以说："应无所住而生其色"。色无本相而生其相，这个"生其相"的过程，形成了人看世界的方式，构成了唯识宗所说的"心识"。

8. 譬之色-彩，意识形态漂移

　　从色-彩的视觉直观和经验积淀出发，在艺术表现中，不同时代的人对色-彩的看法可能不同，因为不同时代有不同的色-彩意识形态隐喻，形成时代有意识或无意识的审美心灵结构。首先，色-彩作为直观的本在事象，或与美即诗意无关，或它直接呈现为美或诗意，但在审美经验的积淀层次中，它通常会生发为意识形态的心识内涵，也就是形成一种对世界的判断和认知方式，这种认知方式是构成性的，构成心灵结构的一个个隐喻或象征的内涵。比如黄和红，黑和白，灰和绿，都会通过某种构成途径，表现为集体性的审美甚至是价值的取向，还会表现为隐喻或象征垄断，制造色-彩语言统一性、普遍性的暴力。这种色-彩暴力，既可能被视为正面的，也可能被视为负面的。正面能量凝聚型的垄断，负面能量凝聚型的垄断，都可能在任何色-彩意识形态中发生。黄色垄断，红色垄断，黑色垄断，白色垄断等等。种种垄断在建筑、服饰、器物、艺术等领域都在表现着其被激活的、或死亡的生命向度。

当色-彩向上漂移的时候，它就逐渐脱离了色-彩原初的本在事象。比如黄色，它会通过一个意识形态的隐喻生成系统，从视觉的直观视相中从红色、紫色、黑色、白色等色-彩中分离出来的，从而脱离视觉直观，在向上漂移的过程中，渐渐熏染为稳定的隐喻视相或象征视相。黄色，在唐代以后的主流文化意识形态结构中，是一种尊贵的色-彩，是皇家的用色，但它并非在每一个民族、每一个时代的色-彩的意识结构中，都享有尊贵。在中华主流的色-彩隐喻系统中，黄色也不是从来就具有那种尊贵隐喻的。比如秦代尚黑，以黑为贵。在民国时期，色-彩的隐喻为蓝和红，这种隐喻在旗帜上可以看出来。在"文化大革命"时期，造型艺术中铺天盖地的"红光亮"，是为明证；在"新时期"以后，色-彩隐喻从"红光亮"逆向为"黑白灰"，同样风靡一时，又是一个明证。色-彩如风，如箴言；色-彩如刀，如磐石；色-彩如咏叹，如风春；色-彩如万物漂移而来，亦如高墙幽闭其形。

我们猜想黑色被熏染为集体心识的过程，其熏染原点为阴阳的二维观念结构。在中国古代哲学中，天地分为阴阳，阴阳乃是天地生成之根，亦是人之慧根。从视觉的色-彩观念生成来看，阴即阴影色，阳即光亮色；阴阳与昼夜，刚好在色-彩的视觉系统中可以互喻。昼为白，夜为黑；阴为黑，阳为白。因之，阴之色、阳之色、昼之色，夜之色，四色是同构的。同样在视觉色-彩的感觉系统中，黑似乎是漂移后的凝定，而白则是散开的、恍惚的漂移。或许正是由于"黑"在感觉系统中的稳定性、凝集力大于"白"，故在古人的观念里，黑为贵、为吉，而白为空、为晦。"韬光养晦"，其语义亦来源于此。《说文》释"黑"为："火所熏之色也。"释"白"为："西方色也。阴用事，物色白。"当然，阴阳、黑白之色的隐喻，是不断地漂移、凝结，又漂移、凝结着的，从来没有稳固不变的意识形态色-彩。色-彩的时尚审美，即是色-彩的漂移与凝幻。

其实白昼绝非白色，黑夜也并非黑色。色-彩的命名是相对的，幻化无际的。我们为何把昼夜看作白黑两色呢？或许这是我们对自然色-彩的"第一次"直观概括。白是敞亮，散开；黑是凝集，收拢。万象之色，皆源于光的聚散，在聚散中生成不同的层次，书写为丰富的色系。天空之穹窿高蓝，大地之蹉跎苍茫，均为光之书写，"神"的造就，本然而自为，漂移而空濛。色-彩是光的文本，物的彰显。因此，所谓神性亦源于光之聚散开合。光之漂移，生成色-彩之漂移，亦个人与集体心灵结构之生成与漂移。

光推动色-彩的漂移，使先人（任何时代的先在之人）对混沌自然、盲目世界有了整体性统摄的可能。我们猜想的"黑-白—阴-阳"结构，是"天-地"向人心浸润、浸入，人心统摄"天-地"的意识形态回环漂移过程。这种生成既是偶然的、扑朔迷离的，又是坚定的或赋予信念的。浸润、浸入、统摄、概括是偶然与必然的永恒纠葛。观念之抽象化是个溏漫、会流的经纹，在不知不觉之间，在信念和想象之中。又譬之黄色或色黄的观念生成。我们再次猜想，黄之观念或源于北方大地的颜色。尤其是西北方，黄土高原，黄是巨大的、凝聚视觉直观的视相力量，一种富有神性诗意的、物象本在的广延。我们继续猜想，先人对大地既崇敬，又恐惧，与今人的任性、狂躁、动不动就要"与天斗与地斗"不同。先人虔敬，是不敢与天地斗的。先人在大地上，正如在一个神的地盘中、或神的话语体系中。大地的神性呈现为黄，是"神"的安排，物的自象与自喻。神造就了大地，人像谷物一样从大地生长出来。因此，人既在大地上生长，又在猜想（先天假设）的神之观念中生长。于是，大地崇敬、色-彩崇敬与神性崇敬同构为"尊贵"。或许，"黄"的尊贵还源于谷物成熟之色的欢喜，秋之色的欢喜、生命被赐予的欢喜。在唐代之前，黑色最尊贵，帝王服饰用色以黑为尚。或许因由大唐政权起自西北方，唐代帝王服饰用色，在某种隐秘的色-彩观念影响中定为黄色。皇帝服饰用明亮的黄，高光黄，太子则用淡黄，降低一点光亮度。唐代的服饰除了黄色之外，紫色最尊贵。三品以上官员着紫袍，四、五品着绯袍，六、七品着绿袍，八、九品着青袍，百姓只能着素服即白衣。色-彩不能越制，百姓衣饰着黄、器物用黄，是要取掉头颅的。因色-彩而取头颅，色-彩如刀，隐喻之锋利可见。从色-彩的等级制，可见文化隐喻生成的一种途径。文化在某种程度上说，即是人自我绑架的异化。

在这个时代，红色是隐喻最强大的色-彩，其隐喻的熏染过程不言自明。有关色-彩任何意识形态化的熏染，均与本真的艺术和美的生发无关。色-彩向上生发出意识形态隐喻，使色-彩在我们视觉中与本真事象脱离了关系。这就是色-彩的被抛掷或滥用，也是心灵的自我钝化、糙化或自我钳制。试问，我们心灵结构中的色-彩观，到底是我们自己天生的色-彩直观之美，还是意识形态化了的色-彩智障？种种色-彩系统的漂移，是自觉的漂移，还是被缚的漂移呢？

色-彩隐喻的选择，既单纯如风在花，又隐晦如玉在渊。可以肯定的是，任何观念的形成，都是选择的结果。选择尊贵吉祥，抗拒不吉障目，自然靠的是思维结构先天的排除法，或后天的幻想错位。观念生成非此即彼的二元结构，是人的思维结构的一种先天轨迹，但却非本在事象自身本真存在的、不加遮蔽的真理。（隐喻世界中无真理可言）要抗拒这种先天二元结构预设的武断，是漂移说破除人之观念粗暴之执的伟大使命。

9. 譬之色-彩，纯粹直观的漂移

诗、美、艺术本为同构之不同言说，然而此三者均非万象之具象所固有。有人若认为"固有"，那就是本质主义者、反映论者无疑。万象（相）之"存-有"即是色相（色象）之"自-在""开-显"，而非诗、美、艺术之象（相）的本有开显。《金刚经》说："不应住色生心，不应住声、香、味、触、法生心，应无所住而生其心。"又说："所言法相者，如来说即非法相，是名法相。……一切有为法，如梦幻泡影，如露亦如电，应作如是观。"这里的法相，亦可释为色相，即所谓色-彩。佛陀是位非本质主义者，佛陀的哲学，是非本质主义的学说。如果说要在东方找漂移说的祖宗，佛陀即是一位祖宗。

色-彩住于万物，万物住于色-彩，色-彩为万物自显之形色，语言（符号）书写到此为止。譬如光。或有人以为光是无色的，其实光即是色。光是万物在视觉中显现的原动力，却敞亮为色，聚散为色，寂灭为色。凡是生命的视觉可以直观到的所有事物，都敞亮为色、寂灭为色。本在事象作为色象，是诗、美、艺术漂移的原点，统称为诗意原点。诗意在此生发，"向下"漂移，与意识形态诗意漂移的方向逆向而动。所谓向下漂移，是站在诗意文化生成的角度而言的，其实是一种"回归"的漂移。埃德蒙德·胡塞尔"回到事情本身"的命题，可以算是一个"回归"的西方哲学宣言。现象学最有价值之处，就在于对理性主义语言和观念系统暴力的对抗，可惜这种对抗并不彻底。现象学只是扭转了方向，而没有找到令人信服的方法。胡塞尔只是对抗粗暴理性的观念暴力，而没有对抗这一暴力之根源的"逻辑暴力"、即表达系统的暴力。马丁·海德格尔中后期意识到了这一点，所以他转而学尼采，但还是不彻底。如果从西方诗学的角度来看，漂移说是接着现象学讲的。漂移说所要解决的是现象学所没有解决的问题。现象为真，现象即本质，这些论断还是在本质主义逻辑的深层框架之中。现象学是欧洲大陆哲学一种羞羞答答的学说，理性扩张主义的大厦歪倒，却找逻辑演绎的柱子撑着。

就诗意的生成而言，胡塞尔的"回到事情本身"这个口号虽响亮，但无意义。诗意无法回到本在事象的原点。事情自身没有诗意。事情的存-有（存-在）是诗意的寂点之一。诗意的寂点有观念的寂点、形式的寂点、修辞的寂点、事物与事态的寂点等。回到寂点的过程当然亦可生成诗意，但回到寂点不是目的。任何"目的论"都是要警惕的，因为诗意本身没有确定的目的，它最多是"无目的的合目的"（康德），或者是"合目的的无目的"（李森）。把康德的这个命题倒过来，即是接着康德讲。康德把美划分为纯粹美和依存美，而对纯粹美并没有举出太多例子。康德的理论在此遇到了很大障碍，语言漂移说也要解决康德的困惑、超越康德的诗学。

如果"回到事情本身"，可能会陷入模仿说及其这个学说衍生的反映论的怪圈，这是更需要警惕的一个语言漂移方向。"本身"是什么呢，在语言中有无"本身"都值得怀疑，更何况"回到本身"。抵达"本身"之路被语言自身封闭了，这是语言自身开合绽放的边界。语言在漂移到不可言说的边界之时，必然要产生"回响"。伟大的人物站在漂移与回响之间，自成峰峦，推动、造就古今诗意精神的潮起潮落。

诗意是诗的生发。诗意之美不在于"回到"，而在于生发的纯粹敞亮，即音声形色纯粹性的自明，自我飘摇、游移。诗意不断洗新的种种音声形色的纯粹性，是诗意有效表达的关键。洗新，即洗心。新了诗意，即新了心灵结构之一隅。诗意的漂移是心灵结构的漂移，心灵结构之新与诗意之新同构为世界之新、语言迷局之新。"世"即时间，"界"即空间。时空会意诗意般若，万物一次又一次地"第一次"漂移、"第一次"回响，而风标天下，振铎吟哦。吟哦，即纯粹事象自"空"席卷而来为"空有"，自"空"席卷而去为"空无"，此即"合目的的无目的"之论。"合目的"是漂移路径的推动力，"无目的"是在纯粹诗意敞亮时刻的回响。最伟大的艺术是纯粹诗意漂移的艺术，而非意识形态的、价值观或任何观念的阐释、引申或堆积。

诗意色-彩的纯粹直观有两条显现的途径：一是色-彩自身作为纯粹形式自我开显的途径；一是清洗色-彩隐喻而回溯纯粹直观的途径。两个途径的诗意生成，都在语言漂移的时刻被洞见。色-彩漂移可能停留在一个作品里，可能停留在一个个作品的局部。瞬间整体向局部崩溃，局部向"整体"凝聚。漂移作为动力，紧紧地抟着这种无穷幻化。

语言漂移，是无限多时空节点的漂移。事实上，漂移绝对不可能是"整体"，而是碎片。碎片之间相互磨砺、相互激活，生成新的碎片。华莱士·史蒂文斯是一位近乎纯粹直观性的诗人。他的诗歌语言是对狂躁的意识形态主体的漠视。他给观念大词喂了蒙汗药，让它们睡去，让它们脑残。而就在此时，他解放诗意，诗意在自救中澄澈绽开。伟大的诗人是每一个词、每一个句子的王者，每一个词，每一个句子也都自立为王。

一个词是一个王。

史蒂文斯《一个睡着的老人》一诗中有两句：

两个世界睡着，在睡觉，现在。

一种愚钝的感觉以一种肃穆占有它们。

再看《观察黑鸟的十三种方式》的前三种：

一

周围，二十座雪山，

唯一动弹的

是黑鸟的眼睛。

二

我有三种思想

像一棵树

栖着三只黑鸟。

三

黑鸟在秋风中盘旋。

它是哑剧的一小部分。

陶渊明《饮酒二十首》即为纯粹之诗。陶公的诗意，紧紧贴着不可言说的寂点漂移，无观念的引申之喧闹，亦无"为赋新词强说愁"的矫情。真正做到了"乐而不淫，哀而不伤"（《论语·八佾》）。此引第五首为证：

> 结庐在人境，而无车马喧。
>
> 问君何能尔？心远地自偏。
>
> 采菊东篱下，悠然见南山。
>
> 山气日夕佳，飞鸟相与还。
>
> 此中有真意，欲辨已忘言。

"真意"莫辨，欲辨"忘言"。唯有音声形色的碎片，在本在事象之色的推动中自我风咏，自我安慰，自我形成色相然后寂灭。这就是语言漂移说不可为而为之的"合目的的无目的"。

10. "向左"漂移，直陈其事

> 七月流火，九月授衣。春日载阳，有鸣仓庚。女执懿筐，遵彼微行，爰求柔桑。春日迟迟，采蘩祁祁。女心伤悲，殆及公子同归。
>
> ——《七月》第二阕

直陈其事，是"赋"的表现方法，是具体事象和事态的诗意推演。譬之色-彩，它是一种色调向着另外一种色调、一个笔触与另一个笔触、一组"点线面"向另一组"点线面"的舒卷回环、腾挪跌宕。直陈是描述性地向前溢出，它给单纯的本在事象或多维的事态"命名"。"命名"通过呼唤、回响、置入等方式，进入时间和空间凝聚成相的"在-场"。直陈其事，总是有一种声音告诉你："真实就在那里，它就是心与眼之前的样子。"直陈的诗意生成预设了"真实"，建立了诗学"真实"的信念。信念即柏拉图说的"相信"。如果对"真实"的"前瞻"或"回望"保持在"客观描述"的范畴之内，那么事象演绎与真实存-有便达到了迷惑人的最大、最美的极限。"真实"的在-场，似乎就生成了诗意。可是，如果没有本在事象的"碎片"漂移，"直陈其事"是无法实现并产生诗意感应效果的。

"直陈其事"的语言漂移，是裹挟式的漂移，如云雨风在仰望的空中翻卷、凝聚、松动为形与色。所有艺术中，最大的裹挟者是色-彩——形也是色，音声中亦有色相风幡飘摇。本在事象是以色-彩（色形）的方式呈现的，语言到此为止。本在事象的在-场即是色-彩的在-场。没有本在事象的裹挟，那些不能言说的爱与恨、情与义、善与恶、美与丑、真与伪，是无法出场的。无法出场者，是因为出场的路径处于关闭状态。出场者等待裹挟。一言以蔽之，所有观念的出场，都依赖色-彩的负载而去，或相拥而归。诗歌比、兴的运用，即是诗意附形飞翔的实证。所有隐喻附形而出，需有空隙，才不至挤成一堆之重，亦非垒成一墙之闭，或栅为一圈之畜。隐喻附形而出，需要将其分解、疏散，即将其碎片化铺陈、襟连，才可能将其载入在-场。曹孟德的《苦寒行》可例之：

北上太行山，艰哉何巍巍！
羊肠坂诘屈，车轮为之摧。
树木何萧瑟，北风声正悲！
熊罴对我蹲，虎豹夹路啼。
溪谷少人民，雪落何霏霏！
延颈长叹息，远行多所怀。
我心何怫郁？思欲一东归。
水深桥梁绝，中路正徘徊。
迷惑失故路，薄暮无宿栖。
行行日已远，人马同时饥。
担囊行取薪，斧冰持作糜。
悲彼东山诗，悠悠令我哀。

直陈其事撼动人心的所谓真实，需要语言的"假象"即"碎片"的在-场——它们被视相（色-彩）裹挟而来，又在在-场的洞明时刻漂移以远。这种在-场是间歇性的——随心停-顿、飞-扬、出-场、入-场、崩-溃，泄洪千里，卿云回溯，均在间歇性的绵远与波还时刻断裂。词语出场的节奏和音声形色的一咏三叹、歌舞足蹈，创造了在-场的清晰可观。在这种清晰性被洞明的时刻，色-彩即心灵视觉的在-场生发之诗意的轰鸣与灿烂。马丁·海德格尔说：

> 在场状态乃是当前，其意即持久性的被聚集状态，根据它从移离过程的撤退——这种移离过程因而被伪装并且因此被遗忘。于是形成了真正"存在者"的无时间状态（Zeit-losigkeit）的假象。
>
> 在空间上来把握，持存状态乃是对本身没有特地得到经验的空间的充满和充实，因而是一种空间设置（Einräumung）。
>
> 在场状态乃是空间设置，其意即为那种被置回到其中、并且因而持存的存在者提供空间。
>
> 时间化与空间设置的统一性——而且是以在场方式——构成存在状态的本质，即穿越（Überkreuzung）。①

尽管海德格尔《哲学论稿（从本有而来）》"反哲学"的文体绕得让人近乎窒息，但上一段引文（引自《98. 根据持续的在场状态对存在状态的开抛》）所讨论的——"假象"于时间和空间统一性在-场中的"穿越"，却是语言漂移状态的诗意洗礼。

---

① 马丁·海德格尔. 哲学论稿（从本有而来）［M］. 孙周兴译. 北京：商务印书馆，2012：201。

直陈其事的叙事，好像搬动了事实和经验世界的万事万物，甚至是推波助澜、车轮滚滚、人仰马翻式地表现"真实"。事实上，所有自在物、人间事，从来就没有移动，它们还在原地归化，在到达-场的时刻反对诗意之美。

罗伯特·弗罗斯特是直陈其事的伟大诗人，他的描述性的语言与眼前的普通事物摩擦，使如风的语言在事物上形成一个漂移层，看似事物直陈，其实是语言贴着事物的漂移。反之，事物也贴着语言在心灵结构中漂移。如春花漂移春，秋色漂移秋；如人自我漂移，在万千事物里离开一条条道路，一个个房舍家园，不知所终。著名诗集《波士顿以北》（1914）卷首小诗《牧场》，是人与物相约漂移的邀请：

> 我去清一清牧场的泉水，
> 我只停下来把落叶全耙去
> （还瞧着泉水变得明净——也许）；
> 我不会去得太久。——你也来吧。
>
> 我去把那幼小的牛犊抱来，
> 它站在母牛身边，小得可怜，
> 一摇一晃，当母牛给它舔舔；
> 我不会去得太久——你也来吧。

11. 修辞幻象

从本在事象的原点出发，诗意在我们设定的坐标图中"向右"涌动，以"修辞幻象"的途径漂移。严格说来，诗意语言所有方向的漂移，都是修辞幻象的漂移。因为语言的言说结构，就是修辞幻象的结构。可是，我们不能整体性地言说。所有言说都是局部性的，唯有局部性的言说，修辞幻象才能漂移，就像在-场之敞亮，不能选择两个以上的在-场停顿，而修辞幻象作为在-场的漂移，却是无限的，不断衍生、繁殖着的，不管是在无限多个人的心中，还是在无限多集体人的心中。个人或集体人的诗意心灵结构，也在漂移状态的停顿、衍生、幻化、凝聚成一个个时刻，无限多的时刻。无限多心灵结构崩塌和凝聚的语言幻象。

修辞幻象的漂移，是显在色-彩和隐在色-彩的混成风行。一棵树冠的漂移和一座森林的漂移，都是语言中色-彩的漂移，而非本在形体的漂移。在语言（符号）敞亮的时刻，只有色象（修辞幻象），而没有本在的形体。语言（符号）生成，本在形体处于退场状态，语言（符号）不能撼动。语言（符号）在脱离本在形体、本在事象后才能自显，这是语言世界得以生成诗意世界的出发点。老子感觉到有一个"道"的普遍性存在，但是他深深地意识到语言不能把握，因此，对"立言"的可靠性持怀疑态度。这是李氏思想亘古弥新的伟大之处，也是中国诗意哲学的根基，是中国佛学（禅宗）思想的根基。老子对"道"的猜测，犹如柏拉图对"理念"的"假定"。事实上，无论是《道德经》，还是《理想国》，都是修辞幻象漂移的经典文本，是文学，而非今人所谓之哲学。后来是学院派哲学学家们均亵渎了圣哲的思想。两位文明的奠基者，均善用赋比兴（修辞幻象）来言说不能言说的观念即是证明——《道德经》和《理想国》的关键之处，全靠修辞（比喻）来言说。两位圣哲都是以"喻"（比喻与寓言）证理的伟大人物。老子和柏拉图的书写，是修辞幻象裹挟"假设"、"猜想"之观念的书写，而非源自事实的逻辑、观念、真理（知识、理性）的书写。柏拉图的《理想国》是诗剧，而老子的《道德经》是诗思，都是文学。凡语言文字所著者，皆是文学，毫无例外。这是那些哲学学家、史学学家、文学学家永远的智障所在。智障在于"执"，而"执"是智慧和诗意如铅、如铁、如顽石的下坠。

《道德经》第二十五章云："有物混成，先天地生。寂兮寥兮，独立不改，周行而不殆，可以为天地母。吾不知其名，强字之曰道，强为之名曰大。大曰逝，逝曰远，远曰反。故道大，天大，地大，人亦大。域中有四大，而人居其一焉。人法地，地法天，天法道，道法自然。"虽然"道""先天地生"，但所谓"混成"，却是"物"的混成；所谓"自然"，并非今人说的"自然界"，而是"自然而然"的万物自显自明、无遮蔽、无理障、无诗障的在-场。老子用一个"强"字，把不可言而言之的苦楚说了出来，此为其心结烛照所在，是为千秋跺脚回响。老子深知，他所说的"道"，无法在语言中表达，语言（符号）的在-场是局部性、碎片性、修辞性的，"道可道，非常道"（《道德经》第一章）。至于"混成"，王弼注："混然不可得而知，而万物由之以成，故曰混成也。"说到底，"混成"以生万物之貌，是语言漂移，而不是对"本质"、"道"、"理念"的摄取。今人之哲学，其主流在于摄取理之事或事之理，这是说明文的写法，绝不是真正的哲思，而是被逻辑系统钳制之思。诗意飞翔，逻辑框架退场，灵魂种子发育。

其实，老子在《道德经》第二十一章中已经指出："孔德之容，惟道是从。道之为物，惟恍惟惚。惚兮恍兮，其中有象；恍兮惚兮，其中有物；窈兮冥兮，其中有精；其精甚真，其中有信。"此章说的是"道"处于某种"惟恍惟惚"的漂移之状，且是"象"和"物"的漂移。而不管是什么在漂移，都因"信"而存-有。换句话说，没有"信"，则没有"道"。《说文》释"信"："诚也。从人从言。会意。伩，古文从言省。訫，古文信。"简单地说，人之言，即是信；人之言，即是心之言。"人之言"与中国哲学之被本质主义者曲解之"道"和希腊哲学之相（理念）的假设之间，尚且有十万八千里之远，更何况这个

"远"的范畴，也是个想象力的范畴，永远不可弥合。在此意义上，老子的"信"与柏拉图的"相信"不谋而合，中西同构，同心（信）同德（得）。

语言（符号）自成迷局，是出发点，亦是归宿。斯为天意。人之在，为天意之在，天意不可违也。

漂移自然是语言（符号）在视觉、心灵中的涌动，而非本在事象的涌动。本在事象的动与静、隐或显是另外一种存-有。本在事象（包括生活事象）自成"宇宙"，与视觉事象和心灵事象相对局，两种不同的"宇宙"之间，确有一个永远无法弥合的鸿沟。这个鸿沟深不可测，是个混沌的空间（时-空在-场）。这里所谓混沌和空间，也是个比喻的说法，而非实有的场域。当我们讲到混沌和空间的时候，修辞的幻象已经滋生。因为我们已经说出了它们，且在所有碰触到它们的人心中说出了它们。混沌和空间本是两个场域，将它们放在一起说出，就是修辞幻象的链接，是漂移的漂移，如燕与燕于飞，锦和绣之彩。

燕燕于飞，飞无主；咩咩于羊，羊无坡。

本在事象与语言幻象之间的空间，没有高，没有深，也没有绵延的宽。它没有本质，既非死-寂，亦非生-动。它是迷-茫的迷离聚散，是无-限的收拢或绵展。可是，诗意却在这个所谓的时-空中生发，万物生、万象生、万事生，生于斯。物之障破局于斯，心之障亦破局于斯。心-物在此蕴发，即是"无所住而生其心"（《金刚经》）。《心经》名偈云："色不异空，空不异色，色即是空，空即是色，受想行识，亦复如是。"其实是对"无所住而生其心"的"心-相"一体的诗意解读——唯诗意可使心-相化为一体——譬之弱水三千，波光万斛。色空之相，即"心-相"（"心-象"），即自在直观万象，即诗意漂移之幻象。不谙佛经中诗意幻象"缘起性空"、"性空缘起"的真谛，不足以言诗-意、诗-思的生成，更不能化物成言，吟咏成语。

这就是说，在本在事象向诗意飞翔的时刻，修辞的涌动是必然的。问题在于，修辞是作为方法被利用，还是作为诗意涌动本身自在显现。这是两条不同的诗学道路。譬之于诗歌，但凡好的，都控制在赋比兴诗艺激活诗意的在-场，而不向所谓的"深度"和"高度"无克制地引申——只有小才的作品，才搞意识形态拔苗助长的引申，也只有小文人才搞依附价值观系统的写作。超过了"色空"在-场的直观温润，诗意就弃场或死亡了。苏东坡《自评文》云："吾文如万斛泉源，不择地皆可出，在平地滔滔汩汩，虽一日千里无难。及其与山石曲折，随物赋形，而不可知也。所可知者，常行于所当行，常止于不可不止，如是而已矣。其他虽吾亦不能知也。"作为比喻的"万斛泉源"之涌动，乃是"随物赋形"的涌动。"行"和"止"，正在于"随物赋形"的漂移。这种语言漂移是具象的、在-场的——诗意摩擦、磨砺着形色飞翔，而不是抱着意识形态打滚、奔波或下坠。凡大才，均有风春万物、栩栩如生的心灵锦绣，原由即在于此。以屈原的《九歌》这部伟大的作品例之，我们可以看见，"愁予"、"思公子"这样的"思"（动词），都是在以物起兴的时刻被化解为"诗"的。这就是"思"向"色空"的返照。返照，也是修辞幻象漂移的一个路径，是"思"的控制。

> 帝子降兮北渚，目眇眇兮愁予。
> 袅袅兮秋风，洞庭波兮木叶下。
> 登白薠兮骋望，与佳期兮夕张。
> 鸟何萃兮苹中，罾何为兮木上？
> 沅有芷兮澧有兰，思公子兮未敢言。
> 荒忽兮远望，观流水兮潺湲。
>
> ——《湘夫人》

12. 原点，本在事象的漂移

美（诗意）之为美，被理解为对自然和生活的模仿，乃西方诗学的最大荒谬。这个影响深远的诗学谎言，最根深蒂固的理论基础，来自对柏拉图"理念"假设的曲解和对亚里士多德模仿说的无理引申与扩张。"理念"（共相、普遍性、统一性）在柏拉图那里，本来就是个假设（《理想国》），但却在逻各斯文化的历史发展进程中，与"本质假设"同构之后，"假设"被抹掉，渐次筑成了本质主义诗意"深度构造"的本在真理维度，让趋之若鹜者去"反映"、去"挖掘"、去制作。这是语言触须伸向"不可言说"（维特根斯坦）范畴的乖张之举。人是诗意自明的居所，却成了诗意的反面。

一个诗学命题抽掉"假设"是危险的——这等于"相信"一个不以人的意志为转移之本体的先验存在能被语言攫取。这是柏拉图不得不"假设"埋下的祸根，也是后人对柏拉图诗意哲思的大不敬。模仿说其实是个"语言工具说"，核心内涵是诗学工具理性。中国古代诗学家从来不相信语言能"反映"自然和生活，甚至也不相信假设的"道"能被语言表述，更不敢去利用。这是《道德经》一开篇就明确的。也就是说，就诗意的创造而言，对自然和生活的"回归"或"回溯"，是不可能的，你见过一颗诗心回归到空谷幽兰吗，见过一个历史文本回归到了历史现-场吗？

自然（作为理性的宇和宙之凝聚）是美无法企及的存-有。它或许是一种和谐而自在的存有，但它并不储存着美的本质。所谓"美的本质"，只是表述，它的界限就在语言表述的范畴之内，不可能在语言（符号）之外。"美的本质"只是语言的设定，"设定"也在语言的界限之内。人在人的范畴之内，物在物的范畴之内，此为天意也。

中国哲学的逻辑起点是"道法自然"，自然而然的存在是"道"的界限；希腊哲学的逻辑起点是"自然法道"，"道"（理念等）是自然而然的存在的本体。中国人早慧，在"轴心时代"（卡尔·雅斯贝尔斯）就明白这一点，西方人一百年前才明白。诗意的文明和理性的文明就此分野。物性的人与诗性的人之分野亦在于此。当然，所谓物性的人和诗性的人，讲的是"心意识"（唯识宗）重心的漂移（偏移），非绝对的人的性质构成。

西方诗学的最高理想，是"真"、"善"、"美"三个原点（三个本质）的和谐统一。这就是古典主义的和谐说，是巴赫、伦勃朗和安格尔们作为典范的审美。可以说，可靠的"真"是事实的澄澈自显；可靠的"善"是行动书写；可靠的"美"是所谓美的诗意生发。三个原点可分说为：事实心灵结构；行动心灵结构；诗意心灵结构。这三个原点即便在心灵结构中存-有，也是不可知的，只有在语言（符号）的表达时刻，它们才以"在-场"的方式显现为一种可阐释性——事实上，没有一件作品中清晰地呈现了三个本质的和谐统一，譬如巴赫大提琴曲的"真"在哪里呢——尽管会出现阐释性的和谐统一。在-场都是事象、事态的显现，即是色-彩凝聚之物的显现——美（诗意）到某种形-式的凝聚为止。这就是说，三个原点的诗意表达，都是语言（符号）在漂移时刻的生成，而不是"本质抵达"，更不是本质攫取。色-彩（形-式）会在漂移时刻摩擦观念，但既不能成为本质观念（真、善、美）的箩筐或拖斗，也不能把本质观念压得无法动弹。

色-彩凝聚物分为三种：一种是感觉、视觉经验中自然事象的色-彩凝聚物；另一种是语言（符号）系统中的色-彩凝聚物；第三种是心灵结构中超本在事象和超语言（符号）的色-彩凝聚物。三种色-彩凝聚物在语言（符号）书写其自身时，生成诗意

"原点"（在-场），创造一个独一无二的、漠然存-有的时-空。或者说，在诗意凝聚的时刻，本在事象和心灵事象即刻漂移着退场，而诗意在-场的凝聚形式则即刻漂移而出，塑造心灵事象和本在事象联袂蕴发的、崭新的诗意形式。当然，必须指出，诗意世界有"新世界"和"旧世界"之分。"新世界"是个在语言漂移中，不断刷新的世界，是鲜活诗意的在-场，是飞翔的桃红遇见归来的梨黄的那个瞬间；而"旧世界"则是在语言漂移的时刻，不断地重复、拷贝、概念化的世界，它的特征是垂死、说教、臆造审美"假高潮"。诗意旧世界大量喂养无知群众和舞文弄墨的小文人和大批自以为是的官商显贵，时时刻刻都在自我装饰审美丑态。

本在事象的存-有被假设在任何时空中。它既不是目的，也不是障碍或执着。如果本在事象在漂移，那么它自己也处在书写生成新象的时刻。漂移即书写。事实的确如此。本在事象并非稳固不变，它在向着任何一个漂移方向生成在-场，因此，它作为一个"原点"，却永远不在"原地"，而随时处在漂移之中。正如巴赫的大提琴曲与巴赫，都处在恒久的漂移时刻，被倾听所创造。漂移是万象幻化成象，万象幻化万象。《维摩诘经·观众生品第七》文殊菩萨问维摩诘："菩萨云何观于众生？"维摩诘说："譬如幻师，见所幻人，菩萨观众生为若此。如智者见水中月，如镜中见其面像，如热时焰，如呼声响，如空中云，如水聚沫，如水上泡，如芭蕉坚，如电久住……如无色界色，如焦谷芽……"《维摩诘经》这一品提出了本经最重要的命题："无住则无本"；"从无住本立一切法"。诗意在"无住"漂移时刻为艺术立法。本在事象作为"原点"在漂移，"法"也在漂移。

是时也，明人陈继儒《小窗幽记》中有两阕可以一咏：

其一：

　　春初玉树参差，冰花错落，琼台寄望，恍坐玄圃罗浮；若非黄昏月下，携琴吟赏，杯酒留连，则暗香浮动，疏影横斜之趣，何能真实际？

其二：

　　性不堪虚，天渊亦受鸢鱼之扰；心能会境，风尘还结烟霞之娱。

2015 年 8 月 4 日于燕庐

论坛：作为诗学方法论的语言漂移说

邱健　整理

2019 年 3 月，云南大学中国当代文艺研究所举办了"首届原初论坛"。本次论坛是基于李森《色-彩语言诸相的漂移》的讨论，主题为"作为诗学方法论的语言漂移说"。与会者为研究所研究人员：一行、魏云、符二、朱振华、李日月、邱健。各位发言者分别从批评意识、创作意识、阅读意识、西方思想、中国思想五个方面阐释了主题。论坛由邱健主持，分为主旨发言和讨论两个部分。

一、主题发言

一行：

"语言漂移说"是一种新的诗学方法论。任何有生命力的新方法，都扎根于历史处境、文明经验和对以往重要思想的吸收之中。"语言漂移说"以一种创造性的方式，对中国古典思想中的"空-无-易"和"文-心"妙义进行了转化；同时它也借鉴了西方现当代思想中的若干要素，特别是维特根斯坦、德勒兹和海德格尔的思想。就对中国文明经验的吸收来说，"语言漂移说"首先是对中国佛学中"诸行无常"、"诸法无我"之"空义"的转换，强调意义的缘起和暂住，词并不对应任何实体性的本质，而是随其聚散流转的因缘生成其暂时的意义；其次，它是对道家"道隐无名"思想的重构，所有的词语、命名都只是"无名"的一件外衣，语言在最好状态下可以打开一个让"无名之物"显现的空间，但更经常地遮蔽事物；它又是对《易经》中的"变易之道"的新解，因为艺术和诗歌文本的魅力或效应就在于意义不断生成变化的流动之中，而不在于其体现的某种固化的价值观系统或意义系统；它还是对《文心雕龙》以来中国文论思想中"文为天地之心"这一理念的继承，绝妙好文中的"心"所原之"道"并非任何一种固化的价值观，而是这阴阳变易、乾坤衍化的天地之道。就对西方现当代思想的借鉴来说，"语言漂移说"中既有着维特根斯坦《哲学研究》中"语言游戏说"、"意义即用法"的影子，又有海德格尔《哲学论稿》中"去本（Enteingung）－归本（Zueignung）－转本（Ubereignung）"的"本有事件"（Ereignis）的痕迹，还有德勒兹《千高原》中的"生成"、"解域化-辖域化"思想的踪象。正是由于从这些古今中西的思想经验中汲取了充分的养料，"语言漂移说"才能作为一种诗学方法论稳稳立住。

"语言漂移说"作为一种方法，其实包含着两个不同的层面：其一是对文艺和语言现象进行事实描述和分析的层面，也就是说，它说出了文本的真实位置和真实状况——"一切文本都是通过语言漂移获得其意义的"；其二是作为写作之尺度的理想性的、应然的层面，亦即它要回答"哪一种文本或写作才是有效或有意味的"这一问题，它认为，只有从任何一种固化的价值观系统或意识形态系统中逃逸、脱离出来的写作（"纯粹写作"或"原初写作"）才是真实有效的。好的写作就像是星罗棋布的天空，在不断变化的自组织中形成其秩序和层次；好的写作就像是春天打开花瓣，它呈现而不模仿。与之相对立的写作则是执着、固囿于某种先在的价值观系统中的写作，文本变成承载这种集体心灵和集体言说的工具，词语在其中丧失了"空中生妙有"的潜能和活力。

从阅读和批评的角度来说,"语言漂移说"试图提供一种理解和解释文本的新途径。它反对用概念语言来作为批评和阐释时的主导语言形态,概念语言当然是必要的,但它必须与被激活的日常语言和诗性语言相配合,并以个体风格的方式来呈现。批评即是创作,批评即是个体心灵在其特有体温和节律中的呈现。"语言漂移说"让人们注意一个文本中的词语获得意义的方式和方向——它是往哪个意义象限、象域进行漂移,并从哪个位置上产生了可理解的含义的。它让人在一种反思性的综合视角中把握文本与现存观念系统和审美心灵结构的关系。同时,它又告诉我们,读那些绝妙好文时,不要将心思放在它究竟在宣讲什么观念或价值观之上,而是要用一种无隔的直观,像在一树桃花、一天星斗面前那样,全身心地沉浸其中,去领略其真姿。

朱振华:

正如一行所说"语言漂移说"作为新的诗学方法论,是扎根于历史语境、文明经验和对历史思想的吸收、澄明、演化的创造性的言说和认识方式。"语言漂移说"以语言为本位,诗意生成始于语言,语言是语言漂移的出发点和原点。重新审视并回归到语言本身,语言才具有抛弃历史延积和社会俗约所背负的沉重负担,重新生发诗意。回到原点,回到原初的倾向性,使得语言具有原初的生命力,正如海德格尔所说,人类最初的语言就是诗。"语言漂移说"为语言回到原初,提供了一种认识上的可靠路径和坐标指引,使得语言可以重新生发。

语言是人类的存在方式,是我们赖以生存的世界。在索绪尔之前,语言与言语并未在言说中区分,语言和言语混沌一体,塑造人类和世界。语言和言语的分野,使得以整体性、抽象的结构形式和差异性、具相的个人表达在人的语言世界和认识世界中被割裂。结构主义语言学以降,对语言的研究,对于整体性、共相的语言结构成为洪流，湮没了对差异性、具相的个体表达的关注。这种趋势使得语言学似乎成为了词典编纂学，语言逐渐固化，失去了文化生发的源泉所在。"语言漂移说"不仅是诗学方法论，也对语言方法论进行观照，重新审视活的言语，重新发现语言的本性所在——人的生命状态。语言研究必须回到活的言语，回到真实的人的"在场"，人的生命状态，这是"语言漂移说"从历史思想中甄别思辨，为我们带给语言论的一种新的视角。

李日月：

我想谈谈"语言漂移说"之于阅读的启示。"漂移说"对我们以新的方式去理解传统语境中"不美"的事物有革命性的帮助，这种新的审美活动能够使"不美"生发出"美"，给人带来全新的阅读体验。"漂移说"激发的审美，不仅是对沉睡的、僵化的作为知识的概念的激活（当然这种对概念的激活也是生发新的审美的主要路径，这已经在若干"漂移说"的文献中多次强调）。我想说的是，那些我们所阅读、实践或思考到的既非知识、又非审美对象的东西，也可以在"漂移说"的观照之下生发美和诗意。

我举一个眼前的例子，在我的论文中，"孙悟空"作为一个可能的本在事象从来未存在于任何知识结构中，或者说他不存在于一个过去的传统的知识结构中，在我打算将之纳入现在的或未来的知识结构或审美结构的时候，我面临的问题不是"这个事怎么做"，而是"这个事能不能做"，图像学回答不了这个问题，因为"虚构的即是实在的"这一论断不能在图像学方法论内部导出，也就是说图像学即传统方法论回答不了位于知识论层面的问题。我拿起"漂移说"，就发现方法论在某种意义上决定了知识论和本体论，或者说是三者就是一回事。所以孙悟空不必局限于虚构，他可以在世界一、世界二、世界三中任意穿梭，作为知识也可以，作为审美也可以，孙悟空不仅可以向指陈其事、纯粹形式、意识形态、修辞幻象任何一个方向漂移，在其中生成诗意，也可以不漂移、不暂住，停留在生发之前、生发之时、将发而未发的状态，这其中也包蕴了诗意。但上述的关键在于，"漂移说"解释、支撑了"我欲之何"这样一个问题，凸显了我的主体性，"漂移说"是我通向"我"的桥梁。

"漂移说"可以解决大问题，尤其是位于创造性范畴之中的问题，为艺术革命提供理论依据。在这个意义上，阅读和批评的界限非常模糊，研究和创作也是同构的。但我还是主要在谈论阅读，在作品－读者－世界的结构中（在这里把作者去掉），如何理解语言的问题。

邱健：

我谈的问题相对具体，是对《色-彩语言诸相的漂移》学习后的一些思考。

《色-彩语言诸相的漂移》第 4 节谈到："假象是语言的种种成象。假象是个中性词，它不是'假相'，不是所谓真相的另一面，它在语言漂移生发有效诗意的时刻，就是真象（像）——语言和心灵真象（像）。假象对所谓客观事实可能为假，对诗意事实可能为真（相信）。在语言中，假象和真象如剑的两面，同时生成锋利和光芒。"

我想谈谈对"假象是语言的种种成象"的理解。首先是"假"的问题。一种认识是真假之"假"，表示语言的、符号的意义不符合事实的判断。另一种是借用、利用某种对象的意思，如假借、假道、假手。这两种含义对语言的表达系统来说都在发挥作用。一是，当语言以命题的形式出场时，具有判断功能，它能够在描述、陈述事物的过程中断言真假。如"这是一把雨伞"，当语言的陈述和事实相符合时，这个命题为真，反之为假。当然，语言并不都是以命题出场，尤其是在诗歌作品中，常常只是一些句子。如"花红醉了柳绿"，我们无法判断为真为假，但会说这是一句诗。二是，当语言在指示对象时，它其实是一种"指物识词"的游戏方式，即在借用、利用一个名称来称谓对象。此时，语言之于事物是一种符号化的表征。如"两个人一前一后"，"一"是代表人，"前""后"是代表方位关系。但我们要意识到的是，"前""后"不是事物的本质，事物本无"前""后"，"前""后"只是语言以假名的方式来呈现事物存在的关系。当然，这种关系也不可靠，"前"可以转换为"后"，"后"也可以转换为"前"。简言之，它取决于参照物。

　　基于此，"假象"也有两种含义，当它与"真象""真相"相对应时，"假象"是对象之真假的判断，如《狼来了》的故事就呈现出语言之为真相和语言之为假象的相互转换。而当"假"作为借用、利用的含义时，"假象"便可以理解为"立象尽意""得意忘象""得意忘言"，如假"垂柳"之象喻离别之情，假"幽兰"之象喻君子之美。如果用连字符号"-"隔开"假象"的话，那就可以把"假-象"视为一个语言行动的过程，即假象在不断地成象。在阅读中"假-象"始终在漂移，读者在语言与"象"的摩擦、"成象"中寻找诗意。要注意的是，"象"本身没有诗意，诗意是在"象"的显现中绽出的。"假"和"成"都是对"象"的使用，也即维特根斯坦说的"使用即意义"。举个例子，"黑夜给了我黑色的眼睛。""黑夜""黑色""眼睛"都只是单独的"象"，没有诗意，但它们被置于"给了我"的关系中进行"成象""显像"的使用时，诗意便产生了。由此，我从"假象是语言的种种成象"得到的启示是：语言是一种假-象的存在，诗的生成是在语言假-象、诗意成象的创造中实现的。

魏云：

最早读李森的《荒诞而迷人的游戏》，后来读诗作《撕开》，随后读《美学的谎言》，感到"漂移说"有一个渐次的发展：从经典作品的释读，到伪知识的批判与反省，再到诗意生成的漂移界说。这个去伪存真的过程，不仅是一种批评的方法、理论的设计，而且是一种行动。隐喻是锋利的，而哲学是一种行动。思想是一种对现实的行动。我摘引作者的一段原话："（古代）因色-彩而取头颅，色-彩如刀，隐喻之锋利可见。从色-彩的等级制，可见文化隐喻生成的一种途径。文化在某种程度上说，即是人自我绑架的异化。"古之黄，即今之红。正因为有隐喻之锋利，立足现实的言说，才不至衍为空文。我感到很受启发的一点，是李森从语言的角度，去剖析当今的文学艺术与心像。当代语言的颓败，是一种人性的颓败、人文素养的坍塌。就像乔治·斯坦纳论德语如何"走出黑暗"一样，投注于诗性汉语的目光，就是寻找与创造语言的生命力。斯坦纳："语言也会衰败，语言也会死亡"。

当代汉语正在死亡。只要看看市面上的文字，就会了解当代大学生的虚无与绝望为什么弥漫四处；而这些年轻的心灵原本应当是敏感而丰富的心灵。我对于语言的漂移的理解，是——每个写作者，都是当代心灵、当代语言的一叶诺亚方舟。写作确实是一种游戏，但又关乎生死。"漂移说"对中国古代典籍的化用，是一种才情的映照。纯正汉语的写作，这是血脉的承继。提及文体，我想起把其比作一张飞毯，阿拉伯的飞毯，"灵魂飞翔者之间的呼应。"这是活着的比喻，呼吸着的语言。倒是我有一个问题，供各位思考：20 世纪 80 年代有过"方法论热"，骤起骤落，大体是三年之热（1983—1986），但也导致今日所谓文论话语的一大变迁。当年美学热、"方法论热"如一种疾病，迅速感染，本身是"解放思想"的一个后续过程。心智运动与语言之思，在当代的立足点是什么？也就是说，掀起一时之思潮的指向性，是什么？也许有点越线，这是一个"怎么办"的问题。

符二：

李森是学贯中西的文论家、批评家，又是作家、诗人。这些多重身份交织，现在看来，但他更是一位杰出的文体家。他创造出了独特而具有高度审美价值的文体。《法蕴漂移——〈心经〉的哲学、艺术与文学》是一部很奇异的书。在写法上，这本书是典型的明心见性。在表达观念、学术思想时，不采取寻常路径，而是抛弃概念，大量运用隐喻，在一切诗意的暗示之下让人去感知、想象、理解、会意、领悟。《心经》本是人生悟道的至高境界，庸众之心被包裹和覆盖在黑暗之中，盲目而痴愚。那么这本书解心经，唯一的途径也只能通过暗示来对平常之心进行开悟启示。

应该说，李森的写作，不但极大地丰富了文学的风格类型，而且更重要的是拓展了关于文学或者关于特定文类的审美观念。从《美学的谎言》到对心经的解读，他的写作和批评，在文体的渗透、融合中创造了一种新的文学形式。这种写法，介乎于学术研究和文学创作之间，可以当成学术论文来研读，又可当作美文来欣赏，弥漫和贯通于其间的无所不在的诗意，又使得这些篇章本身成为诗学随笔。尼采、维特根斯坦等大师在表达他们哲学观念的时候，采用的是同样的表达路径。而中国的曹丕、陆机、司空图，这些横空出世的文论家，同时运用的也是这样的手法。

除了以上各位同门从不同立场和角度对"漂移说"进行解读，我的确更多关注在李森的文体风格上。这实际上是更高级的一种表达途径。"采采流水，蓬蓬远春，窈窕幽谷，时见美人。碧桃满树，风日水滨，柳阴路曲，流莺比邻。乘之愈往，识之愈真。如将不尽，与古为新。"读司空图，我有时会想到李森。这里边含有很深情的东西，令人回味，咏叹。用这样的一种才情来做学问，我说的高级是这个意思。

二、讨　　论

李日月：

一行对"语言漂移说"的思想来源的阐释非常充分，我只能提一个小建议，把易学这一脉的权重往前提一下：易学本在佛学之先，此其一；易包含变动和常态，和漂移－暂住的结构是一致的，佛学强调破执、无相更像是建立在对既有结构的承认的基础上，易才是本在事象，佛学是易向着修辞幻象的漂移，此其二；"语言漂移说"内生性地涵括了一统万有的哲学雄心，一就是简，就是易，是生发的原点，也是必须回到的原初，此其三。

一行：

易道三义，变易-不易-简易，的确对应着"漂移说"中的漂移-暂住-原点。

朱振华：

回到原初，对于语言来说，必定要破除以约定俗为基石的日常语言。所指与能指的对应结构并不是固有的。在语言生发之初，词语开始漂移；之后驻足，从而构建起与世界的语言关系。这种关系在日常语言中逐渐沉积，语言的放射性的生命力量被消磨，文化核子被遮蔽。福柯就说"扭曲的宣传性语言"是所指压倒和吞并了能指的工具性语言。诗性的语言即言语，即语言的运用，是对能指和所指关系的重新淘洗。欧阳江河在《手枪》一诗中，就把"手枪"这个词拆分，"手枪可以拆开/拆作两件不相关的东西/一件是手，一件是枪。""手枪"在日常语言中的所指-能指关系被搁置，在新的语境中重新放置。在被重新放置的过程中，语言的诗意被诗人重塑。我们其实无法超越我们当下的日常语言，因而在语言的能指-所指关系中，重置即重塑。就像李日月兄所说的"凸显主体"，重置的原初动力来自言说的主体。李森的《桃花》是漂移："桃红漂向桃花／桃花漂向桃红／还是只有一朵桃花。"桃花在漂移，是语言在漂移，是诗人在漂移，使得我通向我，也使得桃花通向桃花。"语言漂移说"将语言回归到运用、回归到主体那里，通过对能指-所指关系的重构和认识，为创作和阅读重置了路径。

邱健：

一行从中西思想的渊源中剖析了"语言漂移说"作为诗学方法论的价值和意义，让我们看到了各种学术思想的共振与互证。我想就"语言为何重要"再做一些思想史的补充。19世纪末到20世纪初，学术界发生了语言学转向。这次转向有三个重要来源。一是以欧陆现象学诞生为标志的哲学思潮运动。胡塞尔的现象学提出了"回到事物本身"，海德格尔的存在主义认为"语言是存在之屋"，伽达默尔的诠释学也认为"能被理解的存在就是语言"。二是以英美分析哲学诞生为标志的哲学思潮运动。弗雷格、摩尔、罗素、维特根斯坦、卡尔纳普、奥斯丁、蒯因等哲学家把语言视为一条可以进行分析的路径来解决哲学问题，提出了当代哲学史上很多重要观点。三是现代语言学革命。索绪尔、罗兰·巴尔特、萨丕尔、沃尔夫、雅各布森、乔姆斯基、布龙菲尔德等语言学家，除探讨传统语言学相关问题外，把语言拓展到了与社会形态、文化艺术等更为宽泛的视野中讨论。由此可见，语言问题已成了当代学术研究的焦点问题，它既关乎本体论，又涉及认识论，与人类思想、社会的发展密不可分。

魏云：

简单概括一下我的理解：（1）对方法的理解。结合李森的《漂移》一文来谈，我看到的"上下左右"漂移，上即意识形态，下即形式，左为直陈（弗罗斯特），右为幻象。这上下左右当然是一种方便说法，但其中涉及几个文论中的重要议题：形式与意义，历史与行动，艺术与修辞，等等。因为我对于"漂移说"尚缺乏总体把握，知之为知之，可能比较易行的事情，就是梳理其中的文本，以便我自己和课堂上更好地理解作品，建立与作品产生会心的有效纽带。（2）对当代文论发展的理解。在李森新的文章中，立意与此前作品（如《美学的谎言》）不同的地方，在于中国诗话（如佛老典籍之化用与生发）与西方诗学的相互辉映，如何阐发，如何阐发禅机，如何避免中国诗话"不涉理路"的弊病，这是我关心的问题。目前阅读只到这一步。（3）结合其他文本的选编，有一些具体的篇章问题。如何从方法论的角度去理解，比如"文学四要素"这样的方法论上去运用自如，诚待诸君有以教我。

比如，一个具体的疑惑：《公鸡》这首诗，用色-彩来阐释，其实就是一次心智运动的优雅或戏谑的游戏。我以前也提过这首诗，不过是看到李森诗歌语言中的轻喜剧色彩。李森文中的作品，无论是自己的，还是弗罗斯特、史蒂文斯的作品，都是在《荒诞而迷人的游戏》中论述过的，我都相当熟悉，一目了然。以色-彩方便说法，是一种开"方便法门"，还是要推己及物，成不言之教？这也是我在阅读中的一个困惑。我感觉，漂移之力，在于极具个人色彩的、庄谑并用、大开大合的语言饱满度与明亮度，这是一种极具标识性、不可能认不出来、因而也难也模仿的语言。简言之，不可复制。这才是难度。

李日月：

我谈谈"语言漂移说"之于创作。

在过去的经验中，理论是指导不了创作的，任何诗学理论都不例外，我们最多可以说，在创作中裹挟进来了某种理论或意识。

我个人的写作习惯，是每隔几年就重复思考一下那几个基本问题，并在写作中尝试。当然每次都是失败的，当然行动本身更重要。所以近期又突发奇想，能不能试试用"语言漂移说"指导写作？

我大体是这样做的：

一、拒绝灵感；二、从任意原点开始，以任意方式开始；三、写作之中念一段"语言漂移说"；四、当一个句子呈现了传统的面貌或者与"漂移说"理念产生抵牾的时候，修改之；段落、篇章亦然；五、对成篇作品，放下"漂移说"，按照传统艺术阐释方法重新审视之，是不是一首"好诗"、是否成立、"漂移说"与传统文艺理论之比较如何？接着修订直到定稿。

我思考了三个问题：持有一个理论时如何写作？理论如何具体地指导写作？写作如何呈现某特定理论？这些问题并没有可以表述的答案，都融汇在了写作行动之中。结果如何？不知道。也不重要。

一行：

刚刚各位从语言学和语言哲学角度的理论阐释都非常好。我现在想从阅读和批评的角度，对"语言漂移说"做一个例证。前天刚刚去世的美国诗人默温有一首短诗，我觉得可以作为原初写作或语言的漂移状态的呈现之一例。

安静的早晨

此刻它显得好像只有一片
岁月而关于岁月

它一无所知就像飞鸟对于

它们正飞过的空气一无所知

或对于支撑它们穿过自身的日子

一无所知

我是一个先于词语诞生的孩子

双臂正在阴影里托着我

声音在阴影里呢喃着

我凝视着一片阳光

移过绿色的地毯

在一座早就消失的

房子里而所有的声音

沉默了那一刻他们所说的每个字

此刻都沉默了

而我继续看见那片阳光

这首诗写了一个瞬间，一个无知无名的瞬间。"我是一个先于词语诞生的孩子"，这是人还没有被意识形态语汇和概念覆盖的时刻。阳光在漂移，在阴影和事物中漂移；回忆在漂移，在已经消失的房子和那些消失的人和事那里漂移；声音也在漂移，最后进入一种久远的静默。这首诗就是对这样一种漂移-停驻、显现-消失、语言-静默的双重呈现。其实默温的很多诗都有这样一种呈现性的特征，诗诞生于一个原初的瞬间，然后又归于寂灭。默温说："我向它致敬，却不知道它是什么。"这个"它"就是随缘而起而灭的原初状态。

邱健：

尽管默温的这首诗是一首译诗，但在字里行间仍然能够体会到语言之于生命存在的莫名、欢喜、或是焦虑。也由此可见，

"语言漂移说"不仅是一个诗学方法论，还是人生经验的开显。

朱振华：

同意邱健的看法，美国语言哲学家奎因讲过一个好玩的故事，就是英国探险者登上澳大利亚土地，第一次见到了袋鼠，他们就用手指着袋鼠问当地土著，那是什么。土著们回答"kangaroo"，于是英国人就把袋鼠叫做"kangaroo"。后来才知道"kangaroo"在土著语言的意思是"我不知道"。但是英文中用"kangaroo"来指袋鼠却被约定俗成了下来。基于此他提出指称的不确定性。从语言角度去探讨人与世界的关系是现代学术研究的焦点问题和核心问题。一行师兄的阐释为我们更好理解"语言漂移说"铺就了石阶。

一行：

另一个可以作为案例的，是所谓的"地方主义写作"的主张。谭克修提出这样一个写作理念，是强调每一位诗人和他所在的地方之间的紧密关系，认为真实的写作必须有一个作为其根基和具体感来源的"在地性"的层面。但是这种只强调"根"和"地方性"的写作理念，在"漂移说"看来是有问题的。他没有看到的是所有的地方、故乡都只是一个暂住的地方，故乡和地方都在漂移之中，它并不能够成为诗歌获取其"本质意义"的场所。诗歌中确实可以有、甚至应该有某种"地方性"，但是不能被这种"本质"意义上的地方性给束缚和局限。地域性不能变成一种自我束缚。我觉得这里可以用得上德勒兹的一个命题："植物的智慧：即使它们自身是有根的，但却始终存在着一个外部，在其中，它们和其他事物一起形成根茎——风。"①也就是

① 吉尔·德勒兹，菲利克斯·加塔利. 千高原［M］. 姜宇辉译. 上海：上海书店，2010：13

说，诗人必须像植物一样，既要在大地上扎根或从属于某个"地方"，又要通过"风"这样的解域化力量来与外部相连接，去探寻超地域、非地域、无地域的可能性。

魏云：

听了大家前面对诗歌作品的一些讨论，我也想提供一个具体个案，来谈谈我所理解的"艺术语言之缘起、暂住与漂移"。每次读李森老师的作品，我都不由自主地想到史蒂文斯（Wallace Stevens，1879—1955）。至少对我来说——史蒂文斯的世界，是理解诗人李森语言艺术的一把钥匙。

李森在《诗是一首诗的主题——史蒂文斯和〈两只梨的研究〉》一文中，精准地剖析了史蒂文斯诗学的内核："（在感性材料、语言、诗三者之间，其艺术关系更是一种'交流'），通过交流，在史蒂文斯的作品中，物的欢乐、语言的欢乐和诗的欢乐三者融为一体，使他的诗成为最纯粹的诗歌语言文本的伟大典范。……我们在另外一个层次上，领悟到了'诗是一首诗的主题'的深远意义，它既是一种诗学，又是一个人崇高的追求目标，还是一种信仰——一个心灵衡量万物的尺度。"[1]诗就是"心灵衡量万物的尺度"，这就是史蒂文斯之诗的自由与魅力——与心灵本身一样广大、浩瀚的诗歌语言，在一种想象力与知性的纯粹欢乐中，暂住、漂移。

因而，李森笔下的风景是中国的，又是史蒂文斯的——

田埂，水牛一生的棋盘，框住了水，框住了天光
……空濛的岁月，弯腰插秧的人，也框在稻田里

---

① 李森. 荒诞而迷人的游戏——20 世纪西方文学大师、经典作品重读［M］. 上海：学林出版社，2004：192。

在坝上，拖拉机与水牛对视，反刍着一个宇宙的两端
——李森《屋宇·稻田》

史蒂文斯的《两只梨的研究》，就像是达·芬奇的素描，尽显大师手笔丰沛的才思。而诗人李森的阐释，勾勒出了大师心智运动的轨迹。

在史蒂文斯的作品中，我最喜欢的是《弹蓝色吉他的人》。它简单而又复杂，书写了一颗心灵的漂移。写作者触碰语言，就像——"那人俯身于他的吉他，/像是一个裁剪手。日子青绿。//他们说，'你有一把蓝色吉他，/你弹奏事物并不如其所是。'/那人回答说，'事物如其所是/随着蓝色吉他而改变。'"①

这种心智之光、影、声、色的演奏，同样回荡在李森的诗作中——

又一位《广陵散》的作者在演奏河床
他在**演奏**遗忘，又演奏遗忘

他在**演奏**欢喜，又演奏欢喜
到了静默的深夜，明月总是噙着泪

他在**演奏**山高，演奏
让明光河一直流在深谷

他在**演奏**水流，演奏
使山腰的白练一直在飞

---

① 华莱士·史蒂文斯. 陈东东、张枣编. 最高虚构笔记：史蒂文斯诗文集[M]. 陈东飚，张枣译. 上海：华东师范大学出版社，2009。

他在**演奏**白霜，在演奏

一堆堆泡影，在茶炊里顶着炊盖敲钹

一阵阵铃铛，在人世间营救词藻

他在无端地**演奏空白**，演奏

明光河还在高天奔流

————李森《明光河·第一歌之五 冬空》（初稿）

　　幸运的是，我不仅能够聆听诗人李森的诗歌课堂（每次，李森老师的课，都是在呼唤一种诗心的出现，就像一种诉诸听众心灵的、语言的巫术），而且可以看见一首诗在文字上的演化、新变。在诗作的修订稿中，史蒂文斯式的演奏，正在向一种纯正汉语演化（按：引用诗句的黑体字都是引者加的，为便于读者看到"演奏"的重音与变化）——

几座山

同时弹奏河床

弹着落叶的光斑

红云风车

在山顶抖动

吐出矿石

缓缓陷落的深谷

白练在飞

牛铃灌满寒风

火塘彤红

茶炊盖敲响钹

茶罐想跃起

　　　　——李森《明光河·第一歌之　冬空》（修订稿）

　　《明光河》里的演奏，与《弹蓝色吉他的人》一样，随物赋形，"在人世间营救词藻"。弹奏者之时日——"日子青绿"，而演奏水流的人让一条河"在高天奔流"。

　　弹蓝色吉他的人拨动心弦，铮铮奏出一场风暴——

　　　　那鲜明的，绚烂的，虚夸的天空，
　　　　滴雨的雷霆滚过，

　　　　早晨仍为夜所淹没，
　　　　层云辉煌得一片纷乱

　　　　而在寒冷和弦上沉重的感觉
　　　　向热情洋溢的合唱团奋进，

　　　　在云中呼号，震怒
　　　　于空中黄金的敌对者们——

　　　　我知道我慵懒，沉闷的铮响
　　　　就像一场风暴中的理由

　　　　然而它携风暴来承受。
　　　　我铮铮奏出并将它留在那里。
　　　　——史蒂文斯《弹蓝色吉他的人·Ⅷ》

"虚夸的天空"故意展示出诗人语言魔术有些简陋的后台，"琴弦上的沉重"与"风暴的寒冷"随随便便地搅拌在了一起，弹奏者奏出了风暴并将它留在了语言那里——事物随着蓝色吉他而改变。与沉闷的铮响所奏出的风暴相似，发出巨大鼾声的漩涡、绿色的风、绣着鱼与海鸟的金针、夕阳在水塘里燃起的火堆，乃是一种漂流着的语言与诗心——

> 一个漩涡在奔跑中明亮起来
> 跟随而至的漩涡奔向最后一个和声的韵脚
> 一阵干渴的绿风忽然跌落在水里
>
> 在日出时想想遥远的印度洋
> **火红的枕席**漂移着
> 那些发出巨大鼾声的漩涡在撞击海岸
>
> 现在，南来的风悲戚地摇撼竹林
> 南来的风，要穿过一支支箫管去消失
>
> 在日落时想想印度洋金色的床笫
> 光芒的绣针，绣着鱼和海鸟的肉身
>
> 现在，**夕阳在水塘里烧起火堆**
> 火苗从蜂拥而出的**漩涡里升起照亮山谷**
> ——李森《明光河·第二歌之四　漩涡》（初稿）

修订稿中，纯正汉语的表达走向了更为圆融的意象。事物仍然在漩涡上漂移，但运笔之思，演化为一幅诉诸于视觉的山水画——

一床床**火红的枕席**
在漩涡上漂移着
撞到湖岸

水鸟的影子
失去了肉身

湖里**烧起火堆**
漩涡升起照亮山谷
————李森《明光河·第二歌之　山间湖》（修订稿）

史蒂文斯可以精巧、细腻如《两只梨的研究》，也可以广阔、深邃如《弹蓝色吉他的人》。诗人在诗中思考时空本身，思考语言的作伪与不可信赖——

慢慢地石头上的常春藤
或为石头。女人成为

城市，孩子成为田地
而波浪中的男人成为大海。

作伪的是琴弦。
海在男人身上回返，

田地诱陷孩子，砖头
是一种野草而苍蝇全都被捕
————史蒂文斯《弹蓝色吉他的人·XI》

　　这是语词的漂流，一种大开大阖的嬉戏，有时简直变成——戏弄语言。在这种戏弄中，鲜明的主题，或那些"事物必须如其所是"的规则或枷锁，纷纷破碎、化为海浪之沫。

> 山背后的高空
> 向上堆积的火苗在焚烧天梯
> 天梯顶端
> 红豹自我焚毁
>
> 天梯靠着两朵灰云
> 两朵灰云在移动天梯
>
> 那个时刻
> 一阵雨丸向天梯飘洒
> 一群青鱼在梯级上摩擦鱼鳞
>
> 在潮湿的林间空地
> 一簇汉字的胚胎
> 锁在透明的水珠里蹬腿
>
> 在菜园里那个仰望之处
> 有一个明亮的辞藻一直黏着除草者
> 它是祖母的白头巾
> 　　　　——李森《明光河·第三歌之二　天梯》（初稿）

　　史蒂文斯智力、思辨的硬朗风景，有新英格兰萧瑟而严肃的风格，就像一种钢笔画。李森笔下的辞藻，已是一种"汉语的胚胎"。在这种《明光河》式的词语漂移中，我看见一种诗心正在反复推

敲，一种地平线上将明而未明的、纯正汉语的表达，正在升起。它
是纯正的——这些语词，令我想起昔日行走在火烧云时的乡野田埂
上，一个广阔、璀璨、绿意盎然的南方世界，被这种语词的漂移打
碎又重组，构成了一幅印象派绘画式的颜色与图块。说也奇怪，这
些打碎又重组的颜色与图块，唤起一种更鲜亮、更明丽的记忆。

> 山背后的高空
> 火苗在焚烧天梯
> 铁屑噼啪炸响
>
> 天梯顶端
> 黑豹自我焚毁
> 红漩涡散去
>
> 祖母顶着白头巾
> 在菜园里除草
> 青蛙在瓜棚下蹬腿
>
> 山背后的高空
> 堆满海螺，没有天梯
> ——李森《明光河·第三歌之　山背后》（修订稿）

　　从诗人的自我修订中，正可以看见这种"纯正汉语"表达
的某些特质：诗行不再刻意地折断汉语语义的完整性，每个句子
相对是完整的表达，避免破碎；更注重精炼的意象，不再过多裸
露出心智运动的脚手架；从整部诗作的标题的修订和结构来看，
也越来越倾向于此时、此刻、此地的印象——齐白石般的水墨情
趣，在诗的文字中浮现。

　　史蒂文斯在诗歌中表达了诗的哲学，就像在两面相对的镜子中看见无穷的纵深，这是一种近在眼前的无限。或许，可以用史蒂文斯的诗句，来表达什么是一种原初的写作——

> 扔掉那些灯火，那些定义，
> 说说你在黑暗中所见的事物
>
> 说它是此或者它是彼，
> 但不要使用腐烂的名字。
>
> 你该如何在那空间里行走而对
> 空间的疯狂一无所知，
>
> 对它滑稽的繁殖一无所知？
> 把灯火扔掉。什么也不应站在
>
> 你和你所采取的形状之间
> 当形状的硬壳已被摧毁之时。
>
> 你如你所是？你是你自己。
> 蓝色吉他令你吃惊。
>
> 　　　　　——史蒂文斯《弹蓝色吉他的人·ⅩⅩⅫ》

　　或者，这就是《明光河》里亘古而新的"乐府"——

> **天空打开**，听见乐府敲锣打鼓
> **古老的弦歌**呼唤着**东山与西山**隆起
> 辽阔的松涛之上拂起了巨大的雨帘披风

风在弹弦，雨在浇灌
两座山的色彩同时向下流淌

人间归去来，乐府歌未央
大地疯长的谷物从峰峦进入**蓝色音箱**
　　　　　——李森《明光河·第四歌之四　乐府》（初稿）

修订稿中，汉语的意象表达与凝练特点，更加明显——

天空，**淡蓝深渊**开出一列蒸汽机车
里面传出**打鼓**的声音——**形象造物的时刻**

东山与西山，两个鼓点，两只水母
拖着巨大的披风。柴火冒出青烟
　　　——李森《明光河·第四歌之　两个鼓点》（修订稿）

《明光河》是一首长诗，更是一串汉语的珍珠。其质地，与史蒂文斯式的、英语的钻石显著不同。但它们都是单纯、欢乐、自由的语言。只有这种语言，才能无拘无束地在想象力与知性的游戏中——缘起、漂移、暂住。

邱健：

今天的讨论，越到后面越深入、精彩。特别是当各位通过具体的诗歌作品来印证李森老师的"漂移说"时，让我们看到了这一诗学方法论在为阐释和创作提供激发力量方面的巨大潜能。大家都贡献出了自己的见解，相信对我们每个人都有启发。这次的"原初论坛"就进行到这里，谢谢各位！

一旦触及永恒，永恒就消失不见

——读黄灿然近作

方婷 撰

不知道从什么时候开始，人们不太敢说"永恒"，好像它是一个无可到达的词，岌岌可危的词，只存在于宗教字典里的词。尤其，对于过早绝望的诗人。又或者，将"永恒"视为沉重的负担，不着边际的野心。"永恒"曾经是古典诗歌的主题，在西方古典诗歌里，它有地狱托底，有天堂可以召唤，在中国古典诗歌里，它有造化和山水可以依归。而今，它时时变成人们对自己此在生活的暗暗嘲笑和羞怯。

对于诗人而言，对诗歌作品典雅品质的追求，本身就包含着永恒的特质。但典雅品质并不意味着要写宏大叙事，它也可以极度的简朴、克制、低沉，但前提是，它是诚实的，而且是深刻的诚实。怀抱永恒诗歌观念的诗人，还包含着对生命终极性命题的追问，人以什么样的态度与方式活着，感受，想象，思索，记忆等，这些部分如何塑造了人的道德感和信仰，它也并不排斥细密的微观世界和此世此刻的生活。但是，要在诗的诚实与典雅、宽阔与精微之间获得平衡，总是很难的。而且，这样的"永恒"并不像一个静态的终点等在那里，真正的诗人能做的也不过是为这虚空"永恒"注入一点点内容，使它不致贫乏。

在黄灿然的诗里，我看见他理直气壮地对"永恒"发问与试探。这一诗歌选择或许与他自身的宗教背景有些关联，更重要的是他的诗显示出极强的道德感，自律，伦理感受力以及对周遭世界的共情。尤其是对"爱"的主题一再地呼唤，在《奇迹集》中表现得尤为突出，有时甚至使他的诗带有布道和祷告的色彩，包括在诗歌的语式上，比如"现在，让我们爱……"、"听着：……"、"如果，你……"等，以及大量箴言式的排比和思辨。还有，诗人对"真"的要求，既是主题上的，也是技艺上的。在诗论与对话中，他一再提到诗的品质最终取决于诗人的品格，取决于文字背后的声音与灵魂。这一"诗如其人"的古老艺术观，在技艺上表现为，他略带低沉的叙述语调，内省式的自我观察，对白描的执着，洁净而朴素的叙述的一以贯之，对过度想象的克制，尽可能地削减修辞的使用等。他的诗中很少使用比喻一类的修辞。这其中可能包含着对语言过度装饰的排斥，以及他所理解的语言作为肉体与灵魂的合一处境。如此，就意味着黄灿然将写作本身也视为一种宗教行为，诚实与洁净不只是诗的语言质地，也是灵魂形态。

在他的诗歌中，这一形态大都来源于对自我和人群的伦理观察。对自我的伦理观察常常指向自身在世界中的位置和道德处境的探寻，一种反复地自我确证和自我讨论，其中也包括他作为诗人和译者的使命。而对人群的伦理观察常常是：他一个人沉默地在山间、田间、或城市小巷中穿行，目光尾随陌生人背影和陌生事物，直到消逝于某个深处。这些人的生命姿态总是倾向于土地的，日常的，默默无闻地生活与消亡，平淡的幸福瞬间，他们通常是老人、小孩和女人。很小的发现都会让他感到惊喜。诗人承认不完满的生活，缺陷的生活，对生命常态中人情冷暖的体贴大于理解。人就是这样的：有时薄情，有时委顿，有时烦扰，不免小小善意，不免小小卑劣和恶念，但是要学着接受这样的自己，而不是崇高自己。有时读他的诗，会感到诗人像一个圣徒式的人物，这里看一看，那里碰一碰，他很希望能融入人间，但他的身份感和孤独，又让他很难融入人间。因此，人间只在某些时刻向他敞开。

这样的写作如果从一开始就确立了"诚实"和"洁净"的基调,那么它如何在以后的漫长练习中仍然获得精进呢?又如何变得更"诚实"和更"洁净"呢?在黄灿然的近作中,我们还是能看到一些变化。一者,他的叙述音调逐渐从呼唤走向低沉、平缓的降调变化;其次,关于修辞的减省逐渐内化为诗人对诗歌节奏的控制力;再次,伦理观念的硬度逐渐趋向场景的发现和自然流露,还有,光谱系的逐渐弱化。

在关于"洞背"的三首诗里,黄灿然以一种笃定的语调开始进入陈述,"虽然我不怕吵,不怕"、"村里正在扩大改变"、"我知道一切都会变的"、慢慢地通过转折、否定、确证的方式将笃定动摇,"但是每当我站在阳台上"、"我已经能想象"、"但我还是没料到",紧接着重新确立意识和对眼前事物的陈述,"事实上,我每次"、"保安室旁今天出现了一个小游乐场"、"说来你不信,竟然是淘淘",再然后通过比类或细节重述事实,"但是春节期间,工地放假了"、"当我从村口那眼变小的山泉打水回来"、"只要我们还带它进山",直至最终走向恍然和开阔。《影响》《洞背站》《纳凉》都是如此。这种渐变的语调不是从一开始就确定的,而是一个逐渐拆解的过程,并通过这个过程使诗的结果也改变了。仿佛诗人想告诉读者,眼前之物既是眼前之物,又并非眼前之物。而且,当你正打算接受这种眼前生活的黯淡时,就会有一点新的奇迹把人引向别处。叙述语调的改变并不是指诗人用什么样的口吻说话,其中也包含着诗人的生活态度和诗思的逻辑。诗人既是作者的角色设定,也有他作为自我对诗人身份的抛弃。布道式的语调多少带有宣讲的意味,而低沉与平缓则更容易将诗人引向怀疑与重新发现,以及由此而生的变化。

如果一首诗几乎不使用比喻等修辞,又刻意控制过度想象,诗的骨架就变为了陈述,使其骨力毕现的则是诗陈述的节奏。这种节奏不应该有一个固定的程式，相反，会随着语调和发现的变化起伏。对于节奏，每首诗都是不一样。它不只意味着时间和声音的层面，还意味着一首诗意涵的构成方式，也可以是一首诗的结构。在黄灿然的近作中，节奏的构成有威廉斯便条式的，如《好奇》，有对仗式的，如《车过葵潭》，有祈祷的，如《为母亲祈祷》，有循着陈述推进的，如《变形记》，还有结构意义上的，如《嘎嘎》《最后的礼物》。《嘎嘎》一诗用大量的短句连接其全诗，语气中带着轻快与天真，虽然是写一个小女孩向诗人索要玩物，但寻物的过程包含着发现和一个女孩的一生。"她找到"、"她说她喜欢"、"她看中了"、"她发现"，她的索要的理由就是词语的不断变化，同时，她所寻之物的真正主人却在"女儿"、"情人"、"妹妹"、"妻子"的四重身份之间跳跃。《最后的礼物》一诗，由两种节奏构成，但它们都围绕着"最后"这一主题时间词的敏感展开。"最后"首先意味着时间性，诗的前半部分以"最后一个月"、"偶尔"、"最后几天"、"2月24日"、"晚上"、"如今"来推进，这些时间节点在诗行中被严格切分，作为分行和节奏的标识；其次，"最后"还意味着对生命终点的审视，诗后半部分的节奏就变成了自我说服的反复，"接受"又"不接受"，"在"又"不在"，和最终的生之孤独与肯定。

如果说在《奇迹集》中有大量关于"爱"的观念布道与思辨，它们常常表现为对"爱"进行呼唤的强度，那么在近作中，这种伦理硬度得到了一定程度的缓和。缓和的方式就是他不再以"爱"的主题先行，而是将其变为逐渐发现的过程，以场景来导入发现。实际上，这一形态的作品在他之前的诗歌中也有存在，伦理感受力是黄灿然的所长，但在之前的作品中很难摆脱判断的痕迹和观念用力，现在他更倾向于将这种感受轻声说出，使其获得一种漩涡似的力量，而非单刀直入。这一缓慢敞开的过程常常指向最终的启悟。这种写法与他翻译和热爱的一些诗人有时有相近之处，如《无限》《布谷小颂》，还有希尼的一些诗作，广博的欣赏和自身写作的独立之间，他也在尝试寻找着平衡。

在黄灿然的诗中还有一个潜在的光的谱系。这个系列既是一个意象系列，也是一个诗思系列和信仰系列。从意象层面看，他的诗常常提及（路上的）阳光、（生活的）炉火、（采集）火焰、（碰出的）火花、目光（交汇）等，尤其在城市诗系列中，有时他还会用神采奕奕、熠熠生辉等词语来暗示这种光彩加诸于人的效果，同时这些意象之光又经由他翻译的沃尔科特《世界之光》的提示，转化为天堂之光、世界之光、身体里的光亮等，它们完全是意念和信仰层面的，并经由光的催化、光的合唱、光的阴影和光的抽象，变为绿、微笑、爱、喜悦、与生机，最终使光趋于真理性的明暗。这个光的系列在他的近作中仍然存在，但已不那么明显了。它最终被保留为"光彩"的部分，具象之光内化为目光，世界之光内化为此时此刻的神采，生机内化为生活中的微妙奥义。如《好奇》《最后的礼物》。《好奇》中的目光来自与沉默之物的相遇，其中有观察、有对话、也有感叹，但最后目光被导向穿透，与再一次地自我回看和内视力。《最后的礼物》中母亲的目光是作为念想和礼物被记忆保存下来的，它的延续来自我们曾经与这样的一双目光相对，并心生温暖和激动，这双目光作为心灵隐形的联系，缓解了人的孤独处境。

这些变化就是一个诗人极为缓慢的成长。当"永恒"作为秘密，而非宣言被保存在诗歌中时，也许"永恒"才有了一点价值，因为它不再只是一个外延无限的词，那些关于"永恒"的羞怯与嘲笑，也将作为犹疑和存在的证词一并写入诗歌中。一旦以功业抱负试图去触及永恒，永恒就会消失不见，但它并不排斥品质的追问。"诚实"与"洁净"，它们只是其中的一个侧面。

2018 年 5 月于昆明

伊卡洛斯的假面与汉语的风雅：
木心的唯美之诗

魏云　撰

　　木心先生（1927—2011）是中国当代文学一个值得重视的独特案例。由于自外于国内的文坛，木心漫长的写作生涯无声无息，直到暮年才在海外获得国内的关注（先是在台湾引发了阅读的兴趣），此后立即在读者中引发了持久的热潮，影响力堪比畅销书作者。他的本职是一位艺术家，然而在小说、散文、诗歌方面，影响力甚至超过其艺术，颇具中国文人艺术家的风采。木心文学艺术的探索，都有其远见卓识与深广度。仅以其新诗写作而论，《诗经演》最有雄心，力图继往开来——上承三千年前之《诗经》，重拾四言诗的体式（以四言为主，杂三五等句），又采取十四行的长度，探索商籁体的语感节奏。这番努力，试图以两个"三百首"的对撞，激活汉语的风雅，同时，也为了救治文化的时弊——

　　　　时下读书人之于《诗经》，普遍隔膜而生疏，遑论赏悦。经典的厄运，莫过于被忽视、被遗忘：多少作家、诗人的写作素养，无涉《诗经》，泱泱时文，罕见接引《诗经》的言句。如此，间接领受《诗经》之美的路径，几告不存。……倏忽二十世纪，中国的诗歌创作何尝有人专以《诗经》古语为材料而大肆演绎情史与政怨，达三百篇之多者？①

---

　　① 木心. 诗经演 [M]. 桂林：广西师范大学出版社，2013：307。

此何人哉！竟以两个"三百篇"相对举：《诗经》与《诗经演》。然而细察其心，此非妄人之事，乃是身体力行、重兴雅颂之音——可见其志。

在木心的六种诗作中，洪钟大吕之《诗经演》恰恰是最乏人关注的一种。"读书人"三个字的重量，以及"笙歌弦颂"的学府，今非昔比，文化传统之重兴，任重道远。

另一部自成一体的诗作——《伪所罗门书：不期然而然的个人成长史》（以下简称《伪所罗门书》），探索亦有深意。中国新诗并不乏长诗创作，然而，模仿西方长诗常常走入死胡同。或者创作廉价而无聊的"三毛钱神话"，敷衍一个蹩脚低劣的英雄故事；或者拼凑纠集一堆琐碎、闲杂事物，号称为时代的写照；至于讴歌底层人物，由于缺乏真情实感，且以英雄体写小人物，进退失度、行止狼狈，等而下之。成功之作，立足点无不在自我、心灵、成长。《伪所罗门书》看似短章，其实是一首以自我之完成为主题的长诗；与另一诗集《巴珑》（这一部更轻灵一些）相合，让读者看见了汉语中一个清明的灵魂与自我，隐隐有形成一首漂泊世界、漫漫返乡的中国版《奥德赛》之宏图。木心的创作计划非常恢宏，可惜未竟全功。虽然如此，在这两部诗集中，这个睿智清明的自我已建树起来，成为中国现代汉语诗歌中难得的一个收获。

《云雀叫了一整天》与《西班牙三棵树》是木心诗作中的抒情短章，清新隽永；《琼美卡随想录》侧重散文诗、俳句——正由于清新、易解、短小精炼，它们成为脍炙人口的诗章。木心诗作在普通读者中口耳相传者，多出于此。这种现象，既是一个文学影响问题，又是现代汉语诗歌常常需要讨论的问题：是不是短小精炼的诗章，更符合汉语的特点？为何现代汉语中，难以产生为普通读者所喜闻乐见的长诗杰作？无论如何，尽管木心诗作的影响力集中在短章上，但他并非只是一位长于短章的抒情诗人。

普通读者的印象与一位诗人自身诗艺探索的深广度，常常有巨大的差异——这一点不仅木心如此，一切杰出的诗人都不能不承受这种巨大的误解。简言之，普通读者所热爱的那位木心，其实只是木心先生的一个侧影。不少青年读者热心所寻求、所模仿的木心（例如短句），究竟是在寻求什么？这一切都构成了有趣的文化现象。

木心是多面的——他既是一位颠沛流离、上下求索的艺术家，又是一位兀兀穷年、以写诗作文自娱的写作者。木心还是一位在海外开门讲学的私塾老师，在纽约的琼美卡培植起一种别样的乡愁；他更是一位倾力书写内心之流亡的当代奇人异士，藏身于古雅华美的文辞后。因之，木心有某种罕见的传奇性。其人已殁，其文尚在。木心的文学成就是多方面的，其小说、散文，各有杰作，在艺术上富于特色。本文仅就其诗作，略陈所见。

如前所述，就诗歌语言的探索（试图激活汉语的风雅）、诗歌体裁的尝试（从四言诗到十四行，到各种整齐或错落的诗歌形式）、诗意源泉的开掘（对古今中外诗歌典范之模仿与戏仿）而言，木心是一位有远大抱负、也有独特诗艺成就的诗歌探险家。如果用一个具体的形象来形容他——在诗歌中，木心是一位大航海时代的船长、水手、冒险家。

就语言风格而言，木心是偏爱美的，他写过伊卡洛斯（Icarus）——那位使用蜡和羽毛制造的羽翼飞出克里特岛的青年，因飞得太高、羽翼融化而坠海。木心是在比拟自己以轻飘飘的理想和美，这一对羽翼飞向了彼岸，结局难佳。希腊神话中的伊卡洛斯，对木心来说是一个复杂的象征——既有青春与美的意义，又有一种使命难以达成的悲剧情怀。伊卡洛斯并不是一个生僻的象征，木心之书写伊卡洛斯的特点在于——他把中国传统的君子人格与希腊神话中的青春与美，结合在了一起。因此，唯美的情愫，在木心笔下变得充实而有意味。可以说，时隔数十年，木心竟以一人之力，几乎复活了一个深藏多年的传统——唯美主义。任何杰出的作家、诗人都不限于一种主义而画地为牢。木心自己说："一举一动都象征，多么小家气。推广来说，我反对任何主义，一提主义，就是闹别扭。……诗人、批评家不好兼，容易自设陷阱。自具批评精神，诗写得精彩，就好了。"① 客观上说，木心温润的文字，促进了喜爱他的读者一种唯美的倾向，促进了汉语之美的光大。

中国的唯美主义真是命途多舛，在其鼎盛时代（20 世纪 30、40 年代），影响力的核心是谷崎润一郎、佐藤春夫、永井荷风以及王尔德。② 此后消歇无痕，虽然在"诗化小说"或"诗意小说"的别名中有所闪现，但到底在中国当代文化的主流气质中，长期没有成长、繁荣的机会。就新诗这一具体的文学体裁而言，在当代新诗写作中，木心之开拓唯美之境，不仅是一个孤悬海外的范例，而且是一条尚待完成的诗艺路径，因此值得郑重加以申说。

一、木心诗观的支点：期待着享受美的
读者，等候一股潜流的升腾

在艺术的假面后，木心仿佛是一位神秘而唯美的隐士。但这位隐士真的足够特别，他直截了当地把读者摆在了一个极高的位置上。

不像波德莱尔表面上轻蔑读者，实则内心渴望灵魂的相互理

---

① 木心. 1989—1994 文学回忆录（下册）[M]. 桂林：广西师范大学出版社，2013：801。

② 薛家宝. 唯美主义与中国现代文学 [M]. 北京：中国社会科学出版社，2015：43。

解，表现出一种痛苦的自我折磨。波德莱尔一面渲染可怕的猛兽（厌倦），一面感情复杂地呼唤读者——

> 却有一只野兽，它更丑陋、更凶险、更卑劣！
> 虽然它并不凶相毕露，大喊大叫，
> 但它却处心积虑地使人间沦为废墟
> 即使打呵欠也想吞没整个世界；
>
> 这就是"厌倦"——它不由自主地涌满泪水，
> 吸着水烟，梦想着断头台。
> 读者，你认识它，这不好对付的怪物，
> ——虚伪的读者，——我的兄弟，——我的同类![1]

唤醒"厌倦"这头象征之兽的诗人，期待珍贵的、心心相印的读者——"如果你能洞察渊底，愿你读这部书，愿你能渐渐爱我"。所以，从现代诗人的源头开始，内心期待着的、那种能够与诗人共鸣的读者，都极为珍稀。木心对读者，充满很不一般的"敬畏之心"。

> 心目中有个"读者观念"，它比我高明十倍，我抱着敬畏之心来写给它看，唯恐失言失态失礼，它则百般挑剔，从来不表满意，与它朝夕相处四十年，习惯了——谢谢诸位读者所凝契而共临的"读者观念"与我始终同在，"以马内利"![2]

---

① 夏尔·皮埃尔·波德莱尔. 恶之花［M］. 文爱艺译. 北京：作家出版社，2012：28。

② 木心. 鱼丽之宴［M］. 桂林：广西师范大学出版社，2013：21。

波德莱尔以做作的纨绔子弟姿态，邀请读者一起去抽大麻和鸦片、去玩火，他总是在蛊惑说——只要那么一小匙，就能尝到人间至福。雄辩的鸦片，将解除人心灵的武装，带给人天堂的钥匙。木心不是波德莱尔式的小恶魔，他在诗歌中依旧是一个文质彬彬的君子，"唯恐失言失态失礼"，那心目中的读者，竟重要到这个地步——"以马内利"（神与我们同在）！读者当然不是神，却是一颗颗神圣的心灵。不难看出，写作对于木心来说，已上升为一种"个人的宗教"。木心给读者一份绅士般的敬重，对写作有信仰般的敬畏——因为它是一种文字与心灵的交会，是"天地之心"。明了这一点，我们就不难理解木心笔下那柔声细语的叙事与抒情——他敬重读者，而读者投桃报李。木心的诗，少了一丝巴黎纨绔子弟的气息，多了一丝江南士绅的彬彬有礼。

木心对读者有许多描写，就像他对自己的诗人面具（一个多面的假面）也有许多描绘一样。他敬重读者，是因为体察到创作与阅读其实是一体的。鉴赏力衰退，创造力也衰退。饱满的鉴赏力，让读者享受世界上的璀璨成果，也让创作者减少了许多因赝品与劣作充斥着的压抑。一个有眼力的读者和一个有创造力的作者，简直是一样的可喜可贺；世界上已经有那么多珍宝、那么多已经写出来了的杰作，为什么不先去好好享受这世上的一切？

　　我真想对读者说　享受呀　享受呀①

无须担心，美好的事物简直是太多了——去享受吧！如果你是一个有眼力的读者，你就会看见——"已经有那么多的艺术

---

① 木心. 云雀叫了一整天 [M]. 桂林：广西师范大学出版社，2013：303。

成果，那么多那么多，足够消受纳福到世界末日。全球从此停止造作艺术，倒会气象清澄些。"① 木心不是要停止"创作"艺术，他要停止的，是那些"造作"的艺术。

对于波德莱尔谈虎色变的"厌倦"，木心浑不在意，因为他在现实中颇受磨难，厌倦是一种怪兽，但还不是木心面对的第一头怪兽。木心书写巴黎无数次，他到底还是中国的君子。说到底，他是一个因为历次焚书而痛哭的士子文人，他情不自禁地爱惜每一个"读书种子"。木心自己就是一个绝佳的读者。

木心简直不厌其烦、循循善诱地勾勒出一个个读者的形象。如果是批评家，那么，他应该——"批评家的态度，第一要冷静。第二要热诚。第三要善于骂见鬼去吧的那种潇洒。第四，第四要有怆然而涕下的那种泼辣。"② 读者不一定比作者逊色，读者甚至"应是比作者更高明至少在一刹那间"。有时候产生谈话的欲望，环顾却阒无一人。木心期待那些"没有读过我的书的读者"，等待着那些更高的读者——"等待高尚伟大的读者当他出现时我就不再卑污渺小了"③

木心期待着的读者，已经不仅仅是一个读者。那些真心爱书的人——不管读未读过木心自己的书——乃是一种文化变迁的海洋潜流。当天才产生之后，这潜流将与天才一起冒上来、升腾上来，那就是"文艺复兴"、"黄金时代"。

这里，那里，总会遇到真心爱读书的人，谈起来，卓有见地，品味纯贞，但不烦写作，了无理想，何必计划，一味清雄雅健，顾盼晔然，晏如也。……这类文学的信徒、文学的知音，代代辈出，到处都有，所以爱默生也会觉察到这个

① 木心. 琼美卡随想录［M］. 桂林：广西师范大学出版社，2013：87。
② 木心. 琼美卡随想录［M］. 桂林：广西师范大学出版社，2013：79。
③ 木心. 云雀叫了一整天［M］. 桂林：广西师范大学出版社，2013：299。

伟大的"潜流"之存在，他说说又没说下去，爱默生总是这样，其实还可以说下去：如果有一时期，降生了几个文学天才，很大很大的，"潜流"冒上来扈拥着"天才"，那成了什么呢，那便是"文艺复兴"，或称文学的"盛世"，"黄金时代"。不出大天才，出些小抖乱，潜流是不升上来的……①

他是在为这样的"潜流"而写作——就像司汤达为下一个世纪的读者而写作。在这"潜流"升腾之前，中国的现代文学史，不过是"文学封神榜"与"文学推背图"。②

在这"潜流"升腾之前，写作是什么？

> 文学是一字一字地救出自己
> 书法是一笔一笔地救出自己③

这个自我，是"完成"了的自我。而不是仅仅"行过"的生命。在木心的语汇里，"行过"就是一具空壳，一具了无诗心与真性的行尸走肉。木心把这珍贵的、完成了的自我，比作剑柄、枪机——"执笔行文间之所以引一'我'字，如剑之柄，似枪之扣，得力便可。不可以剑柄呛扣炫人，何可以剑柄枪扣授人。"④

与古诗相比，现代诗发生了巨变——"诗近乎个人的宗教。或用马拉美的话来说，它是'危机状态的语'。"⑤ 木心不仅清楚

---

① 木心. 鱼丽之宴 [M]. 桂林：广西师范大学出版社，2013：94。
② 木心. 琼美卡随想录 [M]. 桂林：广西师范大学出版社，2013：81—82。
③ 木心. 云雀叫了一整天 [M]. 桂林：广西师范大学出版社，2013：262。
④ 木心. 琼美卡随想录 [M]. 桂林：广西师范大学出版社，2013：5—6。
⑤ 奚密. 现代汉诗：一九一七年以来的理论与实践 [M]. 上海：上海三联书店，2008：23。

地认识到这种"个人宗教"与"危机状态"的处境，他还把这种"个人宗教"简化成了两个人——作者与读者——的关系。

可以说，在重视读者、等待那潜流的升腾之外，诗人必各进各的窄门（诗歌成了诗人个人的宗教或信仰，难以互通），成了木心诗观的另一基本元素。

> 欧美诗人，既寥落又扰攘，近代的诗人个个兼评论家，闹得可厉害。结果是大家叹气散场。我心犹未甘，退而细细思量，世界范围的诗的黄金时代无疑真是过去了。我在《伊卡洛斯诠释》中开了一次追悼会。新的诗人当然还是这里那里地诞生，然而只能各进各的窄门。世人对诗人的三分尊敬，还是看在过去的诗的黄金时代所形成的概念的分上。人类文化已进入了中年时期。……"除了不是诗的，其他都是诗"，"忧郁是消沉了的热诚"。最近，我更莫名其妙地乐观起来，在前几天发表的一篇文章的结尾，我写道："诗的黄金时代会再来，不过大家还要聪明一点，诚实一点。"①

每个创造性的写作者都在寻找和铸造自己的读者。木心则等待着这群敢于享受美、热爱美的读者，等待着那股看来永远只是"潜流"的暗流，在一个自由的时代能够终于升腾。他的期待，落实在其作品的匠心营构之中。

二、木心的"假面艺术"：究竟是哪个乡愁？

乡愁实在是一个太老旧的主题。不过，木心之诗，为精神、心灵、诗意建造起的，是另一种乡愁。这是一种朝向那个坐落于

---

① 木心. 鱼丽之宴 [M]. 桂林：广西师范大学出版社，2013：23—24。

艺术史中的、西方文明的乡愁——这一系列朝向古代希腊罗马、现代欧美的乡愁之旅，为木心精湛的"假面艺术"提供了最好的舞台。

读木心的诗篇，不假思索的读者会发现他几乎不费吹灰之力，游遍了整个世界——从埃及金字塔，到希腊克里特岛，从欧洲的各个角落，到美洲的许多城池。如果事实真是这样，木心可真是当代最伟大的一位旅行家了。

实际上，这是一次次想象中的旅行，木心是一位假面骑士、假面艺术家。那深入文学艺术的历史的深度旅行者，并非作者的肉身，而是一个心灵的行者，是作品中的无数分身与化身，是说法的一个个方便法门。正所谓"思接千载、视通万里"，木心可以和屠格涅夫见面，在皇村的某处偶遇普希金，在一个德国的小镇才啜饮啤酒，马上又来到了西班牙的教堂里。心灵可以快过光速，可以穿越历史的厚墙。当然，这假面骑士的旅行，不仅仅是为了一种异国情调。假面骑士的漫游，寻找的是一个真我。

> 孟德斯鸠自称波斯人，梅里美自称葡萄牙人，司汤达自称米兰人，都是为了文学上之必要，法国文学家似乎始终不失"古典精神"。那么，我是丹麦人，《皇帝的新衣》中的那个小孩。[1]

木心笔下的"我"，可以任意变幻形体、种族、国籍、时代，但有趣的是，很少改变性别。在文字中，原本就该是这样千变万化，与心灵一样自由。是现实不知不觉限制了我们的想象。为什么，选择那么多欧罗巴的城镇作为舞台？为什么，"我"总是在欧洲大陆，四处流连？

---

[1] 木心. 鱼丽之宴 [M]. 桂林：广西师范大学出版社，2013：14.

木心自问自答：

> 到了现代，西方人没有接受东方文化的影响，是欠缺、遗憾，而东方人没有接受西方文化的影响，就不只是欠缺和遗憾，是什么呢——我们不断地看到南美、中东、非洲、亚洲的那些近代作家、艺术家，谁渗透欧罗巴文化的程度深，谁的自我就完成得出色，似乎没有例外，而且为什么要例外，外到哪里去？……我只凭一己的性格走在文学的道路上，如果定要明言起点终点或其他，那么——欧罗巴文化是我的施洗约翰，美国是我的约旦河，而耶稣只在我心中。①

诗集《伪所罗门书》一开始，就明白无误告诉读者——这是一本"伪书"。书是木心写的，不是所罗门王写的。假托而作，真是一种古老的浪漫，假面骑士的漫游于是正式开始。一个现代的奥德修斯，要经历无数次内心的风浪。

诗作之一《荷兰画派》，就是一次画布上的游记——画中神游。

"我"成了一个画家，初次来到临近北海的城市，要创作一幅《拉撒路复活》。我在这里有亲人（有一位至今独身的哥哥），有主顾（城市中的市长、教士以及要求创作《复活》的一位寡妇），也有一切的感觉与体验，周围的人来来往往——实际上，是画作中的人来来往往。这是一位画家与画作的心意相通。心神在图画中遨游、触目皆可自由创造。教堂的花岗石，以及那教士的邀请，哥哥的家不适宜作画，"我"把用具都送进教堂——一众细节，写活了画家的所作所为，赋予了想象中的画家以肉身、实感。诗人甚至还额外配备了画家的保护人，一席精美、奢华的晚餐凭空而

---

① 木心. 鱼丽之宴 [M]. 桂林：广西师范大学出版社，2013：62—63。

至——想象中，"坐致行厨"的仙术并不困难。这一切，为"荷兰画派"艺术的意义以及与之相关的全部生活予以定妆。

《黎巴嫩》悼古伤怀，哀伤的不是城池，而是内心之"一瞬"。自大卫、所罗门之后，黎巴嫩失去了光彩，无声无息了："在这世界上，宏大的事物/都起源于或人的飘忽一念/金字塔，特洛伊城，由于/某个人蓦然想要这样做而做成/一点灵感产生了伊斯兰的荣华/一句话烧毁了亚历山大里亚图书馆/一丝眼波令我神思恍惚三昼夜"。诗句温婉而富于玄思，但更多的，这些文字体现出木心的一片"输诚向往"。奥德修斯的船只经过了黎巴嫩。

漫游的假面骑士，带一点矜持，向普希金致敬，也就是向一切敏感的心灵致敬。

> 如果爱一个人
> 就跟他有讲不完的话
> 如果是这样
> 那末没有这样的一个人
>
> 如果爱一个世界
> 就会有写也写不完的诗
> 如果真是这样
> 那末没有这样的一个世界
> ——《雪橇事件之后》

木心的诗，以其警句、箴言、金句，吸引读者？确实，木心喜欢把玩句子，喜欢讲一讲人生的道理——也许，这和诗人写作时的年龄有关，老人总是更喜欢讲道理。但这种木心式的"金句"的魅力，不在于甜甜腻腻的"如果爱"，而在于木心的人格烙印：这确实是一首致敬之诗，多出来的那点东西——物是人非

的一声叹息，对人间世精神颓败的一点哀痛与惋惜——"那末
没有"，才是它仿佛有味之处。

木心特别擅长于转折——"那末没有"的萧瑟，使得"如
果爱"的粉色真理平添沧桑。就像木心的形象——一个绅士，
然而，却是一个活在过去时代里、永远不会再有的那种老派绅
士。这是一位格格不入的绅士，一个始终沉浸在自己想象世界
中、最后才恍然如悟的绅士；虚构出来的那位木心，简直是中国
版的、衣冠整齐而不切实际的堂吉诃德。这是一张神奇的假面，
它可以随环境而自由变幻。

正因为有了这种复杂、破碎、自相矛盾的假面艺术，木心文
学世界的现代气质才从古雅汉语中不自觉地流露而出。

有时候，读者会发现一个"自我分裂"的木心。例如，木
心在《伪所罗门书·附录》中谈巴赫，显然是夫子自道——他
想用一种与时代背过身去、背道而驰的做法，来坚持自己的理
想。他厌弃粗鄙的汉语，追求"金声而玉振"的汉语之美。有
些读者可能正是因为这一点而痴迷木心（殊不知，这只是其中
一个分身、化身，而非实相、本相）：

> J. S. 巴赫并非保守，宁是迈迹，他只认为自己的作曲法
> 适合自己，写好，写透，就是他的"完成"，而与巴赫同时
> 代的音乐家终究没有写好，更无论写透，姑且称作"行
> 过"，纷纷行过，纷纷。关于《赋格的艺术》，卡萨尔斯
> （Casals）说，是巴赫音乐思想无可比拟的里程碑，我们几
> 乎不敢信以为真，仿佛他有意告诉我们：让你们看看，我是
> 怎样的人，我能走多远。①

---

① 木心. 伪所罗门书：不期然而然的个人成长史［M］. 桂林：广西师范大学
出版社，2013：258—259。

戴上汉语质朴假面的木心，顺理成章地嘲笑西方世界天堂构思的浅陋与"着相"。《大回忆》中，西方神秘主义一点儿也不神秘：天堂的样子原来就是一座建在山上的花园，还有围墙！伊甸园里的苹果，明明就是水果店里天天买来的苹果。木心神往于中国的"玉露琼浆"、"千年蟠桃"，嗤笑西方世界、西方文化里的神秘主义，档次很低。其实，但丁《神曲》里的地狱、炼狱、天堂，肯定也让作为艺术家的木心很不满意。罗丹的《地狱之门》，岂非"着相"之实实在在的证据？

在这具假面后，木心是一片现代社会中的甲骨文——"傍晚，商人们从金融大楼中散出来，到船上喝啤酒，我混入商人丛里，像一片甲骨文掉在大堆阿拉伯数目字中。"[1]（《伪所罗门书·伦敦》，诗作附注）古老、神秘、东方色彩。此刻，他是来自东方的骑士。

戴上东方的假面，东方就很美，明朝人就天真、可爱——

> 从前的人真有趣
> 他们要形容荒唐
> 便说"一错错到了爪哇国"
> 他们以为爪哇是最远的了
> 你想明朝人有多可爱。[2]

"爪哇国"是汉语中明朝想象力的边界——就像希腊人想象力的边界是"高加索山"一样，神祇普罗米修斯被缚于此，遭受飞鹰的啄食。难道了解了天体宇宙、黑洞、相对论的现代人，就不够可爱了？不，不是因为这些知识不重要，而是因为这些知

---

① 木心. 伪所罗门书：不期然而然的个人成长史 [M]. 桂林：广西师范大学出版社，2013：232—233。

② 木心. 云雀叫了一整天 [M]. 桂林：广西师范大学出版社，2013：23。

识还没有融化在圆融的诗歌里、融化在个人与自我真切的感受中。

木心诗作中，流传最广的一首《从前慢》，正是一首东方（民国）假面之诗。

> 记得早先少年时
> 大家诚诚恳恳
> 说一句是一句
>
> 清早上火车站
> 长街黑暗无人行
> 卖豆浆的小店冒着热气
> 从前的日色变得慢
> 车、马、邮件都慢
> 一生只够爱一个人
>
> 从前的锁也好看
> 钥匙精美有样子
> 你锁了，人家就懂了①

这首诗并不是一张老照片。它恰恰是——以一具假面穿梭时代的心灵感受。一个伊卡洛斯的假面，一个精致唯美的时代及其一切的事物与价值。似真似幻，而幻境如真。美好的老时光——只有精美的钥匙和锁，只有"一生只够爱一个人"的唯一之爱——那样的时光，属于神话，属于假面后的幻境。

与《从前慢》相似，《少年朝食》写一个民国少年的早膳。

① 木心. 云雀叫了一整天［M］. 桂林：广西师范大学出版社，2013：74—75。

首先，用"朝食"这样讲究的词语，微妙细致如天平上的砝码，称量出了一种温润的生活。木心毫不费力，以四小碟子早膳，勾勒出江南人家日常生活的一幅温情的风景——此诗凸显出木心的画家本色。

> 清早阳光
>
> 照明高墙一角
>
> 喜鹊喀喀叫
>
> 天井花坛葱茏
>
> 丫鬟悄声报用膳
>
> 紫檀圆桌四碟端陈
>
> 姑苏酱鸭
>
> 平湖糟蛋
>
> 撕蒸笋
>
> 豆干末子拌马兰头
>
> 莹白的暖暖香粳米粥
>
> 没有比粥更温柔的了
>
> 东坡、剑南皆嗜粥
>
> 念予毕生流离红尘
>
> 就找不到一个似粥温柔的人①

从一碗粥中，木心见世间之柔情。如今，四小碟子早膳不至于引起"苦大仇深"的记忆与怨恨，却也唤不起美好生活的艺术向往。当代美食文化空前发达，"舌尖上的记忆"空前流行，亿万"吃货"能否从一碗粥中品出——东坡与剑南的一种中国

---

① 木心. 云雀叫了一整天 [M]. 桂林：广西师范大学出版社，2013：117—118。

柔情？有趣的是，对木心所谓"小资情调"的空泛谴责，推其缘由，还是读不懂（或竟不屑一读）木心之诗而产生的急躁误解、刻意歪曲，也是不理解现代文学中"假面艺术"的一种观念上的隔阂。

当戴上另一个假面（西方骑士），木心就有更痛苦、更深刻的自我——

> 当听到纪德说他"爱美，不爱单个的人"——我吃了一惊，以为他窃听了我内心的自白。当歌德说"假如我爱你，与你何涉"——我太息，因为能做到的只有这一步，而这一步又是极难做到的……①

原来，"我"的内心、灵魂，与纪德、歌德才是真正的相通；自我之完成，也只有在西方文明中，才有堪称理想的典范。在文艺作品中的木心，不是观点的左右摇摆——而是假面艺术的魔力与魅力，促使他深入到了幽深处与幽暗处。

卡夫卡的痛苦，是一切写作者难以逾越的苦楚。在写这首诗时，木心化身为布拉格的卡夫卡；一旦戴上假面，就要承载与卡夫卡一般无二的痛苦——

> 从清晨六点起
> 连续学习到傍晚
> 发觉我的左手
> 怜悯地握了握右手
>
> 黄昏时分

---

① 木心. 鱼丽之宴［M］. 桂林：广西师范大学出版社，2013：34。

由于无聊
我三次走进浴室
洗洗这个洗洗那个

生在任何时代
我都是痛苦的
所以不要怪时代
也不要怪我①

　　木心诗歌中的"假面艺术"，是一种深思熟虑、带有艺术家强烈意识的自觉探索。他营造出一种饶有趣味的、同时也相当现代的"剧场风格"——假面骑士可以在火车上化身为一个平凡的欧洲旅行者，谈论理想人生的生活方式；可以回到民国时代，以知堂（周作人）的分身来图画出一个时代的人情冷暖与社会风物。正因如此，假面艺术"入戏"程度的深浅、"剧场效果"的好坏，是衡量其"假面艺术"优劣的尺度。

　　《从前慢》《少年朝食》是好诗，《慕尼黑市政府广场有好餐馆》却是平庸之作。鉴别的试金石，是"假面艺术"之"剧场效果"——《慕尼黑市政府广场有好餐馆》一诗，仅仅点出餐馆（Zum Franziskaner），点出地点（Residenz Strasse 9），就像一个匆匆的旅人，在自己的笔记上圈出一个值得勾勒的落脚点，就此匆匆而来、匆匆而去，留下一大片未曾言说的体验空白，这个"假面骑士"自然失之于虚浮不实，"剧场效果"也就微乎其微了。

　　在诗歌中，木心的手法是多样的。其"假面艺术"书写历史，借用了历史小说的笔法，读来有一种贴身的亲切感，仿佛我

　　① 木心. 云雀叫了一整天［M］. 桂林：广西师范大学出版社，2013：56—57。

们真的就和知堂（周作人）站在一起——《辛亥革命（知堂回想录）》："该是睡的时候了/人民都极兴奋/路旁密密地站着看/比看迎会还热闹/中间只留一条狭路/好让队伍过去/没有街灯的地方人民拿着灯/桅杆灯，方形玻璃灯/纸灯笼，火把/小孩也有，和尚也有/教堂相近有传道师/举着白旗，上写欢迎字样/兵士身体都不高大/一张张饱经风霜的脸/整齐，快捷/慢一点就跟不上/Doale 驻扎的地方/去接的人们有的跟进/有的站在门外/大家高呼革命胜利中国万岁/不久就来叫让路/一班人把酒和肉挑进去/慰劳兵士/人们也就渐渐散了"。①

　　木心以《知堂回忆录》为假面，站在了历史的时点上——我们一起在等，在看，在翘首以盼，而最后，大家渐渐散了。只见"一班人把酒和肉挑进去"——这就是辛亥革命大事件的旁观者的感受，不明所以，身临其境也不明所以。木心写得暧昧，也写得迷离。这是一个有计划的系列，以《知堂回想录》的，还有《北京秋》《城和桥》，都是以知堂为假面。可惜木心的许多大计划都并未完成——他始终觉得自己还年轻。这或许才是唯美者的共性：面对青春，他们是永远不会服输的。

　　木心的"假面艺术"成色甚高。当代不少读者、写作者喜欢葡萄牙作家佩索阿（Fernando Pessoa，1888—1935）。在深度与技艺上，来自欧陆的"假面艺术"大师佩索阿，其假面之多样与灵动变幻显然要远超木心，但也证明：汉语与葡萄牙语之间，早有息息相通的心灵之桥；艺术探索，殊途同归。佩索阿这番话，可以说是"假面艺术"的最好注解：

　　　　表面看来，普通生活的单调极其可怕。

　　　　……在思考这些生命的全景时，我感到不可思议。但

---

① 木心. 云雀叫了一整天［M］. 桂林：广西师范大学出版社，2013：76—77。

是，在我感到恐惧、悲哀和愤慨之前，我突然想到，这些没有感到恐惧、悲哀和愤慨的人——换句话说，这些过着这种生活的人，恰恰是最有权利这么做的人。文学想象的最大错误在于：认为别人和我们一样，并且必定和我们有着一样的感觉。人类的幸运在于，每个人都只是他自己，只有天才被赋予成为别人的能力。①

用木心的语言来说，则是——

　　幸亏梦境的你不是你　我也毕竟不是我

三、短句诗心：俳句、玉盘之珠与纯正汉语特质

今日许多读者之喜爱木心，是喜爱乃至偏爱木心的句子——它短小、精致、意味深长，颇堪玩味，而且，其温润如玉、娓娓清谈的语调，不仅富于个性色彩，而且建树起某种久违了的、飘然出尘的君子人格。这似乎说明一点：经过传统与反传统的纠葛，儒家"君子"的理想，依然是中国人对"美好人格"的一种潜意识追求。真正活在中国人心中的儒家思想，君子人格正是其中之一。这种"君子"的精神，"既非纯'传统'的，也非纯'现代'的，而是介乎两者之间，且兼而有之。"② 读者因君子人格，而对木心有亲近感。

就语言而言，木心的纯正汉语特质也是珍贵的。一方面，这是由于当代汉语写作之粗鄙低俗，在各种社会文化与思想意识因

① ［葡萄牙］费尔南多·佩索阿. 不安之书［M］. 刘勇军译. 北京：中国文联出版社，2014：142—143。
② ［美］余英时. 中国思想传统的现代诠释［M］. 江苏：江苏人民出版社，1998：170。

素的压力下已日积月累，成为一种极大损害汉语的流弊，当代文学作品中尤其缺少尊重与呵护汉语之美的杰作。另一方面，语句之美，自然透出人格、风采、神韵，实在是汉语源于象形图像的一个独特之处。汉语里，每个字都是独立的元素，一个丰富、圆融的句子，足以成为一个丰富而完整的艺术世界。中国古代诗歌之少长篇巨制，而发展出精炼短小的绝句与律诗，正是汉语特质在艺术结构拓展上的一种历史特点。

与中国不同，日本的俳句至今流风遗韵，深深扎根于民间社会。相形之下，木心简直成了汉语珠圆玉润之美、摘句把玩之风的一个孤独的标本。

在诗歌美学中，诗作之"浑然一体"、"不可句摘"，习惯上总是高于"名句"、"金句"、"隽永之句"。殊不知，没有了"两句三年得"的匠心，"大漠孤烟直，长河落日圆"的盛唐气象，也就顿失其支撑与助力。在尊重诗人技艺、尊重汉语语言的前提下，诗作之品鉴才是合情合理的。当代新诗写作，通篇鄙俗、满眼寒碜、以野蛮原始乃至以无耻为傲的潮流写作，可以说泛滥成灾。在这样的情况下，木心诗句的质朴、古雅、温润，就成了青年读者让心灵得以休憩的一处浓荫、绿洲。简言之，木心的艺术趣味是雅的，与大众文化之俗，并不相容。形质之间的联系，比一般所设想的要更加密切。有论者指出，当代新诗形式探索之所以匮乏成绩，来源于"大众化"、"通俗化"文艺思潮所带来的"扬俗抑雅"的现象。导致新诗写作者对"纯诗"艺术形式的轻忽。尤其是 20 世纪 50、60 年代群众性的诗歌运动，更张扬大众化为一种主流方向，使"扬俗抑雅"的新诗写作产生了规模空前的影响。① 对"纯诗"的形与质均不重视，自然很难有所收获。对大家、巨匠来说，雅、俗不过是障眼法；但对于普

---

① 王珂. 百年新诗诗体建设研究［M］. 上海：上海三联书店，2004：211—213。

通读者与社会风习来说，"扬俗抑雅"是高门槛，阻断了大众进入美的世界。

木心的诗句，有意识地学习日本俳句（下文所引木心之俳句，皆出自木心《琼美卡随想录·俳句》，原文无句子序号，序号都是引者为便于说明而添加的)①。兹举其《俳句》中之句子，细察其短句之诗心——

使你快乐的不是你原先想的那个人

这是一个劈面而来的句子，以突兀来写意外的感受。没有来由，没有本事的详解，也不需要有——这既是转瞬即逝的感受，又是一种人生平平淡淡的、若有似无的感悟。严格说来，立足于"物哀"传统的日本俳句，与中国诗歌的差异不小，其语言的字节节奏也更便于咏叹，与汉语同样存在差距。但是，汉语的美，何妨从昔日的东瀛异域，再次传输与"拿来"？于是，推敲，复推敲——

1. 村鸡午啼　白粉墙下对着枯秸　三树桃花盛开
2. 落市的菜场　鱼鳞在地　番茄十分疲倦

这两句，前者写颜色对照之美，粉色的桃花与白色的墙壁，耀眼、刺眼，再加上村子里一只公鸡的啼叫，写出生活甚至有些晃眼的鲜丽，以及喧闹的气息。刺眼、刺耳，然而这是充满生气的乡村生活。后者写菜市场——在木心笔下，落市的菜场的脏、乱被淡化了，一切显得洁净多了。以疲倦写不新鲜了的番茄，写出了一种雅人看俗事之有距离的风趣。

---

① 木心. 琼美卡随想录·俳句 [M]. 桂林：广西师范大学出版社，2013：55—73。

1.　蓬头瘦女孩　蹲在污水沟边　仔仔细细刷牙齿
2.　小小红蜻蜓的纤丽　使我安谧地一惊
3.　狱中的鼠　引得囚徒们羡慕不止

　　第一句写贫家的市井生活。真的，这些景象几乎随处可见——为了更好的生活，多少人在市井间努力谋生。读者看见，这"蓬头"的瘦女孩，却并不"垢面"，而是在"仔仔细细刷牙齿"——这污水沟边的女孩，努力保持自己或许并不令人惊艳的美，究竟为何让人感动？因为木心写出了我们常见、却在当代诗作中遍寻不得的一点真实体验。第二句写红蜻蜓，突出其小，因而——我的吃惊也是"安谧地一惊"。这是一种带着怜惜的惊讶，而不是吃惊、震撼。木心用短句来称量汉语中细微的情感，就像药铺子里用戥子来称量药材一样。这种对语言的细致匠心，并不多见。第三句以鼠辈写自由，以自由之不可得写枉为人类的卑微——囚徒之心，在对这"狱中一鼠"的注视中，复杂的心绪，一唱三叹。

1.　冬天的板烟斗　温如小鸟在握
2.　汉蓝天　唐绿地　彼之五石散即我的咖啡
3.　壁炉前供几条永远不烧的松柴的那种古典啊
4.　开车日久　车身稍一触及异物　全像碰着我的肌肤
5.　白帽脏得不堪时　还是叫它白帽
6.　一天到晚游泳的鱼啊

　　木心笔下的短句，是在写生活情调——难道"情调"就不能写？冬天里握住烟斗，就像握住一只温润的小鸟。这是对用烟斗抽烟的抒情表达，就像第二句"彼之五石散即我的咖啡"：魏晋士人服食五石散，追求风度、神采；今天在咖啡馆里喝咖啡，不也是追求一种灵感的启动？第四句，车子就好像是我的肌肤。
这两句，很有点特朗斯特罗姆的味道——这位瑞典诗人，也有意
学习日本俳句的写法。可见，句子中所蕴含的、诗的精神，是有
能力超越国族与语言的、更为广大的事物。诗人捡拾如松果般坠
落的生活感受，有时候需加细细探视，反复推敲，这是俳句，也
是木心与特朗斯特罗姆品味生活的诗——

　　　　室外咖啡厅那黑色的咖啡
　　　　和虫子一样明丽的桌椅结伴

　　　　这被捕获的昂贵的水滴
　　　　充满"是"与"不是"的力量

　　　　它被抬出昏暗的屋子
　　　　眼睛不眨地盯着太阳

　　　　天光下一滴温馨的黑色
　　　　很快流入一个苍白的顾客

　　　　它们像灵魂时而捕捉到的
　　　　点滴的黑色卓见

　　　　给人一个有力的撞击：走！
　　　　打开眼睛的灵感
　　　　　　　　——特朗斯特罗姆《蒸馏咖啡》①

---

① ［瑞典］特朗斯特罗姆. 特朗斯特罗姆诗全集［M］. 李笠译. 海南：南海
出版公司，2001：70。

木心用汉语中古色古香的"五石散"，指代的，不正是——"灵魂时而捕捉到的/点滴的黑色卓见"？特朗斯特罗姆写汽车的诗篇很多，汽车已是现代生活的一个基本要素，诗人又怎能避而不见？两位诗人在面对日常生活、日常事物时，都显出一种通达而热切的态度，努力擦亮这些被日常生活磨损了的语词——咖啡、汽车、林中的一块石头。对于诗人来说，一切都是诗意盎然的事物，每一个句子都可以是诗意饱满的句子。

有时，木心自己指出魔术的意义——"灵感之句是指能激起别人的灵感的那种句子"，调侃自己的风格，"因为喜欢朴素所以喜欢华丽"。诗人不仅尊重语言，而且尊重日常生活中一切美的器物。这些句子，让读者恍惚想起了古代诗歌中的意趣——一切生活中平凡的喜悦，都曾经可以是一首诗。新诗为什么不能这样？

有趣的是，上述第六句"一天到晚游泳的鱼啊"——恰好与已故台湾歌手张雨生的歌《一天到晚游泳的鱼》（1993）神似。鱼当然没有在游泳——鱼是在水中生活。张雨生的这首歌风靡一时，其实有些诗意：当一个人处在爱情之中，他意识不到自己在"游泳"，当潮水退去，他才意识到，原来这爱的源泉可以干涸，这大海可以成为沙滩。情歌是另一种表达，它更铺排、更夸张，配着音乐反复咏叹；但是，尊重读者乃是启发共鸣的基本条件——

情愿困在你怀中困在你温柔/不想一个人寂寞无边漂泊/就象鱼儿水里游/你的心河流向我/不眠不休的追求/一天到晚游泳的鱼啊鱼不停游/一天到晚想你的人啊爱不停休/从来不想回头/不问天长地久/因为我的爱覆水难收/多少喜乐在心中慢慢游/多少忧愁不肯走流向心头/就像鱼儿水里游/永远不会问结果/他们知道爱情没尽头……

特别举出这个例子，是想说明——诗作也好，俳句也罢，情歌不论，只要是能够感动人心的语言，都有其独特的力量。今日新诗之薄弱，不重视读者、不珍视生活中一切朴素的感动，是诗歌的一种枯竭之病。鲍勃迪伦获得诺奖，虽然出乎意外，引发讨论；但也提示新诗写作者一个朴素的道理——诗歌是需要打动人、感染人的，失去了读者的诗歌，不是更强大，而是更衰弱了。

木心期待读者，但绝不从俗，对于诗歌与音乐的关系，有独到的见解。

> 音乐是听的，文学是看的，我以为是两回事。诗近于歌，是诗的童稚往事，诗之求韵，是和音乐比，小儿科。歌与诗靠得越近，越年轻。……音乐是有声的诗，诗有音乐感，可以做做，音乐与诗，可以神交，不可"性交"。……象征主义时期，诗人反过来追求音乐性，面子也不要了。到了后期，更强调音乐性，艾略特的诗出现"四重奏"的格式，诗人真是忘了本。希腊诸神，管音乐和诗的神是分开的。音乐、诗，两边都要保持自尊。歌词，合音乐可以，当诗念，不行。可以当众朗诵的诗，是粗坯。文字不是读、唱给人听的，文字就是给人看的。我有意识地写只给看、不给读、不给唱的诗。看诗时，心中自有音韵，切不可读出声。诗人加冕之夜，很寂静。读诗时，心中有似音乐非音乐的涌动，即可。①

木心之诗，追求的是——心中之乐、心中之韵，那种"似

---

① 木心. 1989—1994 文学回忆录（下册）[M]. 桂林：广西师范大学出版社，2013：802—803。

音乐非音乐的涌动"。

木心的句子是活的，因为它们附着在一个具体的传统上——俳句，以及汉语中自成一体的语句之美。有了这个虽小而有力的传统、有了这一颗颗语句的珍珠，才可以串起来，也可以一枚枚地加以欣赏。寻觅美的语句，有利也有弊——就像新诗中的短诗，固然短而清新可喜，却也容易成为断章、碎句，不免支离破碎，或贫弱寡淡——小诗在当年的消歇，就是一个很好的例子。

木心的短句，是一个艺术家的素描，常常是有针对性的（以下短句，摘自《云雀叫了一整天·乙辑》）——

> 女孩拢头发时斜眼一笑很好看
>
> 男孩系鞋带而抬头说话很好看
>
> 我贪看青年们的天性在我面前水流花放

这是"青春之美"的素描。木心是文字里的画师，他在老老实实地捕捉生活中美的微小场景。这种锤炼，用木心的话来说，目的在于——"长文显气度 短句见骨子 不长不短逞风韵"。其实，男子而逞"风韵"，指的是机智、巧妙——

1. 在"桃园三结义"中你演什么角色 我演桃花
2. 汉王笑谢曰 吾宁斗智 巧克力
3. 器物（标题是引者加的）

陶器 到此地步 喜出望外

瓷器 中国的死灵魂

漆器 精明能干 体贴忠心

木器 鞠躬尽瘁 朽而后已

竹器 随你怎样弄 它总能保持个性

布 安之若素

绸　自命不凡

缎　屏息的傲气

锦　忙于叙情

绫　轻佻　但还老实

罗　想通了什么似的

纱　装作出世离尘

丝绒　充满自信

羊毛呢　沉着有大志　大志若呢

灯芯绒　永远不过时

卡其　世界是它们的

牛仔裤　亚当本色

石洗蓝布　后来居上　平民的王者相①

　　这一组事物，可谓既有智力上的机巧，又有读书人的趣味。真有一股江南士子朗朗读书之风，在字里行间映现。

　　一目了然，类似于"巧克力"的谈锋，它们正是——文字游戏。然而，文人的情趣，不就是在文字的游戏中，乐在其中？经历了激烈的"反传统"之后，现代汉语更应走一条多元之路。新诗写作经过了一个世纪的发展，应该更多一些宽容、一些洒脱，也可以有一些睿智的机锋——多了这些东西，诗意的世界就会多一些经纬与细节，就像一匹布上有了更多、更密的精美织纱。有了精致细腻之美，"朴"与"拙"才有对应的诗格、诗韵、诗趣。

　　今日之新诗，处于复兴汉语写作的路途，正需汇聚一切溪流，而不是去堵塞哪怕一个最小的泉眼。

---

① 木心. 云雀叫了一整天 [M]. 桂林：广西师范大学出版社，2013：236—238。

在语言历险中呈现藏于万物的自我
——读海男的诗

朱彩梅　撰

在 20 世纪 80 年代，海男通常与翟永明、陆忆敏、王小妮、唐亚平、伊蕾一起，被文学评论家称之为"女性文学"代表。她不羁的灵魂、奇异的热情和狂放的气质，总是让诗歌惊人地突然出场，以致其意象忽如陨石从天而落，又如女巫在森林中历险。在她神秘的语言世界里，万物常常得到意外的揭示。她把或远或近、或存在或虚无的事物拉到眼前，用异质混成的生命体验和虚幻的奇异想象产生的敏锐感受力书写美丽而荒诞的世界与历史。身体与欲望的往复回环是她多年的抒写领地，她还擅长通过外部世界的事物来投射内心图景。因此，即使是书写实地景物、历史事件、生活现象，其笔墨重心依然落在景物、历史、生活所激发起的情感反应、觉知变化与奇幻想象方面。

一、对身体经验的私己性书写

作为读者，我们常试图通过词语管窥那隐藏在密林中的豹子，个体书写不可替代的独特性就是晕圈般荡漾开的斑纹。然而，个体书写如何才是个体的？是因为"我"对语言的独特运用，还是根源于"我"之体验的私己性？真实体验与幻化想象的界限在何处？这个问题是每一位诗人都绕不开的。但对诗人来说，能够幸存的只是词语。套用尼采的一句话：我们在窥视语词，语词也在窥视着我们。甚至，只有语词对我们的凝视才指引着语词背后的深渊。

语词。我们往往首先被语词的光芒照射。迎面而来的第一个词语是诗题"裸体":

　　她把自己变成裸体时,仿佛所有的镜子
　　照亮了她的四肢,她醒来了

　　醒来是奇特的、慢性的、带来美好境界的开始
　　她生活在一年中的秋天,凋零声给她带来了糖果
　　甜蜜充斥着上午,在一阵细雨声中
　　行走是快捷的、欣喜的、奔赴那座有葡萄的山岗

　　裸体已不存在、荆棘已完成了使命
　　她喘着气醒来,她噙着惊喜的泪奔走
　　她是暗盒中流动的鱼和溪水
　　她是光阴中的枕头和发丝

　　她是裸体中一丝不挂的风景
　　被称之为肉体的那个人,卷曲着
　　不呻吟,也不啜泣;她很快就会死去
　　迎候着死亡是她一生中坚持不懈的目标。

　　　　　　　　　　　　　　　　　　　——《裸体》

身体具有不容置疑的私己性,对疼痛的感受,对触摸的敏感所激起的感觉,无不呈现出个体差异。诗的开头说裸体是她"变成"的,"变成"意指变换、蜕变为"它者",她与裸体之间横亘着某种需要跨越的东西,以便使后者敞开在光亮之中。她把自己变成裸体,并非为了向某种自然状态复归。纯粹自然的裸

体如同动物，不会被"唤醒"。这里的"裸体"恰恰是通过去除遮蔽而敞开自身——镜子本身不发光，而光源来自裸体，对裸体的观看使她被欲望唤醒。欲望的苏醒过程缓慢而美好，如同秋叶开始凋零时果实渐渐成熟。

雨的隐喻意义是陈旧的，但在此诗中，秋天的细雨声温润而缠绵，从雨到细雨的转变，显示了诗人感觉的精致敏锐、纤细微妙。细心的读者不难发现，海男诗歌之独特处，往往不在于零碎枝节的意象、文字、节奏的优美表现，而在于感情借着细微感觉得到淋漓尽致的渗透。作为一位优秀的感觉诗人，她对感情透过身体感觉而徐徐向广处深处伸展的有效运用，无论就其变化的众多或技巧的娴熟而言，都实在惊人。这一点无论天赋多么卓绝的男性都是不可企及的。

甜蜜甚至使时间驻留——这是欲望不断行走、充实的过程，它在加速度的攀升中达到某个顶点——"有葡萄的山岗"。葡萄、山岗既是身体部位的明喻，又意指欲望本身"披荆斩棘"之后实现了自身。顶点即没落。黑格尔说欲望是对对象的消灭①。欲望退却后，"裸体已不存在"，这即是欲望消灭了欲望的对象——裸体。她再次醒来，从欲望沉溺自身的甜蜜眩晕中醒来，她含着惊喜的泪重新审视身体。"含着惊喜的泪奔走"，是对生死之间边界的触碰，"她再次醒来"，从而可以确认她是暗盒中的鱼、溪水，光阴中的枕头、发丝。一暗一明，一隐一显，一动一静。在明暗、显影、动静之间，她看到了裸体中那空洞的风景——欲望。被欲望主宰的那个人被恰切地命名为肉体，肉身是速朽的，直面肉身的脆弱性和短暂性显示着她的坚韧。

在她与裸体之间变奏的眩晕及苏醒的步调最终落在肉身的死

---

① ［德］黑格尔. 精神现象学［M］. 贺麟，王玖兴译. 北京：商务印书馆，2010：136。

亡上，这是步调的终结，但也正是向着肉身死亡而来的生，使欲望的律动造就丰腴的意义，即诗中所谓"美好的境界"。裸体其实不需要"他者"的观看和审视，"她"即便可以在欲望实现自身后回视欲望的风景，也无需那些所谓来自灵魂、异性、神的视线的照射。裸体言说自身，亦是自身的倾听者。一个潜在的对话者即便在场，也只是欲望消解的对象，这是自成一格的境界与气象。即便肉身在欲望的顶点处窥探到了虚无，它专注于死亡的同时却还能向死而生。

身体对自身的专注，使一种被他者眼光遮蔽的美，一览无遗地展现出来，这个"他者"首先是带着理性主义和权力意志的男性：

> 那无非是被我们进一步所看见的
> 花蕾上的露水，花蕾上的创口
> 花蕾上的瑕疵，花蕾上的蜘蛛
> 所有束胸的理由源于我们是女人
>
> ——《束胸的理由》

"我们"是女人，女人自身的美以及对美的爱欲，无需迎合他者的偏执及那些自以为是的眼光，女性身体的异质性和美就是"我们"成其为我们的根本所在。"我们"观看身体，并且看到爱欲来自自身又回复自身，即美源自身体。但身体并非完美，因而引起了人对美更强的爱欲。为了让身体变得更美，这是束胸的缘由。历史上，女性的身心意志均被男权社会的表面礼法和内里强力改造。但诗句"所有束胸的理由源于我们是女人"不再是乞求他者的关注、施舍，而是源于美的召唤。

海男常年近乎固执地痴迷于个体身体经验的私己性书写，这是对美的召唤，是对自身个体存在不断证实、强化的方式之一种，这一切都跟她强烈的主体意识、强大的内在自我息息相关。而对云南的玄幻化想象、对爱情的女性化书写，亦是其内在自我显现的不同侧面。

二、对云南的虚幻化想象

随着全球化浪潮迅速消减各国各地间的文化差异，作家的写作逐渐呈现出同质化倾向。在此背景下，诗人基于地方、本土的写作，就具有一种特别的价值和意义。

云南是海男的故乡。神奇的自然风景，多元的民族、宗教文化，远古与现代、蛮野与文明的错位反差，民族传统与现代文明的戏剧性碰撞汇合，生成了云南的神秘现实。在海男的诗歌中，读者不难发现那些根植于云南高原山川、河流峡谷及多样生活方式之元素。在第四届高黎贡文学节与徐敬亚对话时，海男直言，其作品里的"神秘性"，就是来自云南这块土地，来自高高的山冈、清澈的天空和芬芳的水。

驾轻就熟的虚构能力，使海男对云南的想象，一开始走向永无止境之地。从澜沧江流域绕到香格里拉独克宗古城，她熔炼出《献给独克宗古城的十四行诗》，在她通往云南和自身心灵秘境的远征中，诞生了《忧伤的黑麋鹿》。而《古滇国书》（组诗）和《来自古滇国的诗札》（组诗）是海男的云南想象中最具魔力的结晶。

诗歌写作有不同的路径。同样是云南诗人，同样是书写云南，海男对云南的书写与于坚的《哀滇池》和《谈论云南》、雷平阳《云南记》等皆大相径庭。于坚的写作背后有大地、家乡、方言，雷平阳的写作凝结着一种挥之不去的"乡愁"，而海男的写作是玄幻化的虚构式想象，她把很多事物都抽空、悬置起来，使诗歌脱离了具体时空。

噢，滇池离我到底有多远

我满身的节奏是那样明快，当我以奴的速度来奔跑时

世界于我就是以这旷野下水波的撞击声，组合了音律的

铿锵

于是，我两眸间荡来了野花，它们像我一样快活无忧

而当我以一只野狐在西山脚下奔跑时，我的四肢间的金

色或褐色

游荡着我奔跑过了史前的乌云，奔跑过了史前的云海

而此刻，当我以奴和野狐的双重特性踏着水浪直奔古滇

池岸时

正是古滇王从水浪中上岸的时刻，这是一个历史性的

时刻

——组诗之四《古滇王在滇池的第一场裸身沐浴》

她以奴和野狐的双重身份来到古滇池岸边，狂热的目光所及之处，沉睡数千年的古滇王、青铜器、干栏式筑居及一幅幅神秘图像顷刻间活色生香、熠熠生辉。

维特根斯坦提醒人们"要看出那个摆在我们眼前的东西是多么困难"①，的确，比起看见面前的单个具体事物而言，在深广的时空及辽阔的领域内移动、漫游显得较为容易。但在漫游中，要如海男般准确地捕捉事物的气息、赋予所经过之物以魂灵，却并非易事。海男喜欢并擅长于漫游，她的能力不在于直观、准确的发现，而在于强大的赋予——赋予事物一个独特的空间，在这个封闭、自足的空间里，其幻想气质、澎湃激情笼罩着所有事物，使万事万物轮回在诗人玄幻的光环中。

---

① ［奥］路德维希·维特根斯坦. 文化与价值［M］. 涂纪亮译. 北京：北京大学出版社，2012：58。

对云南的虚幻化想象，使海男驾驭着语言这头凶猛的野兽，在搏斗中把原始冲动、欲望化为一种具有深度与力量的节奏感。

> 现在，我们的王已经开始带领我们筑居。我站在王的身边
> 感觉到他的呼吸终于摆脱了那场战乱的追杀
> 这呼吸像波浪皈依于岸，皈依于稳定的太阳的定律
> 皈依于山冈上已经用檀香和楠木筑起的柱子
> 皈依于第一层楼下已经从暮色中归厩的牲畜们的欢悦
> 皈依于第二楼上用栗米所堆集的一座仓储地上一层层的金色
> 皈依于第三层楼上那与天空接壤的我们的寝宫和秘房
> 皈依于那灶堂前的松木香火中绵延出的黎明
> ——组诗之七《滇王的筑居之梦在长夜中脱颖而出》

诗行间，鲜明的节奏感与想象相生相应，玄幻、神秘的气息浮游为浓郁的氛围，这是一种语言琴弦上的心灵舞蹈，诗人的想象如海水般，让海藻得以灵妙地舞动自身。《古滇国书》中通篇出现如"皈依于……皈依于……皈依于"、"穿过了……穿过了……穿过了……"，以及《来自古滇国的诗札》中如"看见的只是……看见的只是……看见的只是……"、"会留下……会留下……会留下……"，这样连续铺排、气势如虹的句式，仿佛是诗人女性之繁衍、生殖能力的语言写照。她从未停止与语言的较量、搏斗，也从未妥协、降服于语言。她掀开冰冷坚硬的碎石泥土，用奇异的想象激活读者去感受藏在语言内里那颗温暖、生机盎然的种子。她是古滇国舞后，永不疲倦地引领着语词的精灵飞翔，去探索诗歌无限的复杂性与微妙性。

生于斯长于斯的海男，深深迷恋着云南的地理及过去、现

在、未来。对她而言，"地理，不仅仅是以山水风光所构造的纬度和经纬线；它也同时是以植物、山脉、湖泊、江河、天气所编织的言之不尽的隐喻之书。"① 这本隐喻之书，充满诗人的个人化抒情与虚幻想象，可以说是海男诗歌书写方式由"身体经验"转向"云南"的延续，一种发生了轻微变异的延续。

三、对爱情的女性化感知

诗人是无性别的，他们本源地置身于心与物的境域中进行诗意言说。但诗人也是有性别的，女性诗人一旦开始寻求自身的表达，那种原初的差异就会突显出来。这种差异无法纳入到某种先在的诗学体系中，因为已有的诗学体系以一种自设的普遍性视角遮蔽了其异质性。女性自身的虚无化力量以及女性在文学上的天赋在古典时代都是隐而未显的，《红楼梦》呈现出，女性与生俱来的诗性天赋其实远远高于男性。

无论古典时代在"德性"的观念性（形而上学）趋向上如何高于现代的相对主义伦理"价值"，一个"男尊女卑"的时代，甚至到了男人对女人绝对统治和任意"耕耘"②的地步，其"德性"的盲目看不到"自然法"的根底是人为设定的"礼法"。而挣脱了"礼法"束缚的现代女性诗人面对的问题是，如何在呈现自身的诗性时持守其性别差异的优异而又不走向隔绝式的对立。让我们跟随海男的女性化爱情书写来领略其味：

只有当女人穿裙子时，空气中洋溢着

---

① 姚霏. 海男：隐秘而忧伤的一只黑麋鹿 [A]. 见：姚霏. 说吧，云南——人文学者访谈录 [M]. 昆明：云南人民出版社，2011：23.
② 古希腊悲剧《安提戈涅》中，克瑞翁说："海蒙大可以去犁别的田地。"这不仅仅是一个比喻，罗马人就直接把女人当作可供耕耘的土地。

　　充沛的芬芳，它们是一群超级的
　　女狐，纵身于她们领地上的空间
　　噢，走开吧，男人，别激怒她们的利齿

　　　　　　　　　　　　　　——《只有当女人穿裙子时》

　　在某些时候，女人置身于自我封闭的空间中，沉溺于芬芳和轻盈，这是让她们为之感动的美。女人的美让爱慕者魂不守舍，然而女狐为爱欲者贮备了利齿。女人——女狐——男人，女人狐变后所具有的智性、力量恰恰是女人保护自身的屏障。传统的狐变故事总是诅咒、贬低女人的妖媚、聪慧，但实际上是作者对女性之美所具有的摧毁性力量充满恐惧的变相书写。美所引发的，未必是对美的纯粹之爱，还可能是对美的嫉妒与毁灭，毁灭常常是以对美的无节制欲望为手段的。但是，爱欲不会趋向他者吗？对爱情的书写将使她们建立的界限一再被跨越，这也表明"他者"即便被拒绝也是在场的。这种在场使女人和男人陷入纠缠的命运中：

　　妥协的时刻又降临，面对一个男人
　　仿佛就是面对全世界的异族
　　我们必须放弃女人的尊贵
　　尽管这尊贵犹如丝绸已使灵魂出窍

　　再一次地，拉紧了丝绸内衣的吊带
　　卷曲在角隅。每当我们面对男人
　　妥协以后，仿佛已经被我们自己流放了
　　很长时间，那些流放中的荆棘刺伤了我们

　　　　　　　　　　　　　　——《妥协的时刻又降临》

在男人与女人的纠缠中，妥协的总是女人。这是女人自我流放的过程，她们在流放中把伤害承担下来。一再妥协，一再被伤害，印证着她们无与伦比的韧性。爱欲越过身体的界限渴望着什么。爱情？爱情与精神的关联何在？

爱欲滞留于肉身时，再美的身体也将归于虚无。向着虚无而来的，是对当下之美的赞美，对爱之自由的追逐。但赞美和追逐隐藏着挥之不去的阴影：赞美与害怕失去，自由追逐与无所依傍。个体体验从自身身体转向对爱情的渴望与想象，毕竟，爱情之河有光亮照见不到的黑暗角落，有待于诗意语言的照亮。

"爱情"是海男不同时期的诗歌反复出现的语词和主题，在组诗《献给独克宗古城的十四行诗》中，甚至还出现原罪、祷词、救赎、神仙这样的言说：

诞生着一个词语，它就是爱情或者祈祷

一个词语，使我生之原罪散落在城隅的祷词底部

——《词，散落在城隅的祷词底部》

散落在城隅祷词底部的这个词，就是爱情。爱情和另外一个词语构成了诗歌的两个网结——"死亡无法制约爱的又一次轮回"（组诗第十八首）。爱情在轮回中保持着自身。"我"在此生爱上一个彼时的"他者"，这就是爱的永恒轮回。爱的对象以历史创造者的身位在场，爱欲不仅超越了肉身也超越了单纯的情爱，但"轮回"的故事渗入了太多想象。诗歌被看作个体想象力自由驰骋的领地，但能够诉诸诗歌的想象力绝非无际无涯，语言往往构成难以逾越的边界。

对身体欲望、爱情想象的现代性书写，表面上是对古典理性的反抗，以便赢回身体自身的空间，但是以身体为欲望、爱情的中心，也是对精神、情感或理性的遮蔽。男人与女人纠缠的命运

如何不被欲望消解，如何在相互的期许、弥补中获得灵魂的提升，古典的灵魂学说提供了某种参照。比如身心关联中的天道言说，身与灵魂关联中的本相言说，以及对超越个体情爱的宗教性言说。

如今普遍强调肉身欲望化的爱情表达还在追求"共同语言"，这至少表明，爱欲在较高的层次总是祈求某种超越。柏拉图的《斐德罗》里有一个比喻：灵魂的三驾马车是理性、激情、欲望，理性一手驾驭激情，一手驾驭欲望。只有理性能够平和激情、节制欲望，对欲望的节制不是要压制欲望，恰恰是以节制提升欲望的层次。

诗人的诗意言说处于关隘，必死的肉身、女性化的爱情想象其实超越不了自身的界限，看似意义丰富的爱情带来的更多是伤害以及伤害之后无声的忍耐，但诗歌必须完成那生死攸关的一跃。海男近年尝试着实现新的一跃，即转向历史性的个体抒情。

四、嵌入历史的个体化抒情

诗歌内在的质地是指使一首诗歌成型的形式、构成诗歌内容的具体细节以及诗歌写作的技艺，而气象则指向某种更高的东西。文气的顺畅与阻滞，文象的广博与狭窄总是诗人自身命运的显象。

从身体经验、云南想象、爱情书写转向历史嵌入，海男诗歌的格局与气象焕然一新。她在《古滇国书》的青铜器熔炼魔法、《中国远征军赴缅记》的黑色哀歌及《彝良灾情与地球忧思录》中锤炼诗意，以十四行诗将独克宗古城的历史召唤到当下。

诗人可以在冷眼旁观中叙述历史，也可以寻求与历史的对话，并在对话中书写历史。海男对历史的书写，常以第一人称的方式嵌入。这种嵌入就是直接进入对历史轮回的想象中，身临其境。

> 它已经日渐变老，这是一个事实
> 犹如我们身体的年轮从轻盈的旋转
> 进入沉重的滑行。而当我再次进入独克宗古城
> 仿佛重温世事的沧桑，仿佛重又陷入轮回
>
> ——《独克宗古城，我的冥想之床》

"仿佛"陷入而不是实际"陷入"，这是意识的先行摄入。"我"在无限轮回中承接过去，向未来敞开。"轮回"反复出现，前因后果，皆是注定。

> 那些水井里的清澈和深度
> 黑得那么铿锵有力，黑得多么的忧伤
> 对于仁慈和遗忘，我们只可能在其中选择
> 独克宗古城的梦幻，召唤来了新的黑颈鹤
>
> ——《历史》

历史是一口深水井，清澈而深邃，深邃而漆黑，漆黑处暗流涌动。"鹤"是照进历史深邃黑暗中的"光亮"。"鹤"反复出现在组诗中，如同引领词语飞翔的"引擎"。

一面是轮回中的历史，一面是自由化的鹤。转经筒和黑颈鹤是某种特定意义的象征。二者之间的张力和关联，成为个体抒情的领地，然而这是一个危险的领域。个体抒情如何不让过度的情愫遮蔽历史本身的事件涌现？想象的真实与现实的真实如何转渡？

组诗的第二十一首说：

> 有彻骨的寒冷穿透了足踝以下的石板路
> 让我想起最亲爱的王的温良习性
> 想起他超凡的理解力，以及像空气般纯洁的胸怀
> 在混乱的时间程度里，我的年华倾向于他的存在
>
> 他的存在暗喻着一种自然所赋予的决定
> 类似美德像独克宗古城的转经筒一样礼赞着生命的转瞬
> 即逝
> ——《有彻骨的寒冷穿透了足踝以下的石板路》

弥散着的寒冷让身体感受到其穿透力，石板路的冰冷没有加深寒冷反倒是打开了通往历史的温暖之路。"王"之单向度的完美，是神圣美德的化身。转经筒指向的生命轮回，不是尼采基于权力意志的永恒轮回，而是生命之生生不息和对美德的永恒追求。爱在这里超出了个体的情爱：

> 犹如你掐灭了灯烛的最后一点光亮
> 使我在人间的独克宗古城享受到了最美的情爱
> ——《公元 640 年秋天以后的黑颈鹤在城外拍翅飞行》
>
> 而一旦我所思念的王回眸看我一眼，我所有的前世都会
> 复苏回来
> ——《在独克宗古城的地理符号当中》

对爱情的书写不断伴随着"鹤"的出现，这意味着对自由的追求。象征个体自由的"黑颈鹤"到了组诗第二十四首，化为象征群体自由（"群灵"）的"仙鹤"。其间涌动的是独克宗古城发生的历史事件的流变，这些事件更像是一些空洞的名词或

铭文——仅用于激发哀悼者的想象和凭吊。对诗人来说，重要的不是历史发生中的细节呈现或人物、事件的评价，而是置身历史时间中的抒情。

组诗的前半部分嵌入了历史事件，后半部分则几乎是以第一人称为主体的抒情：

> 我是幽灵和诗人，是你消亡的城隅中的姐妹和恋人
> 我是女人，用尽了所有的时间
> 回来考证你大好河山的源头到底有多远
> 现在，我即将转身，就像杰布王的女奴在风中失散

"考证"并非考古意义上的实证考查或历史学意义上的事实还原。我们或许期待倾听诗人与历史的对话，这种期待注定要落空，对历史的抒情性书写从"我"的感受出发，"我"想象了历史，历史扩张了"我"抒情的疆域。轮回是好的，那些想象中的美和好，终会兑现，可惜往世不可追，来世不可待。《献给独克宗古城的十四行诗》，标题作为悼词，追悼了一座古城和诗人对"王"的无比眷恋。追悼即反复的召唤，如同指向历史的招魂。

组诗采用同一种格式，抒情形式上侧重语句的重复从而加强情感回旋的力度，但由于缺乏具体、充实的历史细节而显得空洞、稀疏。其格局与气象变化被限定在想象之中，以抒情的感发遮蔽事件细节，使历史被个体重新书写、建构。这条道路必定要面临一些问题：抒情诗的"情"是否因为个体体验的真实性而可以直接转换为诗歌语言？体验的真实与实际的真实之间是否可以任意穿行？

组诗从第三十三首开始几乎全部转向了纯粹的个体抒情。对独克宗古城的历史性书写终结于第三十二首《历史》，随后古城

变成了一个符号，一个故事的背景，一个"虚度美好光阴"的做梦之地。

历史事件撑起的大气象无法延续。这是因为后来的历史不能为"我"所用？还是因为诗人的个体性抒情不在得其大而在得其小？不管如何，个体之感受性对于"我"是最真实的，海男选择这种历史性个体抒情的诗歌道路，无可厚非。

海男强大的内在自我，使得她不论写身体、云南，还是爱情、历史，都是在写隐藏其中的自己。就像一位魔法女巫，她在语言的森林中历险，将所见、所想、所思之物笼罩在自己的气息里，以致其诗常处于一种神秘的光辉中，仿佛峰顶和塔尖透过薄雾而变得玄幻、柔和。整体而言，海男基于内在自我的虚幻想象和个体抒情，显示了女性情感、知觉对事物及存在的独特渗透、蔓延，她对身体经验的私己性书写、对云南的虚幻化想象、对爱情的女性化感知及嵌入历史的个体性抒情，从不同方向拓展了当代汉语诗歌的写作路径。

驼型曲线与花的轮盘
——读谢笠知《花台》

谭毅 撰

《花台》这本诗集呈现给我们的，是一种运用语言的"驼型"方法：包含在花朵、山坡、弯腰、涡轮、吻、相互包裹的白云之中的紧密记忆和回旋。它们形成了一个选举圈。受到挑选的词汇圈内，开始了一种对词语速度的设定：时而是快如闪电，时而又缓慢如共鸣。仿佛众多的事物和角色在举手或私下商议。在这种假设里，我得到一种被谢笠知由"蝉鸣"之震动开始，经由吸取黑夜直达尽头的"深巷"贯通的细节，慢慢汇聚、伸展向诗集的第三部分。从"柳氏"这样的女性那里涌出一团团根须，它危险地涂改着节日对山顶的视觉。除夕之夜，人们仰望到的不是焰火，而是突破黄昏之后的某种降临。

在这篇文章里，我试图从诗人语言中的"驼型"开始，在她所给予的深如渊、又丛生如瓣的经验之中潜入、浮动。进而，我还将分析她诗歌中的语速晃动带来的关于空间和情绪的形态。最后，我将在诗人所关注的"女性之命运"中结束我们的讨论。

一、词语中的"驼型"：翻涌与光痕

在《过往之躯》中，诗人写道："它是一匹光，是骑光旅行的水波，/无限地靠近你的海面。"这里，透明的视觉，因诗人所晃动的词语，而显得有点"离谱"。但这种离谱，这种离开了某种音乐程式的感知，在诗中又获得了一个可被采集的精确身体。"它是凌晨的一连串啼鸣，/穿过花枝和纱帘，亲吻你。"我惊讶于诗人谢笠知的描述。"啼鸣"因为处身凌晨的气氛，而有些困惑、扑朔迷离之感。但"一连串"？这一形容使得声音真有了珠圆玉润的饱满度，可集"花枝"和"纱帘"之弹性与光滑，而形成一个"吻"，并被微微弯曲的脊背凸起那处在边缘的光。可以看出，这里的词语和身体知觉的传递是连环性的。像精密的术语策划着我们的舌头，而声音却借助气息，如同发生在另一侧般微妙。

"它是你亲手种的满院子月季，/喜凝神，倾听。/有浩大震动涌至脚心，就绽放——/你看，那痛苦的回声里最妖娆的。"（《过往之躯》）我想，栖身于回忆之中的时间，在这里被打开而且被澄清了。正如及膝的河水将倒影推向我们，让观点与观点之间获得了震颤的湿意。在这样一个连绵中，诗人却为痛苦找到了一个放置性切口："是爱着，承受着——/是群山僻静的失眠：向着无风的一侧。"她用词语划开的具有雕刻般明晰的切口，在"僻静"和"失眠"之间，放进一个清醒的瞬间，并让其沉落向深处。那听不见的、不被乐谱所记录的低音，仍在起伏，并故意曲解着跟猛烈的山势相应和的风。

谢笠知的词语常按照曲线运动，并模拟出一道道光迹。这道光所照射的部分比她的诗能够说出的还要深。我试图将诗中，那被诗人的语言折向天空深处的不可见的部分，向着我所在的方向略微拉动一下。

"是尽头，断崖/是云雾变幻的深渊。"这出自《九华山后山之花台》中的句子，我理解为，"深渊"就是诗的环境。"好几次，靠近它的边缘/都感到过于疯狂。"边缘是一种语言中的"责备"，就像那道闪电对平常的气候所做的。

"难道不是花？升腾、绽放/用最柔润的手指挽留你。"花是如何理解自己的环境的？"疯狂"突然又从云雾中吸足了能够达到饱满的湿气，热衷于"挽留"状态。挽留什么呢？"为了迅速地消散——/哦，虚无之境，是诱惑也是拒绝！"（《九华山后山之花台》）这就是环境对花的奉献：它只比这朵花在空气中深一点点，变化（消散）的速度快一个瞬间。就像闪电在我们眨眼之前，拉伸了一次它的线索。

九华山后山之"花台"，综合了"花"与"深渊"两个领域。它们二者又被花的一次次开放所割开。而云雾像活塞一样，上下移动，开启着诗人词汇的存储器，并赋予那靠近边缘的疯狂以重重叠叠、因荫庇而逐渐加深的结构。用这种最终超越视力所及的向下来探讨消散，而最终将虚无推近到眼前的，却是"花"——这难道不是那枚最薄、最柔润的镜片？

当然，这些可在我们眼前，动容地表达虚无的，除了"花"，还有众多的兄弟。比如："雨"。口头语一般的它们，习惯于为回首提供一种浓厚感：

> 靠一次次回首
> 使河流汹涌，花朵开放。
> 使天空谦卑，弯下腰，
> 把一条条路递到我们的脚心。
>
> （《雨》）

诗人是如何理解词语中那密不可分的、脸贴着脸的经验的？花瓣们相互倚靠，雨也在用它连续不断的透明感诱惑眼眸。但什么是连接呢？我能把这里的道路理解为一次次游说吗？像咒语和终将以湿意包裹身体的苦难那样，滴落池塘、激起水冠的扣有着众多含蓄的晕圈。那是帮助它推卸这滴雨的重量的。

诗人在此问道："还有什么在你的触及之外？"那应该是重量。

"夏天掠过，在你的内部停留、成熟。/在梦里，随平原，随群山流淌。你的拥抱热烈，/但不使大地羞于背叛。"（《雨》）雨在扩展、在请求。它在借助夏天之暴风隆起，也跟随平原与河流整顿自己对尘世的袭击。但天空与女性在雨的笼罩与辩论中，处于相同的弧度上：谦卑地弯腰。"孤独的、受尽苦难的姐妹/请把歌声留给我，/因为它是起源，在时辰之上。"起源在高处发生了。但雨和歌声，受到女性身体和嗓音的定型。降临和弯曲相互组成。当我们听到歌声中的婉转时，是否知道来源在这里驼了背？

当"那么多的你，在不同的位置围着你转"（《梦》）的时候，诗人的词语找到了身体里的重心和上升、浮动的方法。在梦里膨胀的意图像"花"或者更具动力的"涡轮"，让因果在阴谋里转动和磨损。"有多宇宙，就有多野蛮。"当事物借助梦变得如此庞大时，我们的大脑只能按捺不住，为它画出一个遮天蔽日的蘑菇了。

诗人谢笠知的语言形态，我可称之为持续的、一起又一起的弯曲状态。它们汇聚了某种透明的流动。流动将在某些重叠的边缘处，向着各自的道路再次展开细分。而阅读者将在这种重叠和区分之中，经历到某种锐利和野蛮的弧度，如同驼型本身之中积累的重力和反复上浮的圆峰，提示着不同阶段。感知的复杂度，正被诗人精妙的词语切削得微薄。

二、经验之集合：以"花"为变焦器

在谢笠知的诗中，空间移动的方向是多边形的而速度也是多变的。

在《你站在山坡……》中，诗人写道："你站在山坡，样子像十七岁/轻声说，爱呀，是竹林里飞窜的蛇影。/你更喜欢成熟的果实、稻谷的芳香，它们像一个吻，有饱满的形状。"如果"爱"如飞窜的蛇影，那么，连撑起竹林里世界翠绿的藤蔓都无法充当。而"果实"与"稻谷"，却可用香味扩展出一个吻。"成熟"与"饱满"就这样被诗人谢笠知赋予了"爱"，而前面出现的"蛇影"，可以像褪掉的皮那样退场，翠绿可以靠竹林站住脚，空间稳定下来。

"后来，你那么难过，说如果我不爱你，/你要像一场暴雨刮过天空。"这不仅是天空态度、密度的改变，也是速度的改变。"我知道在没有泪水会把你/举得那么高——/再没有割开我们的比这更非凡/更坚定的空间。"（《你站在山坡……》）这一场暴雨有接应者吗？有。它是由情绪内部的眼泪生出的一个动词：举。它意味着，这种情绪学会了一种高度，一个内在空间可以借助雨扩展成一种涉及到地区的气候，而爱也迅速地完成了它的空间结构。

这种空间经验之中的速度变化，乃是以"花"作为变焦器的。我们来看《短歌》中的句子：

> 这么多年，你终于知道
> 绽放即热爱。把纯洁举往高处，
> 你才理解为什么
> 花朵和天空要互相赞美。

花朵绽放时释放空间，为"纯洁"的上升提供一种嗅觉上的浮力，也提供视觉上的变焦器，像蜜蜂依靠振动来为甜蜜提供味素和马达一样。在我们无法完全清晰地投身于纯洁和甜蜜的时刻，转动（绽放）和振动都是必要的手法，如我们用在摄像机或嘴唇上的手法一样。"一朵白云正裹着另一朵白云"，这种紧密性是蓬松的，如同缓刑，将原来的中心翻卷出来，注入另一个新的中心里去。

谢笠知也颇擅长在经验中引出斜角："确实，你曾惊讶于／你起飞的一瞬，像春天／猛地向一个目光倾斜，／并释放出激越的芳香。"（《短歌》）诗人所使用的"倾斜"这个词，使得惊讶的经验加速了，好像轻盈的春天顺着目光的注视，滑向了有命运感的下方。正如她后面写道的"雷阵雨往小巷倾泻"，为了暴露命运的体型和它潜伏的"限度"。

三、"爪"：收缩的命运

爪像横切时间、逆向而去的花，快速而坚定地回到蓓蕾。在《惠莲》中，诗人将一位女性"惠莲"头脑中的声音，和与这个世界有关的响动、行为编织进了一种和声、合唱之中。声音似乎来自惠莲头脑内部的某种病痛，这使得她的生活在谢笠知的诗句中出现了一种几乎无法断句的急促感。谁知道惠莲的头脑里究竟发生了什么？那汩汩冒出的声音，是从哪个渊池里诞生的？在"菜市场"，在那些需要从嘈杂声里，摸到草绳捆绑被捕获的食物，并辨明公母的地方；在"五金店"，在那些金属恒温地躺着、等待人们在正确的使用中重新发热的地方，声音已经在拼装自己的骨骼和肉体。当惠莲在这种声音的欢庆声中逐渐死去，她伸向丈夫的手如同蕊。但等待这些蕊的是"弯曲"、"颤抖"、"扭动"、"发黑"，像被注射进了命运深暗的喘息一般。被丈夫勒死的尸体，由他重新安排，用窗帘的坠绳再次悬挂，如同有关女性命运的一根词条，从惠莲被看做是失控的头脑中引申出的。一个丈夫杀死自己已经深陷在声音中的疯狂妻子，几乎没有任何自相矛盾的地方。但他杀人并重新定义了妻子的死法之后，崴了脚似的行走方式，似乎又在推翻着什么。那么，诗人又能在这首关于催促与索命的诗歌中，扭转或锁定些什么呢？

这里的声音，起到了一种链接的作用。它链接了行为，而且加密了它。当人们以阅读的目光扫过它的时候，听到了它为女性命运配上的属于惠莲的口音。惠莲被声音所捆绑，也是被有关女性的循环定义所捆绑。她那五年来一直和另一个女人住一起的丈夫，完成了对她的无限循环的定义。她死前在他的膝盖下流泪、弯曲，只是更明确抵达了循环的底部。《惠莲》这首诗中的叙述令人惊叹，读者仿佛感到水从词语中漫上来时广阔的环。

通过谢笠知的《柳氏》这首诗，我们似乎可以把惠莲那极速收拢的时间缓缓松开，像打开手掌里的一卷头发，从女婴一直延长到柳氏弥留之际：

> 她是难产、夭折、自尽、欠收、
> 断梁、旱涝、鸡瘟的根源，是一切天灾人祸。
> 她住过的草房，碰过的农具、家什、
> 动植物，甚而空气，都是灾难。
>
> （《柳氏》）

词语是我们人类最适口的食物。我们一边吃，一边和它一起发展语言中的身体。而却有柳氏这样的女性，在一个地方，在村民们的吃相中，没有长大。她的存在可能弱化人们的齿龈音，所以人们将她含糊地、像一个拟声词那样漏掉了。而她在自己的环境中，成了一个兔子般的动词，尽全力完善洞的系统。皱纹——必须是平静的、带着缓解暴晒的阴凉和灰尘的——缓缓堆积，由她那小女孩儿般的神态整理着。

是的，"孩子"的表情贯通着女性生命的始终，而不做其他的领会与切换。柳氏几乎是归纳和重复着人们关于她的结论，仿佛一个幼儿执拗地通过这种结论来学习说话，并将这种话语中的措辞方式进一步规则化一样。"母亲、我，妹妹；婆婆，柳氏，女儿……"，或许，柳氏觉得这些词在句子中的位置非常接近，因而可以通过其中任何一个词探知正确的语法规则本身。这些词语和意义之间，这些人物和道路之间，这些配置痛苦的音调与语气之间，有多么奇妙的设计感。

柳氏与那个在厚重的白麻布之下窒息的妹妹，相互盗取了对方的身份。妹妹的生命在阳光下，由母亲伸手递出的白麻布覆盖。她粉红的脸成为了柳氏一生中一块具有吸附力的咒语：柳氏在向着妹妹被遮盖的那一处命运生活，好像河流之水涌向一处巨大的沟壑。但使得这种倾斜得以可能的，却是世间的重力。它在从"女婴"到"女人"的每一个步骤上复制自己的质量，并添加关于负罪与惩罚的信息。夭折的女婴更像是柳氏的真正来源性的母亲，而不是妹妹。这个出生仅三天的孩子为柳氏的意识进行了第一次命名。"被遗弃"终于顺利地降生到柳氏的命运中来，并等待着得到更为充分的滋养和证实。

柳氏生活于动词那完全的不及物状态：她的行为不能寻求任何协助和承受者。在那个"看上去仍是完美"的、"足够容下她的小身躯"的"发霉的坟"里，柳氏像一块只能靠斜斜地映照而拖住太阳后腿的深井那样呆着。但谢笠知对柳氏的呈现，却触及了我们的每一种知觉（这当然得益于从雷武铃那里学到的经验描述方法）。诗人从那个"光照不到的山坳"开始引出一个类似口传的故事，具有知觉渗透力的场景逐渐包围过来，而事物碰到柳氏时的触觉是轻微的，如同天空的圆月只照亮了一位女性小脚顶端的那枚脚趾，并创造出了她那圆而封闭的道路一般。这条道路给了她所谓"偿还"的意义。因为她要再次填补妹妹那已经发生过的死亡。村民对她的生存位置进行推断，而她在意识中有一个更直接的推断。这个推断使得她所处的循环的空间得以下陷到阳光所能照射的区域以及人们的视线之下。

在《柳氏》这首诗中，诗人谢笠知给了读者一种音色，一种来自"柳氏"的身份的音色：没有自己的名字，她的一生附着于一种柔软、摇晃之绿。而我们只能从"柳"的影子里看到她的动作。直到最后，当她病得几乎无法说话的时候，听到由她发出的"吹哨"般"尖细"的声音，仿佛穿插在柳树中的叶片般薄而偏颇的细胞终于挤出了自己的气息。但这股气息掀开的却是下方那埋葬牺牲者的泥土。

女性的命运在这里是作为一种意识为大家所共有的，正如别人和她们自己为女婴起名以及她们组织语言的方式一样。但母亲、柳氏和妹妹三人形成的结构，和她们在语词中出现的位置，却来自于诗人独特的发明。好像三块玻璃，在阳光中只能空洞地向对方发出反射、吞咽自己的动作。而周围是波涛般的黑暗，她们无法追溯来源。不过，命运既然周而复始，那么，柳氏也只能在这种起伏和回旋中，缔结自己与无数个"她们"的同盟，如同一片沼泽。惠莲、柳氏这样的女性如同根须一般，细腻而危险地生活在这缺氧的地方。

即使是卡米尔·克洛代尔这样才能耀眼的女性，也依然会顺着这些根须在暗中消逝。"你把它搂紧，并融进/迅速燃烧的大理石/光洁的旋律之中。"（《自言自语的卡米尔·克洛代尔》）一个雕塑家留在大理石中的旋律，对卡米尔来说，是一种对听觉的磨损。"终于成灰烬，/终于进入彻底的黑暗。/我用最后的力气/封死窗户。/现在，我得控制寂静，/得驯服角落里/愤怒的土。"那挤进她听觉的，轰炸她的，是比她将度过的每一天都更庞大的寂静。"那时，你的心依然会说：/她有惊人的美，/她的美里/有让人畏惧的/无限纯洁的力量。"如果一个人用女性身上那种被描述为"纯洁"的高度来压低自己，那对自己恰好是一种温和的解放。

或许有一天，那种隐藏在大脑深处的黑暗，能够顺着语言爆发出新的声音。

四、结语：轮盘上的指向

花，好似旅行车上的轮盘。它领会着我们的视野，并把它压缩到我们的听觉和手势之间。在阅读中，我们借助这些花的转动，将某些方向推开，又会引诱某些事件和人物穿越空间来到我们眼前。

沿着谢笠知的诗集《花台》所构造的速度，我们在蝉翼的区间内游历，同时也顺着它的阴影落到了被飞行所甩出的阴冷处所。如同风进入到雨的阵列之中。那里，有人劳作、行为在雕塑般的格局里。好像是白天灿烂的回声，被隐藏在泥土里的根吸收、吞没。

重获的轻盈：读张慧君的诗

一行　撰

　　大约三年前，第一次读到张慧君的诗，给我留下深刻印象的是其诗歌嗓音的独特。这嗓音热烈、无畏，像"波浪、绸缎和火焰"，又柔软、洁净，像一些新鲜的水滴或鸟鸣正在林中发生。读完《独立日的光荣》这本诗集中的45首诗之后，这印象被进一步强化：那构成了她诗歌的魅力和统一性的东西，正是这轻盈而坚定的嗓音。尽管不同诗作的主题有别，在情绪、措辞和形制方面有着明显或细微的差异，但它们都从同一个声源或个体性的中心，以相似的频率和声调发出。用"轻盈"来形容这种音色的统一性，并不只是关涉语气的轻逸和明快，也并非意味着这些诗作中不包含沉重、痛苦和尖锐的部分。在张慧君这里，"轻盈"不局限于一种语气、情调或风格，而首先是生命本身的质地——生命在其直接性之中本就是"轻盈"的，即使后来经过了"伦理"和"痛苦"的中介，生命也仍然能重新获得、并保持其轻盈。

　　诗的轻盈，源于生命的欢乐。最初的欢乐是生命对自身活力的肯定，是对"活着"本身的热爱和欣喜。这种原初的活力和热忱，构成了张慧君较早时期诗作的底色。在这些诗篇中，我们可以读到她对生命之"美好与自足"的直接感受。这些诗是"明亮"乃至于"明媚"的，譬如《十一月》中那些被"兰膏明烛点亮"的"穿黄装、红装的大树"，它们意味着"幸福的允诺，和接踵而至的美丽"，并"让我心态慷慨"。生命自然而然地寻求着幸福，它甚至不需要获得幸福，只要在"幸福的允诺"
中便能感受到美好。《十一月》以一种"明亮修辞"来言说季节
中的风物宜然：

> 闪电般的银杏叶，像金色的邦德女郎
> 只瞬间就铺满了街面，成为
> 你目光的尤物。晴天和阴天，都带来
> 一派自然的盂兰盆节。

而要"爱上这静谧、丰盈的日子"，还需"更耐心的等待"、
"腾空"和"容纳"。这就类似于生命束紧线条，在高处萦绕出
花叶和果实，等待着阳光来恢复自身蓬勃的血脉。所有这些对季
节、时日的感受，都极具女性特质。另一些诗作中，这种女性特
质体现为对人、对事物进行细致关怀的本能，并通过对某些词语
的偏爱显示出来，比如对"细"、"小"、"微"的关注，对"初
生"与"新生"的关切。同时，与这女性特质相重叠的，是诗
人嗓音中内置的某些动物（特别是鸟类）的声音形象——许多
诗句的清柔脆亮像是出自昆虫或禽鸟的鸣唱，带着细绒似的柔软
度。比如，《麻雀、鸫鹩或乌鸫》中就充满了"茂密、翘曲的声
音"，"每一口吮吸都啄出一个洞来"（诗的结尾是"跻身群鸟的
形象"）。"轻盈"的这几种起源——生命对自身的肯定、女性特
质和嗓音里寄居的动物——在《群山回响》一诗中得到了美妙
的汇合。《群山回响》里，"你好"和"早上好啊"这样的问候
语甚至变成了象声词，从昆虫、鸟类和植物拂动的枝叶发出。一
种"雾露"似的气息，弥漫在诗的每一局部和褶皱间，幻化为
根须般的纹理和曲线。这首诗对"地底水脉"如何"滋润、刺
穿、缠爬、哺育"坚硬黏土的感知，对鹦鹉、蚁巢、孔雀、蝴
蝶和蜻蜓等动物的丰富细节和多样动态的观察、述说，使得其中

的"轻盈"和"明亮"超出了类型化的情调，而具有了微妙的真切感。这样的作品显示的是原初意义上的生命与万物相拥、相通的"同感之心"，它与女性或母性中的关怀本能是完全同构、相互支撑的。女性生命在其原始性或直接性之中，总是以一种"绵延又跌宕的爱与善意"来呈现自身，并将周围世界及其中的事物都感受为美好、生动的东西。这种对万物的爱和善意也是生命的自我肯定，从它而来，张慧君的诗不仅具有天然的抒情气质，还有着温暖的感召力。

然而，"直接性的生命"的自足与完满，在这个世界中却无法永远保持下去。《群山回响》结束于"一段美好时光的结束"，虽然"不忍心"，但它总会、也必然要结束。生命总要进入到伦理之中，这种"伦理"并非自然性的纽带（生命与万物的原始感通），而是历史和社会中的关系，它常常带着政治和权力的印记。女性的生命尤其如此：一旦步入现实领域，社会结构之中包含的性别压迫、歧视和依附关系，以及由此产生的女性内在的焦虑、紧张和分裂感，就必定成为意识中被强烈体验到的事实。于是，女性的生命就被社会、伦理和权力所中介了，这类似于"怀孕"的过程——怀孕就是让他者进入自己内部来改变自己，并将这个"自身中的他者"作为他者孕育、诞生出来。在这样的中介过程中，历史和现实中的多数女性成为了权力结构的附属物和被压迫者，因为大多数怀孕并非源于爱，而是源于权力和强暴。当这些中介物进入到诗人的意识经验之中时，如果足够诚实，她的声音必然会发生变化。在我看来，张慧君的《书写之手》就是对这一变化的暗示：

> 有一刻钟，我们谈论到写作中
> 的地狱、炼狱和天堂的阶段问题，
> 你没观察到，一种常绿树木的、

　　成熟苹果般的气息，像激情全部
　　弥漫在我身上。我伦理般颤抖。

　　诗是一种语调，一种发声方式。就此而言，诗人的全部身体聚集并再度映现于她的嗓音。而诗人嗓音的变化是因为伦理的介入，这种介入用一个奇特的比喻提示出来："我伦理般颤抖。"在这一刻，轻盈、明亮的音色，出现了颤音甚至失声。诗人意识到，在这个世界上，女性的灵魂被当成"虫豸"，还没有真正拥有"自己的历史"，还没有获得自我意识。这种没有自我意识的灵魂，即使去爱，这爱也是残缺和不完善的（"爱中的不完美令人难以忍受"），它无法抵御权力和暴力。这首诗采用了但丁《神曲》的方式来谈论"写作阶段"，而对女性诗人的写作来说，停留在"直接生命的美好"之中是不充分的，它需要直面"尘世生活"这一女性灵魂的地狱和炼狱。能够写出"直接生命"的明媚，当然是一种天赋。但是，任何天赋又同时是一种危险，它容易使诗人固定、沉溺在这种天赋带来的优美声调中，无法突破本能的局限。天赋引导着我们走到某一地点，但从这一点开始，天赋就变成了我们必须克服、修正的东西。而我们只能用真实来修正和克服自己的天赋。

　　真实的生命是经过中介的生命。对"中介"的意识，在张慧君的近期诗作中不断出现，比如《蜜蜂》一诗就清晰地呈现出从"直接生命"向"中介性的生命"的转变：

　　我完满的自我破裂。
　　那些质地精纯的白色面纱、白色裙子
　　不再是你！那些手工地毯上
　　小世界里的小太阳，也不再是你。
　　在天空离地面最近的高纬度苔原，

> 明亮的雪橇像蜡做的翼滑坠。
>
> 脸颊贴脸颊，他们也不再叫你女士
>
> 过去不是你而翻新是你。
>
> 你新长的蛰针是你……

　　《蜜蜂》是女性的自我认识之诗。它用"不再是你"表述的一系列否定句，是在拒绝以往时代中女性的命名、形象和尺度。与诗人此前的诗作相比，这也是在突破"直接生命"的原始自足性。第一行"我完满的自我破裂"即是"直接生命"的破裂，这种"直接生命"的纯白、洁净，以及装饰性的温暖（"手工地毯上的小太阳"），都不再是女性的尺度——那些尺度曾服务于男权社会对女性意识的塑造和强加。"过去不是你而翻新是你"，这意味着一种新的尺度和自我理解，正在女性身上发生，它为女性准备了"新长的蛰针"。"蛰针"这一蜜蜂用于自我防卫的器官，暗含着对自主性的强调，女性不再是天真、柔弱，而是有能力保护自己、照看自己的新人。这样的女性并不惧怕"钻进车厢"和"误入迷途"，相反，她在一次次与现实结构的斗争（"撞击过玻璃"）中成为了自身，"你成为了你的发现者"——对自我的发现首先需要的当然是"勇敢"，但也需要明亮、温暖的理念。

　　诗人从"直接生命"转进到"中介性的生命"之中，在一定程度上意味着诗歌写法和内容的改变。比如，张慧君此前主要是一位具有抒情天赋的"形象诗人"（在薇依《论司汤达》的意义上），而在这一转进之后，她越来越像是一位"观念诗人"（尽管仍然保持着抒情声调）。"观念诗人"主要从事对社会和伦理的观察，他们愿意使诗歌落脚于事实或中介性的领域之中。我们看到，《独立日的光荣》中的不少作品，都试图在这个中介性的领域多作驻留。除了《蜜蜂》之外，《路过精神病院》中那个容纳"被遗弃者、边缘者和被损害者"的贫民窟一样的"精神病院"，《存在》一诗中那"无情碾压不能适应的人"的"格子间-机器"，都是中介性的社会装置。当诗人将目光投向这些一点也不美好的事物和装置，她在此前所呼唤的"爱与善意"的同感心，才获得了坚实的内容。这投向他者的注意和目光，构成了《给今生》中"我感到社会图景坚实地站在，我的身后"的缘由。而女性自我意识的获得，仍然是中介领域中最核心的问题之一。《子宫独白》集中于"怀孕"这一主题，它以一种集中而锐利的方式显示出女性在世间的处境。诗中出现的"冰冷的小钩子"固然是异己的中介物的形象，而即使是"美丽的小海豚"（"胎儿"的隐喻）也同样加深着女性的依附地位：

> 一头美丽的小海豚游了过来
> 它钻到我们的裙子下，拱起皮球般
> 的脑袋，冰凉、可爱的嘴和一百多颗尖细
> 的牙齿，突然咬住我……

通过将"怀孕的子宫"与"小海豚"的形象进行关联，诗在美丽外表下书写着突如其来的剧痛。"子宫"也许是美好生命的起源，但是，它所承受的暴力和痛苦却往往被忽略。由此，诗人发出了对结构的质问："如果我们不愿再向这个世界奉献/处女般的无私和动物般的负担呢？"这样的质问并不是要拒绝生育，而只是在寻求一个平等的、对话性的地位（因此诗的结尾是"我也邀请你，和我一起对话。"）。相比之下，《代代相传》则更加激进地言说着婚姻和生育对女性的伤害：在女人成为"母亲"之后，"爱"总是迅速流失，被"无性的婚姻"和"阉割梦想的丝绒软垫"所取代。诗人看到，男性"仍然在禁止和掠夺"，这样的暴力结构中，她只能作为"一只夜莺/狂热地繁

衍着永恒和绝对。"这是对柏拉图《会饮篇》中苏格拉底讲辞的倒转：柏拉图笔下的苏格拉底声称，人类的生育是通过代代相传的繁衍来摹仿不朽，但它并非真正的永恒和存在；而在这里，诗人拒绝以生育来进行对不朽的摹仿，试图通过"书写"来直接抵达永恒和绝对。不难在此看到，张慧君诗中的"女性意识"和"书写意识"是共生在一起的，这种共生和缠绕关系，在《身体的故事》《房间》《书写之手》《新年问候》《路过精神病院》等诗作中都有体现。

在"中介性的生命"这一领域，可以区分出两种中介力量或中介方式：其一是被社会和伦理、被日常生活所中介，其二则是被各种观念性的力量所中介。就前者来说，一位女性诗人，既因为日常生活与书写之间的紧张而焦虑，又因为日常生活中男性与女性、底层与上层、上一代人与下一代人之间的斗争而焦虑。而从后一种中介来看，诗人固然也受到各种观念的影响，但由于其反思性的敏感，作用在她身上的观念往往同时构成解放的推动力之一。这与缺乏反思能力的大众受到意识形态观念操纵的情形并不相同。在张慧君的诗中，不同来源的观念的涌现，恰恰是她对世界、对自身、对女性的位置进行反思的契机和凭借。例如，在《失去的生活》一诗中，诗人由于她翻译的美国女诗人而被带入到一种"失去的生活"之中，并在一本哲学书上看到了"欲望痉挛的丝带"和"正义湛蓝的丝带"之间的差异。她由此想到我们生活中的分裂："好像这个世界是由/两部分人组成：/一部分人在喧嚣的热闹、/语言的困境中轻易地谈论着含混的民主；/另一部分人，/从来不能够说出/'我爱'、'我幸福'又'满意'。"显然，诗人对这一困境的理解，参照了其他人的生平、作品和观念。而为了走出困境，我们也需要观念或理念的引导。《独立日的光荣》中频繁出现的各种哲学家和诗人的名字、言论和术语，都意味着承认某些观念的中介对于诗歌来说是必要的。《给今生》中就出现了柏拉图、帕斯卡尔、德里达、尼采、德勒兹、司各脱和叶芝等人观念的踪迹。张慧君在诗中多次提及柏拉图的灵魂与爱欲学说，《给今生》《代代相传》和《论明澈》都是例证，但这也许是受薇依影响的结果，而薇依则是《新篇章》中灵性生活的向导。薇依身上那种罕见的纯洁和彻底性，对张慧君肯定有致命的吸引力。这样看来，与被动地接受日常生活中权力的入侵不同，诗人在接受观念的中介时，常常是主动的和选择性的。她将这些"概念人物"当成自己的榜样或"新生自我"的助产士。

"经过中介的生命"需要经历分娩，但真正的"精神分娩"并不生出他者，而是生出自身，亦即生出自我意识。女性的自我意识，只有通过个体精神的分娩才能诞生出来，而这个"新生自我"的方向，是朝向"我从未去过的地方"，并产生出"一套新的视力表，一种更新的语言"。这一艰难的"女性的时刻"，就是"独立日"。"独立日"首先意味着：一个直接性的女性生命，通过中介、反思和精神分娩，解开了意识中"黑色废墟的缠绕"（《女性的时刻》），发现和认出了自己，从而成为一个具有自我意识的新人。它还意味着，女性抵达了一个"决断的时刻"，对自我与他人之间的关系做出了决断（《夏日的联系》），这种"决断"意味着用爱、对话和平等的关系，取代此前的权力、暴力和等级关系。在第三层意义上，"独立日"还意味着"我们这一代人"或"青年"摆脱父辈们的权威和阴影，真正成长起来的时刻，"我们"的信仰是用劳作和爱，使自己"内在于真理、生活和美"（《我们，一代人》）：

> 是的，出走的我们永葆青年时代的信仰。
> 白天是我们的独立日，
> 那么傍晚，就应在友人的胸怀，

卸下月亮的晦暗。

"独立日的光荣",由此既指向"女性的独立日",指向布满荆棘与痛苦的自我意识的荣耀;又指向"青年一代的独立日",其间回响着骆一禾《先锋》式的声调和从容述说。在这样的时刻,生命重获了自身的轻盈,一种"在顶点轻盈来去"的"宽慰和恩赐"。诗人说:"这是一个非常宁静、俭朴的时刻/你终于理解了永恒/当我们,婴孩般返回/又甜蜜地沉睡在梦中。"(《我们,一代人》)相似的安宁声调,也存在于《独立日的光荣》这首诗中:

> 落雨,蝉也期待。空气如大提琴般
> 明亮而从容。万物演奏着舒缓、潮湿的潜在音乐
> 是原始的丰饶之海,从种籽中成形。
>
> 而我也已完成爱和信赖的公式,
> 剩下只需细微调整事物的局部秩序,
> 更美好的生活,将由答案给出。
>
> 天一直很明亮。树在升腾和坠落,
> 向着两个方向。这是晚近的风景中
> 灵魂处于悬崖,更普遍,更深谙。
>
> 我几乎听到了这样的话语,"你遭遇了什么?"
> 所有的形式,都仿佛通过了美妙的隧道,
> 进求单纯的本体,真确的所是。

在这里,中介性的生命作为一条"美妙的隧道",被经过和

穿越了。诗人仿佛又回到了直接性的生命存在之中，寻回了嗓音中的轻盈。但这并非直接性的轻盈，而是经过痛苦、破裂和焦虑之后，重新抵达的轻盈。这颗"轻盈的心"仍然以"爱和善意"，将世界和万物经验为美好的、值得珍爱和信赖的，但在其深处仍然埋藏着痛苦和尖锐，正如《夜》之中不断重申的：这颗"心"是一颗"尖锐的、轻盈的、极度疼痛的空虚的心"。它重新肯定女性生命中那些最好的品质，但又时刻意识到这些品质正在受到世界的损害；依然抒情，这抒情的声调依然明媚和温暖，但在抒情中不再排斥日常生活琐屑事务的进入（《八月》），不再无视那些他者和社会装置。在这种轻盈中，诗人也重新调整了自身与语言的关系：用"外部、丰富和生命的富饶的身体"（《惶恐》），以"接受每一次新的敞开与辨析"的方式去"细心培育母语的胎衣"（《我们，一代人》）。

考虑到诗歌中存在的多重转义关系，最终来说，这"嗓音"的轻盈，其实是"身体"或"步履"的轻盈。这"步履"踏足其上的道路，是恰如其分地去寻找自己、认识自己和成为自己的道路。它引导诗人去理解女性在世界中的真实位置，去寻求那个正当和应然的位置，并塑造出一个独立的、充满同感心的自我。是的，没有什么比"成为自身"更艰难、更勇敢、也更值得去尝试的事情，对一位女性来说尤其如此。在生命的道路上，诗人是以手代步、用书写来行走的。她那双"永不凋零的书写的手"（《房间》）如此轻盈、又如此坚定，在寻求、认识和成为自身的道路上，步履不停。

2018 年 10 月于昆明

"在风景中成为风景"
——读孙文波《长途汽车上的笔记》

纪梅　撰

　　孙文波的《长途汽车上的笔记》由写作时间（2010—2013）和主题（旅途之作）相近的十首长诗（下文所及简称《之X》）汇聚而成。这部体量庞大内容庞杂的作品，既涉及旅途风景的显现，地方历史人文的传说和演绎，更关乎诗人对旅途生成的语言和自我进行认知和解释的实践。可以说，这场长途汽车上的旅行至少包含三重风景的显现：其一，旅途中的原风景；其二，对之描述所产生的语言风景——即"纸上的语言的旅程"（《之二》，10）；其三，对旅途风景、地方历史、传统以及语言和自我进行思辨的认知风景。

　　风景、语言和自我，混杂共融于《长途汽车上的笔记》中，彼此交叠，互相渗透，"这就像看到满山的竹子，它们一根根/独立摇曳，根却扎入地下，紧紧地纠缠在一起。"（《之二》，6）阅读这部长诗，也是观察风景在语言中的显现或被遮蔽，自我在风景中的消失或被修正。

1. 旅途和语言中的风景

　　不断地妥协，我把腰丢了，还他一个青春。
　　在夏日，我说话是吞雾，思想万里之外的
　　河山。其实我走着，只是自我的狂诞。

不靠谱中年，早已心存混乱，用放肆恶心情感。

——《之一》，1

这是《长途汽车上的笔记》的开章首节，写作者表现为一副深陷时间乱流中的中年人形象：有些颓唐，也不乏清醒自知。他已经过长时间的反抗（故有"不断地妥协"），认识到在时间（"不靠谱中年"）或想象的空间（"万里之外的河山"）中沉溺或显露的，是"自我"的质地和内容。

基于这一出发点和写作基调，《长途汽车上的笔记》涉及风景的观察是冷峻的，对旅途表象是存疑的："表象代替真相，考验着我的耐心"（《之一》，1）。纵然出现有关风景的描述和"记录"，也常常被引入到对"自我"和语言问题的认知中：

观察水。我是智者？铅云、浊水，被裹胁的
枯枝卡在桥墩上。这样的记录有什么用？
"你看到的那道闪电，带来的灵魂的
惊悚，让我问道"。我追寻的，正是我的疑惑。

——《之一》，6

诗人对风景的观察方式与自身的生存经验之间往往是互相投射的。在"不靠谱中年"，进入诗人眼中的风景是"铅云、浊水，被裹胁的/枯枝"，这副迟暮破败同时也是诗人心中之相。试比较二十多年前，在年轻的诗人眼里，自然和语言犹如（构想中的）"纯粹的女人"："无论什么角落都能抵达的语言/最终也是在我们的心里/代表了纯粹的女人，精致的花园/玻璃和明净的火焰的生动力量"（《从熟悉的文字中……》）。这些缀满纯净幻美花朵的诗句，来自"一位旧时代的绅士"（《秋日写景》）参考了书本知识后的想象。刨除了负面和异质经验的杂草，诗人

"精致的花园"与真实自然几无干系。这种以虚构修辞虚构的"话语消费"式的写作,不仅容易使描述对象从美学化、风格化的景观意象群中逃逸,还容易形成波德里亚所说的"一堆无法降解的能指废料"①。与之相比,《长途汽车上的笔记》中的风景描述,既遵从诗歌的逻辑,更符合现实经验的感知。诗中景象既是个人所见,也为同时代人的共属经验。

从"精致的花园"到"铅云、浊水"并非朝夕之变。作于1990年的《还乡》中,诗人已意识到"完整的一幕幕情景被打乱"。衰亡的气息侵入摇晃的生活之轨:"在晃动的火车上,我坐在窄小的乘务室;/它不比一个墓穴小,也不比一个墓穴大";丧失感和恐惧困扰着诗人:"褐色的,绿斑纹的蛇,它迅速运动的躯体/它嘶叫着使空气颤动的事实,是什么?/在没有了告诫善存的苹果树的现在,/它会给我带来什么?家园?还是一个/比家园更隐秘和虚幻的居住地/'你们必须永远从这里离开!'"

与理想的"家园"一起消失的还有自然。在唯物主义和消费潮流的夹击下,自然被进一步商品化,其权威性和秩序的规定性内涵几乎消失殆尽。更准确地说,自然在消失这一发生了数十年的事实,此时开始被诗人注意到了。纠正了对自然世界田园化、牧歌化的浪漫表达,诗人直面一个"钢铁的时代,水泥和众多规则的时代",以及其中以"新"为标签的各类景观:"两台拖拉机""两层小楼房"……与诗人的理想"生活"相对立,现实中人追求基本的物欲与"渺小和粗鄙的快乐"(托克维尔)。失落和不满的诗人保留了书写的形而上地位,将"书"视作故乡,作为堕落现实的补偿:"是什么使但丁放弃了佛洛伦萨与尘世/仅仅是贝雅德利齐?是一册书。书即故乡。"

---

① 让·波德里亚. 象征交换与死亡 [M]. 车槿山译. 南京:译林出版社,2012:279。

这种对立观念在 20 世纪 90 年代的若干诗歌中留下了痕迹，如《飞翔》将里尔克的"何处，呵，何处才是居处"作为题词；《搬家》援引米沃什的诗"多年来我无法接受／我在的地方，我／觉得我应该在别的地方"作为题词；在《在无名小镇上》将兰波的"生活在别处"作为题词……看上去，诗人虽直面生活真相，却也强调此现实非"生活"的应有之义："经年累月，当你终于学会忍耐的窍门，／某一天你会说：现实，不过是梦幻的影子。"（《在无名小镇上》）这与诗人对消费时代的工具理性以及从中生发的平庸粗鄙的生活模式的厌弃有关，此外，或也源于诗人对想象中的"田园牧歌""迟到的热爱"（保罗·瓦莱里）以及"对词语的依赖"（《搬家》）。此二者又是互相转化和互相强化的。面对真理经验存在的微弱化，自然的商品化，经验的碎片化、平面化和去历史化，诗人将自我安置于"词语的房屋"，也可理解为主体在情绪受挫后的自我防御机制："于是，他夸大着纸上的人生。在纸上／建筑自己的家园。"（《十二圣咏》）。

在某种意义上，写作与旅行颇有相似之处：既携带着从来之地的经验和记忆，又幻想着新场域提供的自由和新奇。旅游的兴起与生活在别处的自由愿望——暂时逃离此时此地，融入更高更圆满的实在——得到了更便捷满足的机会颇有关系。沉浸在别处景观中的惊叹和迷醉，打断重复性的时间之链，使人们逸出有限的本土性经验和惯常场景，进入渴慕中的崇高、辽阔、神秘和轻盈。书写行为亦是如此，于现实世界遭遇的挫败越深重，越可能驱使诗人脱离感知经验，并赋予书写以神秘化和乌托邦化的光谱。

在同样作于 20 世纪 90 年代的《在路上（为冷霜而作）》《在电车上想到埃兹拉·庞德》等诗中，审美的基础不再是对日常经验的拒绝。穿行于"艳俗的银行营业大楼""鳄鱼嘴似的五星级饭店"以及"旁边女人浓重的狐臭气味"中，诗人的观看和写作不再是怀着宏伟抱负"编排历史",而是"挤公共汽车"似的遭遇:"街道两旁的景物一点一点进入我的眼睑"。这一表述既是进行时态的经验,又是一个寓言式的表达:无论是主动还是被动,诗人业已意识到,语言的有效性和主体性的生成,需参照历时性的生活境遇,并从社会领域里的日常经验汲取意义。

日常生活成为审美经验的主要来源,使诗人将现象世界视作认知的途径:"对于我来说,/能了解的世界永远不过是现象的世界"(《读保罗·策兰后作》,2009)。对现象世界的强调一度造成"风景"的消失:"现在,对于我哪里都不是风景,/包括那座传说中非常神秘的塔。"(《西湖苏堤纪事》,2004)诗人警觉到审美表象("风景")和审美语言("传说")对作为现象世界的"塔"的遮蔽,同时推崇语言最基本的复制—绘制功能:"在旅行的终途,/它明白了一首诗的成形并不需要复杂的像高等数学,/只要记下见到的就行。"(《反风景》,2004)在《中秋散步》(2008)中,诗人有意强调写作主体的退场,以使语言与"现象"保持同质、同步和同形:"我宁愿此时的语言如被惊扰的鸟,/在纸上乱飞,或者是巢穴被破坏的蚂蚁,/向四面八方散开,放眼看去一片片狼藉。"

不过,语言的模态化能使现象显形吗?对经验进行自然化复制便是遵从本真性伦理的写作吗?正如胡塞尔所说的,"只承认物理的东西是实在的(wirklich)"的"自然主义"最终将导致自我的击溃。因为,"经验本身不能回答有关经验的最重要的问题,因而必须在这样一种认识理论中寻求答案……"① 且不论诗人写作观念本身所包含的认知背景,仅就对物的观察和描述而

---

① E·胡塞尔. 现象学与哲学的危机 [M]. 吕祥译. 北京:国际文化出版公司,1988:9—10。

言，诗人所见的"山水"属于现象和经验，山水的"变化"和"一再被政治过度阐释"（《之四》，6）更是语言和其他领域的普遍现象。

> 譬如面对无数代人称赞的山水，虽然山还是山，
> 水还是水，我看到变化已经发生——
> 索取，已经改变山水的性质，使之成为商品。
>
> ——《之十》，5

在《长途汽车上的笔记》中，诗人已不再信奉对现象进行纯自然的观看，而是对所见持审慎和思辨的认知态度："表面上仅仅是自然现象。隐含的难道不是/法律问题?"（《之一》，10）"入目所见，/无论是琼楼玉宇、卧虎坐狮、舞妓乐工，/还是黄金面具、玛瑙凤冠、经文碑刻，都是/权力的隐喻。"（《之三》，3）诗人对语言复制性的记录也持怀疑态度：这样的记录有什么用?（《之一》，6）观看和书写的出发点，变成对"现实后面的隐现实"（《之二》，8）的认知和勘察。

2. 自我"脱嵌"的危机

《长途汽车上的笔记之七》再次写到朝向故乡的旅程。将"返乡"纳入这部以旅行为主题的长诗本身就值得玩味。在古典社会，还乡和行旅意味着截然相反的方向：前者是向内的回归，后者是向外的出行。所以古代行旅诗往往与出征、出塞或出仕、流贬等离乡之行相关。今天的故乡却因为对新异和进步的追逐而模糊了游子归途的道路：

> 扩张使尘土遮天蔽日。新街道呈现旧面貌。

> 如果不是导航仪，我们会找不到进入村庄的路。
>
> ——《之七》, 1

返乡之路被"扩张"的"尘土"遮蔽，既发生在诗人和更多人的现实经验中，也在隐喻意义上指向现代性的困境和隐忧。在工具理性指引下，故乡的风景化、商品化和"信仰的物质化"相伴相生："还在作为目标的不是逍遥游，也不是终南山隐，/而是把信仰物质化；靠山吃山，靠水吃水。/以至于荒凉也被做成风景，被迫展览强辞夺理的美//和单向度的前途。"(8)村庄在过度扩张中混同于其他任何一地的城镇化建设，故乡已无故可寻："在我身后，一座古城已经消失，仅留下/十几丈坍塌的城堞——蒿草在裂罅处茂盛生长。"(2)不仅记忆的物质形象凋敝衰亡，故乡的精神象征——由血缘建构的亲情和社会关系——也由于人们对物质的追逐而危如累卵："他对我讲家族的分裂；田、墓园、宅基地/的争夺，使亲情彻底消失，没出五服的亲戚们，/如今已'鸡犬之声相闻，老死不相往来'。/而供奉祖先的祠堂，已近坍塌，却没人出面修葺。"(3)故乡的核心内涵——以血缘组织的亲属关系，曾是宗法制度的根基，也是"自我"在物理层面的根源。这一确定性来源目前已摇摇欲坠，就像祖宗的姓氏"逊"在"走"中丢掉了自己的"走之"：

> 自我纪念和血脉的保存是困难的。
> 当我的叔叔说，"逊"和"孙"，不断地迁徙
> 改变一切，意谓着，在走中迷失了自我。
> 我说，这重要么——重要的，不是意义，是真相。
>
> ——《之七》, 7

风景的"祛魅"（马克斯·韦伯）和宗法道德的溃坏加速了

故乡与其象征性内涵的分离。故乡作为存在和社会关系的出发点和源头地位的丧失，加剧了自我"脱嵌"（查尔斯·泰勒）后的边缘感和迷失感："归属感，/必须落实的观念，成为不断纠缠我的观念。/认祖归宗的过程，变成感受边缘化的过程。"（9）不论是实体还是精神层面，诗人都意识到还乡的不可能："我了解到的/情况是，自己似乎已经丧失了精神上回家的可能性。"（9）

　　自我的"脱嵌"一方面造成了现代性的存在危机，也为主体走向成熟的"内在自我"并实现自治提供了契机。换句话说，从社会秩序和结构中解放，既可让主体获得现代性的自由："我甚至觉得，这样的老家，/回不回去没有关系"（10），也容易使人转向其他的或假设的"源头"和存在之链，以填补自我对同一性的渴求，如20年前《还乡》的诗人将词语和书写视作"故乡"和"乌托邦"。在今天，这座精神"房屋"也面临流动的现代性经验的销蚀和砥砺：

> 我知道，最终我会
> 成为汉语的孤魂野鬼。我知道，当我走出家门，
> 并没有另一个家门向我敞开。我知道，
> 我只能与时间打交道。而时间正在如涛流逝。
>
> ——《之二》，3

　　在现代性的世界，不再有一个稳定的意义源头和持续敞开的"家门"等候着诗人。被流逝的时间冲击上岸的残留物是破碎的记忆图景，混乱的经验和感知，如旅途中的拼贴画般闪现又快速消失的景物。这也是旅行与写作的另一相似之处：处理经验的流动性、破碎性和偶然性。旅行者和写作者是时代快车的乘客，与时代的混融为一，又是时代的局外人，其观察既投向旅途风景也指向内部环境。车辆的飞驰使时间和景物加速流逝，主体感知越

发破碎、分裂和混乱。这种状况强化了旅行者/写作者通过建构
一种具有统一性的叙述以实现身份认同的迫切和压力，也带来了
同样多的困难和陷阱。

围绕自我"脱嵌"造成的困境和契机，《长途汽车上的笔记
之二》集中展现了主体复杂和矛盾的感受：既有对此命运的接
纳："我不想模仿晚年的杜甫。但我很可能/必须像他一样，不
停地从一地漂泊到另一地，/不得不接受'青山处处埋忠骨'的
宿命之命"（8），也有对自我内在化的要求："我需要的是在内
心/建设自己的堡垒，就像泥瓦匠用砖和水泥砌出房子"（5）。
但在总体上，诗人对此境遇的接受是被动性的和不情愿的："有
时我只能用'谁此时没有房屋，就不必建筑'/这样的诗安慰自
己。不断面对/陌生的地方，带来的是新鲜感"（9）。陌生的
"新鲜感"慰藉着也提醒着主体身无所依的处境：

> 那么，我是不是已就此懂得漂泊的意义？
> 杭州、婺源、北京、鄂尔多斯，所有的居住
> 是借住。无论风景多么秀丽，多么辽阔，
> 带来的感觉彼此矛盾；越是赞美，内心越是疼痛。
>
> ——《之二》，9

"漂泊"和"借住"的动荡经验和内心的"疼痛"使诗人
渴望一处个人性的归属空间，以获得某种"自足"：

> 幻想着立锥之地，幻想着安逸、安静和安全。
> 如果说意义，它们就是意义；如果说价值，
> 它们就是价值。我告诉自己，什么是一身彻底轻松，
> 也许，这样就是。它让我不必眷念，欲望全无……
>
> ——《之二》，9

　　"脱嵌"主体对自我的看顾和怜惜有其合理性，也不乏自我中心化的危险。其"一身彻底轻松"的愿望和查尔斯·泰勒所言的"解脱式的自我理想"存在着异曲同工之处。伴随着现代科学世界观的发展，人们形成了一种新的"理性"，"不仅能够把周围世界客体化，而且能够把他自己的情绪和个性、恐惧和压抑客体化，从而获得了某种距离和自制，使他能够'合理地'行动。"① 漠视外部世界，将自我封闭于"安逸、安静和安全"的"立锥之地"，或许能令人获得超脱的面相（"不必眷念，欲望全无"）和看似确定性的意义来源和判断力（"如果说意义，它们就是意义；如果说价值，/它们就是价值"），但是，对此种"自由"和"自足"的追求，何尝不是受制于现代性的工具理性呢？稍显悲观地说，将"一身彻底轻松"作为目标的旅途，不但只能止于"幻想"（像诗人所说的那样）和自我告慰（需要主体不断地"告诉自己"以获得确认），同时还可能南辕北辙背离主体的初衷并导致其生活陷于狭隘化和逸乐化。

　　当"时间正在如涛流逝"，"我是不是已就此懂得漂泊的意义？"成为我们所有现代人需要进行自我追问的问题。说到底，外在世界秩序感的丧失，需要主体在自我和流动性经验之间建立更强烈的联系感来修补，自我的确认也需要被引入到具体的经验和语言中去考证。

3. 经验和语言中的自我身份认同

　　自我身份认同的焦虑是伴随着启蒙理性和怀疑主义而出现的现代性产物。在古典时代，自我被嵌在相对稳固的自然秩序和社

---

① 查尔斯·泰勒. 自我的根源：现代认同的形成 [M]. 韩震等译. 南京：译林出版社，2012：33。

会秩序之中。身在旅途的诗人，其愁绪悲苦可对应性地比拟于月、舟、孤鸿、乌啼、古道、西风等公用的意象资源。进入当代以来，不论是上世纪五六十年代"换防"式的旅行（如闻捷《河西走廊行》、贺敬之《桂林山水歌》、郭小川《西出阳关》《昆仑行》、邵燕祥《在夜晚的公路上》《走敦煌》等），还是80年代由词语虚构的文化性和观念性行走，写作者也不存在自我身份认同的困难。穿行于"青纱帐""甘蔗林"和"荔枝林"的诗人，是"我们"的代言人，享有权力分配的行走和言说的权威性和合法性，也在语言层面暧昧地分享了对自然物象的控制权和驾驭权；想象"一棵杉树变成森林"（孙文波《秋日写景》）的诗人，则内在性地自我派生和假设了"我是谁"的答案。当然，相对来说，后者因缺乏权力的膜镀而更多地裸露于历史、现实和自我感受之间，其自我认同也需面临更多的考验。一转眼，飞翔的姿态和歌唱的声音，不得不陨落至充满幻灭感的疑惑："孤单的桤树，你能代表什么？"（《还乡》）

从"一棵杉树变成森林"（自我的放大和中心化）退回到"孤单的桤树"（个体的原子化），源于写作者在词语虚构的文化主体幻象破产后对自我身份的追问。主体的式微或主体的分化激发了诗人对日常经验的关注，以及对叙事的强化。因为相对于脱离实际经验的抒情，具体的细节描述本身就暗含着对确定性的寻求，暗含着认识论的立场，以及书写主体重建自我身份认同的动机："透过双层玻璃窗，我看见大地像一册书/一样翻动；地名、历史，一切都显得/缺乏真实。我问到：我置身在其中吗？"（《还乡》）对自我存在的怀疑，导致诗人将实际经验中的"大地""地名"和"历史"也看作"缺乏真实"的。这种主体性投射意味着诗人尚未改变主客结构的视觉思维。

我们也可以从关键词的使用频率考察主体自我意识的变化。在80年代的诗歌中，"我"是孙文波使用最多的主语（间或出

现 "我们"），肯定性的陈述句则是其惯用的句式。在我的阅读视野中，"自我" 一词在孙文波诗歌中的出现要迟至 20 世纪 90 年代，而且只有不多的几次：如《上苑短歌集》中 "我打开酒瓶，微醉中自我祝福"，《向后退》中 "我怎么也无法在他皱纹密布的脸上读出自我的隐喻" ……这种出现要么是无意识的，要么只是一种语言游戏："我需要自我安慰（手淫吗?）"（《南樱桃园纪事》）。"自我" 大量且有意识地出现是在 2009 年。如《十一月十一日宿于林木家中而作》中 "不是占有，不是改变。是自我消失"；《静夜吟，空洞无物的诗》中 "反对，不过是反对自我的盲目" 等。在《长途汽车上的笔记》中，"自我" 出现多达 24 次。从某种意义上说，这部长诗是诗人在风景、历史和语言中建构自我身份的旅程："我实际是呆在河边，从流水寻找 '自我的确定'"（"之一"，5）；"我的语言需要在运动中找到自我与事物的联系"（"之十"，1）……从独一性的 "我" 到反身性的 "自我"，不仅意味着主体性的分裂和弥散，也说明诗人对自我的追寻从 90 年代初主体衰落的情绪反弹，到接受经验的不确定性和自我的有限性，并进而重新在诗歌书写中探究自我与历史现实的复杂关系。

在查尔斯·泰勒的概念中，"自我" 这一术语意味着 "身份（或正努力发现一种）" 和 "有必要深度和复杂性的存在"。泰勒说，"我们只是在进入某种问题空间的范围内，……我们才是自我。"①《长途汽车上的笔记》所形成的问题包括但不限于：今天还存在 "原风景" 意义上的自然吗？处于审美和认知之间的风景，与自我构成了怎样的关系？认同的界限在何处？

---

① 查尔斯·泰勒. 自我的根源：现代认同的形成 ［M］. 韩震等译. 南京：译林出版社，2012：46，49。

我们懂得的不过是小人物的政治。把新闻
从电视和报纸上吞进嘴里，再吐出来，
好像有了自己的见解。但真的有吗？
从语言上讲，我们懂得的仅是"政治"这个词。

我们是在修辞的"螺蛳壳做道场"的人。
祭坛上，放不进国家、阴谋、人事变更。
甚至也放不进股票、石油，和房价。
激情澎湃，拳头打棉花，才是现象之秘密。

—— "之一"，7

整体性的破碎强化了旅行者/写作者实现自我同一性的急迫，也制造了同样多的障碍。对视野有限的"小人物"来说，"新闻"和曾经的政治大词和宗教圣词一样，提供了一种整体性的视觉和认知经验，也提供了一种放大的自我认同。进一步说，像"新闻"一样进入传播渠道的"经验"和知识，以及权力结构等，又在形塑或限制着我们的认知能力和想象力。杰拉德·德兰蒂曾言："关于自我的典型现代话语也是基于对局限和可能性的承认。"① 对局限性的承认能使诗人更多依靠经验的深化，而非依赖先入为主的、甚至是被"新闻"所影响的观念："所以凝视，而不是凭吊；思考，而非赞美"（"之五"，8）。回到经验语境中的现代诗瞩目于"现象之秘密"，"诗人"则是将自身的有限性转化为可能性的人，是在修辞的"螺丝壳做道场"的人。换句话说，在理想的"花园"、"故乡"和"词语"的乌托邦想象幻灭之后，诗人唯有通过混杂的、复合的感知和想象，创造性

① 杰拉德·德兰蒂. 现代性与后现代性［M］. 李瑞华译. 北京：商务印书馆，2012：3。

地理解自我认知与现实经验的关系，在不存在终点的旅途中建构自我身份的认同。

虽然依旧可以邂逅古典性的赞美时刻："我真正注意到的是一簇野花，/几只蜜蜂——它们，在我的眼前呈现出安静的美。//向我暗示来到这里的意义。修正我在坑洼的/乡村公路上颠簸出的怨气"，但浪漫化的抒情就如"安静的美"一样只是短暂地获得持存。在自然之道丧失了经典意义之后，"采菊东篱下，悠然现南山"或"相看两不厌，唯有敬亭山"已属于一去不复返的古典世界，"一簇野花"和"几只蜜蜂"在今天已不能一劳永逸地作为自我的外在对等物。转瞬间诗人内心深处的认知焦虑再次泛起，溢出优美风景的视界："——哦，我来了，我看见。/这真的重要么？对它们的了解，/真的会彻底让我知道，自己从哪里来，又到哪里去？"（《之五》，6）

在一段相对封闭而又对开放性经验保持接纳的旅途中，诗人的观看和兴趣，表露的是主体的认知能力和智识深度。旅行如同书写，"既是一个选择过程，又是一个组织过程"①。

虽然观看即意味着主体在自我与风景之间形成了某种关联，但在不同的欣赏者那里，关联是否有效仍值得深究。诗人对外部世界的认识包含着对自我的理解，游客对"古人"的"表面敬慕"也暗含着建构自我认同的努力——虽然是一种注定失败和无效的摹仿式行为："我看见的来者表面敬慕古人，/不过是把古人当作风景"（"之三"，8）。在与风景的关系中，"自我"是丧失还是被确正，取决于风景是作为对话的一方，甚至启蒙和教化的来源，还是作为主体臆想的客体化投映。游客式的观赏容易导向现代化的自恋，在收获可疑的自我感动之时为地方和商家贡

① 乔治·H·米德. 心灵、自我与社会［M］. 赵月瑟译. 上海：上海译文出版社，1997：22。

献了 GDP："不过我一直私底下猜测，创立书院的人/并不是心志于此。……/……可惜的是，它作为/建筑保存下来；仅仅是建筑，成为旅游目的地。"（"之五"，3）"自我"的消失往往就发生在这一刻："朝圣般的拥挤，一再把我们往荒诞之境中推。/自我的消失，总是在这一刻发生。"（"之八"，9）

诗人在旅行中考察着旅行，在风景中反观风景，在书写中质疑语言，谨慎地绘制着自我的地貌，为高度分化与弥散的自我寻求着一个防御性的定义。在更积极的意义上说，对风景的观看能够将"自我"改写，成为理想中的"另一个人"。基于此，"风景"的成立，并不必然见于"长途汽车上"，也可以虚构于纸页之间："对于我，一次旅行或许真实，或许，仅仅是虚构。"（"之五"，10）而最终进入诗人认同的"风景"，不止山河，更是一些人：

> 回过头……，重新审视，我反复看到杏坛，
> 看到文公山和阳明山。在两河夹着的山顶，
> 心性的宽阔，无处不在。我欣赏把战士
> 和书生集于一生的人。说到风景，他们永远是。
>
> ——《之一》，9

对"风景"的最终界定，显示了"长途汽车上"的诗人将人的心智状况作为社会秩序的基础，将宽阔的心性视为生命意义的资源。对"文公山和阳明山"反复而心向往之的凝视，意味着对认知局限的克服，对历史的深度进行透视的努力，以及将自我与历史上伟大的"风景"模式之间建立启蒙和教化关联的愿望。这一审视也是失去灵魂家园和故乡的诗人回望精神性起源的象征性行为。

似乎回到了青年时代，推崇"心念才是原则"（《之三》，

6）的诗人感慨说："彻底的唯物主义者，到后来却依靠唯心主义救场。"（《之四》，8）在经历了漫长的旅途之后，诗人对"心"的推崇，并非简单地意味着将自我撤回到主体的中心化，或将自然作为自我的客体投射和规划物。对风景的"凝视"和"思考"，意味着自我的反省、深化和完善，意味着主体和风景之间交往性的动态对话。诗人的理想——"我已决定，在风景中成为风景"（《在南方之二》，2010）——暗含着浪漫主义的风景主题在现代社会的变形：在破碎的、流逝的时间和不确定的经验中，激活主体内部善和成长的可能性，与化身风景的灵魂共鸣，在历时性的空间里建构一种新的精神秩序。

2018 年新诗史纪

李日月、朱振华、欧阳黎明　整理

新诗百年

1 月，江苏省作协编辑的《江苏百年新诗选》在先锋书店召开分享会，该书辑录 1917—2017 年百年间的江苏籍诗人和长期在江苏生活工作的诗人 309 名共 598 首诗作，分上下两卷。

5 月，臧棣、西渡主编《北大百年新诗》，以时间为序，选入自胡适以来的北大诗人 107 位，收录作品 344 首，不仅历时性地呈现了各个历史时期北大诗歌的独特风貌，也清晰呈现出中国新诗的发展脉络。

9 月 21 日，中国新诗百年纪念大会在北京大学举行。300 余名来自国内外的诗人、学者及北大师生到场。北京大学校长林建华表示，作为中国新诗的发祥地，北京大学伴随着新诗走过整整一个世纪，推动了新诗从无到有、从稚拙到成熟的伟大蜕变。今年恰逢中国新诗百年，也是北京大学 120 周年华诞，北京大学将新诗百年纪念作为校庆系列活动的重要组成部分，希望能在新诗的百年传统中不断汲取守正创新的精神滋养。中国新诗百年纪念活动由三场系列活动组成，除本次纪念大会外，还有"中国新诗百年纪念大会学术论坛"和"百年辉煌——纪念新诗百年诗歌朗诵会"。中国、日本、俄罗斯、意大利等国 90 余名学者、诗人出席，并围绕"新诗百年的总体评述""新诗艺术特质""新诗批评与批评家研究""新诗与当代的关系""诗歌翻译"等议题进行专题研讨。

10 月 16 日，北京大学中国诗歌研究院、北京大学出版社、北大培文联合主办的"一生只做一件事：谢冕与中国百年新诗——《中国新诗史略》新书发布会"在北京大学隆重举行。

改革开放四十年

4 月，由西南大学中国新诗研究所、重庆市人文社会科学重点研究基地-中国诗学研究中心共同举办的"改革开放四十年新诗及各体文学发展青年论坛"在重庆举办。有三部分内容，分别是：认清改革开放以来的新诗发展现状；重温改革开放之初的时代语境及其带给中国当代文学研究的变化；最后一部分则是对青年作家的关注。

10 月 21 日，2018 武汉诗歌节系列活动之"改革开放 40 年与中国新诗论坛"在卓尔书店举行。20 多位诗人围绕中国诗歌国际化进程、中国新诗与传统的交融等话题展开了深入交流与探讨。

11 月 7 日，"灵性的回归——中国当代诗人绘画巡回展"在深圳飞地书局·艺术空间正式开幕，囊括了多多、芒克、欧阳江河、西川、许德民、潞潞、宋琳、吕德安、马莉、杨键、车前子、王艾、唐晋、李云枫、孙磊 15 位诗人。

11 月 7 日晚,《我们走过四十年》——首届"中国江苏·扬子江诗会"大型诗歌朗诵音乐会在江苏广电总台荔枝大剧院成功举办。

12 月 9 日,由广东省作家协会主办,《作品》杂志社承办,广州市增城区作家协会协办的"我们的声音,诗歌进工厂"系列活动之广州场在增城经济技术开发区举行,在诗歌研讨会上,来自全国各地的诗人、评论家以及"打工诗人"代表就"打工诗歌"相关问题进行了热烈讨论:在 40 周年的大背景下该如何看待"打工诗歌"?从诗歌本体上看,"打工诗歌"的语言创造有着怎样的美学维度?"打工诗人"与"打工诗歌"有着怎样的关系?"打工诗歌"在当代诗歌史上如何定位?杨庆祥:"打工诗歌"是"改革开放"的美学形式之一种;周伦佑:"打工诗歌"是改革开放的词语见证者;王家新:"打工诗歌"包含了改革开放最真实、具体的社会经验内涵;刘畅:"打工诗歌"体现了普通人在社会转型中的体验和态度;李少君:"打工诗歌"是当代诗歌史的重要现象;陈培浩:"打工诗歌"的诗歌史意义重大;霍俊明:"打工诗歌"的社会学意义在特殊阶段甚至超过了其美学上的认知;张德明:"打工诗歌"让新诗创作重新获得直面现实、关注当下的历史可能性;柳冬妩:优秀的"打工诗歌"文本都是语言问题的呈现与揭秘;郭金牛:"打工诗歌"穿透了一切"诗化"的美丽谎言;李明亮:真实是"打工诗歌"的生命本源和美学之基;郑德宏:"打工诗歌"将成为历史的"呈堂证供";许强:"打工诗歌"是世界劳工最有力的大合唱。

12 月 20 日上午,由中国作协诗歌委员会主办,成都市文联《草堂》诗刊与四川省乐至县共同承办的"中国作协诗歌委员会年会暨改革开放四十周年研讨会"活动,在帅乡乐至举行。

12 月 25 日,经中共中央宣传部批准,由中宣部学习出版社、中华人民共和国国史学会共同主办,北京德艺双馨公益基金会承办,中国作家协会《诗刊》社特别支持的"命运的抉择"——庆祝改革开放 40 周年大型诗歌朗诵会在北京举办。来自首都文艺界的 20 余位老中青艺术家联袂登台,以精湛的表演和深情的朗诵,为庆祝改革开放 40 周年倾情献礼。

穆旦诞辰一百周年

4 月 5 日,"一颗星亮在天边""纪念查良铮(穆旦)诞辰百年暨诗歌翻译国际学术研讨会"在南开大学召开,追念穆旦先生和他的诗歌事业。主办方还举办了穆旦著作版本展,以实物展现穆旦的诗歌创作和诗歌翻译成就;并举行了第二届"南开之夜"穆旦诗歌朗诵会。

4 月 21 日,海宁市徐志摩研究会在南关厢红学馆举办诗人穆旦百年诞辰纪念座谈会、诗歌朗诵会、穆旦诗歌版本微型展。

6 月,《穆旦诗文集》(增订版)(套装 2 册),由人民文学出版社出版。

9 月 17—19 日,中国人民大学文学院举办"纪念穆旦诞辰百年学术研讨会",邀请三十多位中外穆旦研究专家学者、诗人、翻译家与会。

杨开显《春到人间燕归来——纪念穆旦诞辰 100 周年》,中外诗歌研究（2018.1）。

霍俊明《穆旦诞辰 100 年 ｜ 他是中国现代主义诗歌的最早开拓者》，文汇报（2018.10.09）。

卫毅《穆旦百年 用诗歌照亮世界》，南方人物周刊（2018.7.10）。

11 月 30 日，浙江外国语学院中国语言文化学院博达论坛第 403 讲《今天怎样研究穆旦》由张桃洲、张洁宇开讲，该讲座认为：今年时值诗人、翻译家穆旦诞辰一百周年，在他创作活跃的 20 世纪三四十年代，即引起较多的关注；1980 年代初以来，随着其作品集的陆续整理出版，他受到了越来越多的推崇，相关研究也逐步深入。不过，近些年的穆旦研究出现了"同质化"的趋向，今后的研究面临如何更新、推进的问题。本讲座着眼于此，通过回顾和反思已有的特别是近三十余年的穆旦研究，提出激发穆旦研究乃至整个新诗研究的活力的可能性。

中国诗歌网很忙

3 月，与长江文艺出版社合办中国新诗首部季度选本《诗收获》，定位为"选本"。

5 月 29 日，主办第二届全国诗歌刊物主编恳谈会，在京召开。

9 月 7 日，承办第三届全国诗歌刊物主编恳谈会，在连云港举行。

10 月 6 日，中国诗歌网与美国华盛顿 PATHSHARERS BOOKS（出版有季刊 21st *Century Chinese Poetry*）合作开展汉诗英译活动。《诗刊》每期刊登的诗作及中国诗歌网"每日好诗"中的佳作，将有机会被译成英语，刊于 21*st Century Chinese Poetry*，其网站是 http：//www. modernchinesepoetry. com，并在中国诗歌网作专题展示。从十月起，中国诗歌网微信公众号推出"汉诗英译"栏目，第一时间发布当代汉语诗歌译介的最新成果。

诗星陨落

3 月 19 日，台湾诗坛"三巨柱"的最后一位、与余光中一道被世界华文诗坛誉为双子星座的"诗魔"的洛夫于台北"荣总"医院去世，华文诗坛巨星陨落。

3 月 26 日，诗人北海因病去世。北海（1943—2018），原名张继先，白族，祖籍云南大理。曾当过农民、记者、编辑。自由作家、诗人。1994 年起在中国大陆行走。共出版 6 种诗文集。

7 月 13 日，天津诗人伊蕾在冰岛旅游期间，因心脏病突发去世。上世纪八十年代，伊蕾曾以组诗《独身女人的卧室》轰动诗坛。有人将她和翟永明、唐亚平并称为当代诗坛"三剑客"。伊蕾，原名孙桂珍，1951 年 8 月 30 日生于天津。毕业于中国作协鲁迅文学院，北京大学中文系作家班。伊蕾 1974 年开始发表作品，1985 年加入中国作家协会，著有诗集《爱的火焰》《爱的方式》《女性年龄》《独身女人的卧室》《伊蕾爱情诗》《叛逆的手》《伊蕾诗选》。其作品曾获庄重文文学奖等。部分作品被译成英文、日文、法文、意大利文、俄文等。

年度史纪

1 月 11 日，《2017 年中国诗歌排行榜》在北京首发，排行榜设置以各种"十大诗人"命名，如"十大小说家诗人""十大艺术家诗人"等。

2月24日，《扬子江评论》杂志社主办的2017年度文学排行榜揭晓。其中，柏桦的《纪念张枣》、刘立杆的《刘立杆的诗》、朱朱的《朱朱的诗》、臧棣的《写给儿子的哀歌》、胡弦的《如果灵魂要说话》、陈东东的《虹（外六首）》、张执浩的《被词语找到的人》、蓝蓝的《蓝蓝的诗》、雷平阳的《天空里喝酒》、朵渔的《奇迹》等10组诗歌上榜。

3月24日，"当代诗歌与先锋性论坛"暨《新世纪先锋诗人三十三家》分享会在北京大学中国诗歌研究院举办。李之平主编《新世纪先锋诗人三十三家》集诗歌、评论、照片、手稿、创作谈等于一体，力图全面解读和认识新世纪先锋诗坛。与会30余位诗人、评论家围绕"先锋精神的必要性"、"先锋诗歌存在的问题"和"先锋诗歌的新可能"等问题进行研讨。

3月28日，由中国诗歌学会、北京大学中国诗歌研究院联合编撰的《中国诗歌年度报告》2017年卷在浙江浦江"中国诗人小镇"正式发布。《中国诗歌年度报告》是一份以中、英、法、俄、日等语种面向全球发布的中国诗歌白皮书。2017年3月，该报告2016年卷在北京大学首次发布，对年度内的诗歌活动、诗歌现象、诗歌出版、诗歌创作、诗歌理论研究和诗歌翻译等作了微观记述与总结。

3月，中国现当代诗歌史上首份女性诗歌刊物《女子诗报》创刊三十周年，京粤桂等多地女诗人以诗歌之旅庆贺。

4 月 1 日，"漂移丛书"在云南昆明文化巷大象书店首发，该丛书包括：一行《黑眸转动》，符二《如果月亮还不升起》，李日月《欢喜伦理》，邱健《音声小集》，方婷《磨喙集》，谭毅《家与城：来自漩涡的诸声音》，客是语《海的形状》，魏云《一代新人的诞生》，龙晓滢《"他们诗派"研究》，朱彩梅《怎样回归，如何表达——中国当代文学研究论集》，纪梅《情绪的启示》等 11 种。

4 月 6 日，由四川省泸州市人民政府、中国作协《诗刊》社主办的以"从平原到群山的礼赞"为主题的第二届国际诗酒文化大会在成都启幕，来自中外 8 个国家的 40 多位诗人相聚一堂，推出"国际诗酒文化大会丛书"包括《一小杯的快乐——中国现代酒诗精选》《诗酒文化论》等图书。

4 月 12 日，第 14 届"十月文学奖"颁奖仪式在四川宜宾的古镇李庄举行，胡弦《蝴蝶与北风》、树才《叹息》获诗歌奖。

4 月 25 日，凤凰网推出读诗节目《春天读诗·5》，阿多尼斯、谷川俊太郎、芒克、杨炼、黄灿然等作为节目嘉宾与全民共读优秀的诗歌作品。

4 月 28 日，由北京大学五四文学社主办、北京大学中文系协办的第十九届未名诗歌节——"诗歌与时代"在北大举办。

4 月 28 日，由湖南省社会科学院、中国诗歌网、《南方文坛》杂志社、湖南省诗歌学会联合主办的"首届张枣诗歌学术研讨会"在长沙召开。研讨会以"张枣的诗歌"为主题，着重探讨了张枣诗歌的思想内涵和艺术特征，张枣对现代汉语诗歌的贡献，张枣诗歌翻译与西方语言诗歌的关系，以及以张枣为例的现当代诗歌研究。与会专家从张枣诗歌的语言形式、写作手法、思想文化背景、观念与意义、文本解读、艺术价值等角度，着重探讨了张枣诗歌对中西诗歌传统精髓的融合以及张枣诗歌在中国诗歌史中的地位。

5 月 6 日，海南建省办经济特区三十周年，《致敬海南》诗歌选本在京首发。

5 月 12 日，中国永年·第九届河北青年诗会暨广府诗会在邯郸市举行，东篱、李寒、北野、见君、李洁夫、宋峻梁、石英杰等合称"燕赵七子"，发布"燕赵七子诗丛"。

5 月 18 日，21 世纪海上丝绸之路国际诗歌临高峰会在海南开幕。中外诗人就如何传承与发展海洋文明，如何在"一带一路"建设中凸显海洋诗歌的重要价值和独特魅力展开对话与探讨。

5 月 25 日，"都市文化语境中的诗性书写"第二届中国当代诗歌理论临港研讨会在上海临港当代美术馆举行。会议围绕着现代诗歌在精神内涵和艺术形式上与都市的关系、现代诗歌诗意重建的方案、现代诗人以"异乡人"的身份在都市的生存和创作三大议题展开讨论。

5 月 25 日，由中国当代文学研究会、廊坊师范学院、首都师范大学中国诗歌研究中心三家主办的林莽诗歌创作研讨会在河北廊坊召开。林莽是"白洋淀诗群"代表诗人，自白洋淀时期到现在 50 年来，在诗歌创作、诗歌编辑和诗歌活动多方面为诗歌发展做出了重要贡献。

5 月 27 日，第二届中国（金华）艾青诗歌节在艾青故里开幕。在研讨中，与会学者围绕艾青诗歌的"散文美"、"意象的开放性"、"诗歌语调与节奏"等话题展开研讨。

5 月 28 日，第三届"中国天水·李杜诗歌节"开幕并首次面向全球华人汉语诗歌写作者、研究者、编辑家及"一带一路"沿线国家杰出诗人征稿。

5 月 30 日"首届草堂诗歌奖"颁奖典礼在杜甫草堂博物馆举行，草堂诗歌奖旨在传承杜甫伟大的现代主义诗歌精神。分量最重的年度诗人大奖由尚仲敏摘得，罗振亚获得年度诗评家大奖，卢卫平、喻言获得年度实力诗人大奖，三位 90 后诗人李柏荣、马骥文、记得获得年度青年诗人大奖。

5 月 30 日，2018 闽南诗歌节——"诗歌与艺文教育"大型文化交流活动在闽南师范大学开幕。此次活动由闽南师范大学、台湾明道大学、福建省作家协会联合主办，来自海峡两岸的作家、诗人及学者等近 30 人围绕诗歌与艺文教育、文学与艺术开展深入研讨与交流。以诗歌为中心的艺文教育备受关注。

5 月，《〈上海诗人〉作品精选》由上海文艺出版社出版。这是《上海诗人》杂志自 2007 年 7 月创刊至 2017 年 6 月十年间所发表的诗歌作品一个精选本。

5 月，长江诗歌出版中心出版《中国女诗人诗选·2017 年卷》。这是一部由女诗人编选女诗人作品的年度选本，由海男、施施然主编，潇潇、安琪、金铃子、横行胭脂、谭畅、冯娜、戴潍娜担任编委。她们以专业而包容的眼光，策划出版了这部年龄跨度从"50 后"到"90 后"的女诗人年度诗选。诗选共收录92 位当代中国极具实力与创造力的女诗人的作品，从女性视角出发呈现出时下女诗人写作的真实面貌，展现了新时代女性诗人的独特魅力。这对于促进人们了解当下女性诗人群体的写作状况具有重要意义。

6 月 6 日，"芒种诗歌节"2017 至 2018 跨年度十佳诗句评选活动在天津市举行，评选出 2017—2018 跨年度最美十佳诗句。

6 月 8 日，"上升的一切必将汇合"鲁三四青年诗人沙龙暨作品研讨会在鲁迅文学院举行。会议围绕方石英、老四（吴永强）、年微漾、李文强、李浩、段若兮、侯珏、董喜阳、漆宇勤9 位 80 后诗人的作品展开讨论，他们的作品从不同层次展示了当下青年写作尤其是 80 后诗歌创作的面貌，具有一定代表性。研讨会肯定了青年诗人的努力，会上多角度的探讨，为当代诗歌尤其是青年写作注入了一些新鲜的元素和活力。

6 月 15 日，脊髓性肌肉萎缩症患者、以诗歌与死神抗争的少女包珍妮诗歌集《予生：包珍妮的诗与歌》首发式在京举行。

6 月 16 日，在第三届贵州诗歌节开幕式上，第三届"尹珍诗歌奖"揭晓，共颁发创作奖 5 名、新锐奖 4 名。李寂荡诗集《直了集》，姚瑶诗集《芦笙吹响的地方》，西楚诗集《妩媚归途》，睁眠诗集《狂奔》，龙险峰诗集《你是我除夕等候的新娘》，获第三届"尹珍诗歌奖"创作奖。曾入龙组诗《春风近》，吴治由诗集《途经此地》，马晓鸣诗集《白日有梦》，李静诗集

《荷叶上的太阳与月亮》获第三届"尹珍诗歌奖"新锐奖。

6 月 23 日，第二届蓝塔杯诗歌奖颁奖典礼在成都举行。本次入围的十位诗人均是北大学子：哑石、清平、王敖、周瓒、王璞、姜涛、雷武铃、雷格、冷霜、王东东。姜涛摘得大奖。

6 月 23 日，第二届昌耀诗歌奖颁奖典礼在青海省互助县举行。五位诗人和理论评论家获奖：吴思敬获得特别荣誉奖，张清华获得理论批评奖，宋琳诗集《口信》、阿信诗集《那些年，在桑多河边》、陆健诗集《一位美轮美奂的小诗人之歌》获得诗歌创作奖。

6 月 27 日，新时代与"90 后"诗歌研讨会在北京举行，此前《"90 后"诗选》公开出版，收录 120 位 90 后诗人。

7 月 21 日，"往事与《今天》"主题活动在第 29 届香港书展上举办，北岛、芒克参加活动。

7 月 26 日，首届徐玉诺诗歌国际学术研讨会在北京大学朗润园采薇阁举行，由徐玉诺学会与北京青年诗会主办，北京大学新诗研究所、诗生活网、次山书院协办。期间，徐玉诺学会颁出首届徐玉诺诗歌奖，名单如下：首届"徐玉诺诗歌奖·诗人奖"：宋琳、海因、张杰；首届"徐玉诺诗歌奖·评论奖"：王东东；首届"徐玉诺诗歌奖·翻译奖"：西思翎（荷兰）、田海燕（美国）。

7 月 27，中国先锋诗歌流派第二届大会在广东丹霞山艺术小镇举办，40 多位新时期先锋诗歌流派代表、教授、编辑出版人与诗歌活动家分别代表存在客观主义、五月、江湖、垃圾、唱诗、工人诗歌、物主义、性命诗学、伪先锋、低诗歌、白诗歌、反诗歌、脑残、审视、陆、屏风等倾向、流派、诗社、民刊参加大会。会议同时还举办有中国先锋诗人画展及民谣摇滚唱诗会等。

7月28日,《中国先锋诗歌:"北回归线"三十年》出版。

8月1日,香港诗歌节基金会主办,北岛策划,陈东东王凌主持的"诗与诗学六讲"讲座在深圳开讲,六讲分别为:一、何为诗学?何为诗?二、诗的维度:形而上与宇宙而上;三、马拉美与中国现代诗学起源;四、诗学的悖论;五、自我表述抑或与宇宙对话;六、诗与诗学:创造性的至高点。

8月11日,第七届鲁迅文学奖评奖发布获奖名单。本届诗歌奖名单如下:《去人间》汤养宗,中国青年出版社,2015年8月;《落日与朝霞》杜涯,北岳文艺出版社,2016年1月;《沙漏》胡弦,长江文艺出版社,2016年8月;《九章》陈先发,安徽教育出版社,2017年10月;《高原上的野花》张执浩,江苏凤凰文艺出版社,2017年12月。

8月17日,四川省作家协会第九届四川文学奖发布,其中诗歌奖名单如下:《我的孔子》,向以鲜,人民文学出版社,2016年4月;《少数诗篇》,曹东 ,长江文艺出版社,2016年8月;《惟有旧日子带给我们幸福》,柏桦,江苏凤凰文艺出版社,2017年。

8月14日,由诗评家赵卫峰、教授颜同林主编,诗人西楚执行主编的《21 世纪贵州诗歌档案》（2015—2017 卷）出版。该书以文学性为尺度，从学术视角、诗艺与美学尺度出发，"主题"与"专题"结合，对新世纪以来贵州诗歌出版、贵州诗歌研究资料、活动、评论等进行了收集整理，对"诗乡""代际"等专题进行了梳理收录，客观呈现了新时代贵州区域诗歌生成与发展情况，具有文化及学术参考价值。

8 月 22 日，河北教育出版社出版、霍俊明著的《转世的桃花——陈超评传》在北京举行首发仪式。这是著名诗人、诗评家陈超的首部传记。陈超，1958 年生于山西省太原市。生前为河北师范大学文学院教授，河北省作协副主席。著有《生命诗学论稿》《打开诗的漂流瓶——现代诗研究论集》等，曾出版诗集《热爱，是的》《陈超短诗选》等，并曾荣获中国作家协会第六届"庄重文文学奖"、第三届"鲁迅文学奖"等大奖。

9 月 1 日，"珞珈诗派丛书"首发式在北京王府井大街华侨大厦举行，包括王家新的《重写一首诗》、李少君的《我是有背景的人》、陈应松的《雪 或者春雪》、汪剑钊的《比永远多一秒》、余仲廉的《灵魂的解读》、陈勇的《我的柔软有一层铠甲》、李建春的《等待合金》、吴晓的《植物中的逃亡》、李浩的《你和我》等九本诗集。

9 月 3 日，第三届"中国天水·李杜诗歌奖"颁奖典礼在甘肃天水举行。共收到国内以及美国、澳大利亚等国家和地区的 122 位海内外华人诗人的参评作品 128 部，评委会最终评选出 5 个奖项、10 位获奖者。其中，王家新获金奖；古马诗集《古马的诗》、高鹏程诗集《江南：时光考古学》获银奖；臧海英诗集《战栗》、李瑾诗集《人间帖》、彭志强诗集《秋风破》、赵亚锋诗集《内心如纸》获新锐奖；丁欣诗集《紫烟青霭作浮生》获秦风雅韵古诗词奖；谢冕获贡献奖。罗马尼亚诗人卡西安·玛利亚·斯皮里东获国际诗歌奖。

9月6日至8日，2018年海洋诗会暨第三届"一带一路"背景下的当代诗歌研讨会在江苏省太仓市举行。"海洋"不仅仅是一种创作题材，还是一种新的世界观和方法论。臧棣、王学芯、骆家、慕白等诗人说，从"陆地"到"海洋"，从"确定感"到"漂浮感"，我们在创作海洋诗歌时，观察世界的视角会发生巨大的变化。新诗诞生已有百年，其重要的一个特点就是，诗人敢于去处理各种各样的题材，保持对世界的开放性想象，保持对各种可能性的渴望。当我们面对不确定的经验的时候，我们要保持诗歌写作的信心，激活新的诗歌想象力，以鲜活的词语加以呈现，使新诗不断行走在对现代性执著探寻的道路上。

9月7日，由首都师范大学中国诗歌研究中心和日本城西国际大学联合主办的"灵魂的自由与女性的星空——中日女诗人交流活动"在京举行。在诗学研讨环节，孙晓娅、蓝蓝、周瓒、梅尔、平田俊子、蜂饲耳、新井高子、神野纱希等中日女诗人分别畅谈自己的创作经验和体会，就两国女诗人在诗学观念上的异同进行深入讨论。大家谈到，女诗人在家庭和社会职务之间游走，以细腻的笔法书写对时代社会、现实生活的复杂感受。她们在表达现实题材时，更倾向于将其进行"内心化处理"，从而获得一种超越现实的轻盈感。

9月11日，梦之蓝·第十一届天问诗歌艺术节在江苏宿迁举办。

9 月 11 日，由韩国外国语大学研究生院、韩国世界华文文学协会、韩中文学比较研究会联合主办的"第七届韩中诗歌朗诵会"在韩国外国语大学教授会馆里举行。本次活动邀请了中国女诗人潇潇和韩国女诗人朴渼山进行韩中诗歌交叉朗诵会与读者分享会。"韩中诗歌朗诵会"从 2010 年 10 月在中国人民大学举办第一届开始，每年或者隔一年在韩国召开。

9 月 15 日，中国诗人杨炼获得本年度雅努斯·潘诺尼乌斯国际诗歌大奖，奖金 5 万欧元。这项以匈牙利著名诗人雅努斯·潘诺尼乌斯命名的国际诗歌大奖，由同为著名诗人的苏契·盖佐于 2012 年创立，目标定为"拯救世界范围内诗歌的分量在显著减弱"的危险趋势，因为"诗歌艺术的流失，会令即便科技十分完美的文明变成丧失灵魂的魔兽世界"。潘诺尼乌斯是匈牙利文艺复兴时期最重要的诗人，也是欧洲著名的学者、人文主义诗人。

9 月 17 日，"诗意中国"第十届中华世纪坛中秋诗会在中华世纪坛拉开帷幕。

9 月 17 日，第二届中美诗学对话在艾青故乡浙江金华市金东区举行。来自美国的诗人石江山、汉芝·库克、贝内特·沃顿、劳拉·穆伦、金咏梅，以及臧棣、王光明、王小妮、孙晓娅、黄亚洲等中国诗人参加了相关研讨会。此次对话的研讨会围绕"现代世界的新诗"展开，中美诗人、学者共同探讨了诗歌创作、新诗的现代性、中美诗歌交流影响等话题。

9 月 18 日，中国诗人吉狄马加获波兰 2018 年度"塔德乌什米钦斯基表现主义凤凰奖"，该奖项评委会在北京外国语大学为本年度获奖者吉狄马加举行颁奖仪式，这是该奖项第一次颁发给波兰本土之外的诗人。"塔德乌什·米钦斯基表现主义凤凰奖"以"青年波兰"时期的作家和诗人，神秘主义小说、散文体史诗作家塔德乌什·米钦斯基（1873—1918）的名字命名的。该奖项设立于 2010 年，专门用以鼓励那些勇敢跨入全新的学术、文学和艺术表现领域的创作者，同时强调其作品的哲学和思想深度以及在形式上的创新。该奖项重视那些复杂而幽深的精神和社会现实，如何在创作者的思想中像神秘的凤凰般浴火重生，体现的是对真正的思想者以及能沟通不同文化时空者的礼赞。

9 月 18 日，第十三届"诗歌与人·国际诗歌奖"在广州揭晓，获奖者是澳大利亚诗人莱斯·马雷和叙利亚诗人阿多尼斯。阿多尼斯是近十余年的诺贝尔文学奖获奖者的热门人选。他于 1930 年出生于叙利亚，他是著作等身的诗人、思想家、文学理论家、翻译家、画家，著有《身体之初，大海之末》《白昼的头颅，黑夜的肩膀》等 20 多部诗集，并著有《阿拉伯诗歌入门》等近 20 种文化、文学论著及部分译著；其诗集中译本有《我的孤独是一座花园》和即将出版的《我的焦虑是一束火花》。

9 月 19 日，"第四届北京诗歌节"在北京举行，臧棣、赵野获金质向日葵奖章，中央民族大学朱贝骨诗社创办的《朱贝骨诗刊》获得了本届北京诗歌节特设的"最佳高校诗刊奖"。

9 月 20 日，由中国作家协会和共青团中央共同举办的全国青年作家创作会议在北京召开，316 名青年作家代表参加会议。

9 月 20 日，波兰作家、诺贝尔文学奖得主切斯瓦夫·米沃什的诗歌作品《米沃什诗集》（总四卷）面世。这是米沃什的诗歌作品在中文世界第一次以全貌呈现。该书由波兰语专家从波兰文直接翻译成中文，版本价值较高。此次由上海译文出版社出版的诗集，所收录诗歌跨度从 1931 年至 2001 年。这些诗作无论是描述他在波兰度过的少年时代、战乱中华沙的悲痛，抑或是对信仰的追寻，都令人惊叹。《米沃什诗集》（总四卷）由国内波兰语界权威林洪亮先生、波兰语文学专家杨德友教授和赵刚教授从波兰文原作译出，完整准确呈现了米沃什诗歌的风貌和创作轨迹。三位译者中，除了赵刚，都已是耄耋老人。诗人欧阳江河阅读米沃什的作品已有三十多年，他说，米沃什是诗人中的诗人，他发明了在诗歌中写特别长的句子，是那种让人透不过气来的句子。林洪亮则坦言，读懂米沃什的诗并不容易，我们翻译他的诗作，也很花功夫。（中国诗歌网）

9 月 20 日，以"推动乡村振兴·创造诗意生活"为主题的"2018 中国·自贡'一带一路'诗歌之灯点亮世界国际诗歌周"在四川省自贡市自流井区开幕。

9 月 21 日，第五届西部文学奖颁奖典礼在阿勒泰举行，余笑忠的《每一次回望都有如托孤》、陈末的《拉利亚组曲》获诗歌奖。

9 月 24 日，中方的诗人有北塔、陈泰灸、杨北城、赵剑华、王桂林等参加在裴多菲国家文学博物馆举办的匈牙利-中国诗歌文化双边交流会；次日参加在克拉科夫市举办的波兰-中国诗歌文化双边交流会。

9 月 26 日，《诗刊》社第 34 届青春诗会在安徽蚌埠启幕。缎轻轻、李海鹏、洪光越、丫丫、陈巨飞、熊曼、雷晓宇、刘汀、康雪、盛兴、江一苇、吕达、夏午、余真等 15 位青年诗人，以及来自全国各地的数十位诗人、评论家参加本次诗会。

9 月 27 日，上海"海上市民诗歌馆"开馆，馆址位于上海教育报刊总社一楼。

9 月 28 日，"梁小斌金寨工作室"揭牌仪式在金寨举行。

9 月 28 日，由西南大学中国诗学研究中心、中国新诗研究所举办的"守住梦想的人——吕进先生诗学思想研讨会暨教育思想座谈会"在重庆北碚拉开序幕。吕进是资深诗评家，在业内与北京大学的谢冕并称，有"南吕北谢"之称。他曾担任全国文学奖（诗集奖）第二届初选班子成员、第三届评委委员，鲁迅文学奖第二届、第四届评委委员。他不光评诗，还写诗，曾经获得世界诗歌黄金王冠。他 1986 年创立的中国新诗研究所，培养出一大批知名诗评家和诗人，如蒋登科、张德明、胡万俊、何房子、吴向阳等。西南师范大学出版社出版四种图书，从不同侧面研究、记述吕进及其诗学成就，包括由蒋登科主编的《上园派研究资料选》，向天渊主编的《吕进诗学思想研究》，泰国诗人曾心主编的《吕进：诗学隽语与泰华文学》，以及由熊辉主编的散文随笔集《人淡如菊：漫话吕进先生》。

9 月，韩庆成编选、徐敬亚作序的《异类诗库》第一辑五本由澳大利亚先驱出版社出版，分别是《诗歌周刊》2013 年度诗人张二棍的《默》、2016 年度诗人李不嫁的《我们的父辈是这样做爱的》、2017 年度诗人薄小凉的《我想要你的宠爱》、主编韩庆成的《除了干预我无所事事》和首届中国好诗榜上榜诗人郭金牛的《写诗要注意安全》。

10 月 2 日，"记住乡愁·诗意周庄"全球华语诗歌大赛获奖名单公示，从来自全球 15238 名华语诗人、诗歌爱好者的 38900多首诗稿中，评出了一、二、三等奖、优秀奖获得者 92 人。

10 月 9 日，首届"夜郎文学奖"在贵州省黔南州颁奖，韦永以《抒情》获得诗歌奖；邹元芳以《分别是一场大雨的哭泣》获得诗歌新人奖。

10 月 10 日，东篱《秘密之城》获得第七届全国煤矿文学乌金奖。

10 月 12 日，21 世纪中国现代诗第十届研讨会在江苏常熟举办，会议由中国当代文学研究会、虞山当代美术馆、河南师范大学华语诗歌研究中心共同主办。来自巴黎、北京、台北、香港、天津、广州、南京、西安、郑州的二十余位诗人学者与会。

10 月 13 日，由南京大学中国新文学研究中心新诗研究所和柔刚诗歌奖组委会联合主办的"第 26 届柔刚诗歌奖颁奖仪式暨获奖诗人作品研讨会"在南京大学文学院举行。德国汉学家、诗人顾彬获得本届柔刚诗歌奖荣誉奖，诗人孙立本获得主奖，诗人杨德帅获得校园奖。

10 月 13 日，第二届成都国际诗歌周·成都与巴黎诗歌双城会——"致敬杜甫"草堂诗歌朗诵会在成都杜甫草堂博物馆大雅堂举行。来自法国、奥地利、智利的百余位中外诗人参加了活动。

10 月 14 日，四川大学中国诗歌研究院在四川大学文学与新闻学院挂牌成立。该研究院由成都市文联与四川大学共同创办，由四川大学文学与新闻学院院长、诗歌批评家、博导李怡以及成都市文联主席、诗人梁平担任首任院长，专家、学者们将在此开展诗歌研究工作和学术交流，梁平："四川大学中国诗歌研究院是校地共建的一次探索，势必助推成都加快建设世界文化名城。"四川大学中国诗歌研究院成立后，首先将开设"一馆两中心"，即刘福春中国新诗文献馆、中国诗歌史研究中心和当代诗歌批评研究中心。此外，李怡透露，研究院还将撰写"中国新诗史长编"，创办年度高峰论坛，以倡导清新而锐利的当代诗歌批评、质朴而扎实的诗歌史研究。在昨日揭幕仪式上，四川大学中国诗歌研究院宣布设立"金沙诗歌奖"。该奖项为年度诗歌奖，由"金沙诗歌创作奖""金沙诗歌批评奖""金沙诗歌文献贡献奖" 3 个奖项构成，每个奖项的获奖名额均为一人，每届"金沙诗歌奖"的各单项奖奖金均为 1 万元，后续奖励额度将逐步提升。

10 月 14 日，上海文化出版社出版了三卷本"阿赫玛托娃诗文集"，分别是长诗卷《安魂曲》、短诗卷《我会爱》和散文卷《回忆与随笔》。这套三卷本"阿赫玛托娃诗文集"由翻译家高莽生前亲自编选、翻译并绘制插图，展现诗人各个时期、各种体裁的创作风貌，并每卷辅以导读。

10 月 15 日，由商务印书馆出版的"丝绸之路名家精选文库·诗歌卷"系列中的第一卷，成都诗人与巴黎诗人的双语诗歌合辑《夏天还很远·成都@巴黎》，在成都新华宾馆举行隆重的新书首发式。

10 月 16 日，恩竹青年诗歌奖评委会授予已过世诗人王尧荣誉奖，此前，王尧经林雪提名成为特别入围诗人。

10 月 17 日，国际诗酒文化大会第二届中国酒城·泸州老窖文化艺术周期间，托马斯·温茨洛瓦在来自世界十余个国家的近百位诗人的共同见证下，捧起了首个"1573 国际诗歌奖"奖杯。作为"布罗茨基诗群"最后一位在世的诗人，同时也是"当今欧洲最伟大的诗人之一"，温茨洛瓦的诗歌造诣融翻译和写作两部分，他的代表性诗集《语言的符号》《冬日对话》《枢纽》等，都是世界诗坛上璀璨的代表。

10 月 20 日，第三届上海国际诗歌节在上海龙美术馆开幕，本届诗歌节主题为"诗和我的故乡"，本届"金玉兰"奖获奖者为丹麦诗人亨里克·诺德布兰德。

10 月 20 日，2018 武汉诗歌节拉开帷幕。近百位诗人、评论家聚首江城，谈诗读诗，让诗意弥漫整个城市。本届武汉诗歌节由《中国诗歌》编辑部、卓尔书店等主办，闻一多基金会等单位协办。诗歌节上，号称是"中国诗界最高年度奖"的闻一多诗歌奖同时颁出，诗人田禾和刘立云分别当选为第九、十届闻一多诗歌奖得主，各获十万元奖励。

10 月 20 日，第五届徐志摩诗歌节在徐志摩故乡浙江海宁开幕。2018 中国（海宁）·徐志摩诗歌奖、第六届中国（海宁）·徐志摩微诗歌大赛奖颁奖典礼、首届徐志摩诗学研讨会在诗歌节期间相继在浙江大学国际联合学院（海宁国际校区）举行。

10 月 20 日，"山水间的中国当代诗歌及传统"东湖诗歌高峰论坛在武汉举行,论坛为 2018 东湖诗歌节的重要环节,霍俊明谈到,在景观化、工具化的时代,诗人行走和体验的能力正在弱化、消失,仅仅靠想象力,缺乏微观的视野,无法创作出有深度的诗作,只有山河可以激发诗人对生命、时间的终极性判断。

10 月 22 日,由中国作协鲁迅文学院、甘肃省委宣传部、甘肃省文联、《文学报》社主办、甘肃省文学院、酒泉市文联、敦煌市委宣传部、甘肃省八骏文艺人才研究会、阳关博物馆承办的第十七届全国文学院院长联席会议暨首届丝绸之路文学论坛在敦煌市举办。会议期间举办了第三届诗歌八骏推介活动、边塞诗歌博物馆启动仪式和文学采风活动。扎西才让、郭晓琦、段若兮、包苞、李满强、武强华、惠永臣、李王强八位诗人组成第三届诗歌八骏。

11 月 2 日,上海翻译家协会主办的"金秋诗会"以《中国:异域想象》为题在文艺会堂开展,国内著名翻译家与年轻朗读者朗诵的多首外国诗歌,同一母题下的歌剧《图兰朵》、戏剧《马可百万》和中国书法作品,会后还设置了系列文学导赏讲座。

11 月 3 日上午,《国际汉语诗歌(2015—2017 年卷)》新书发布会在北京大学万柳书院举行,全书计 21 万字,总共收录 130 余位中外诗人的诗歌作品达 450 多首,以及 10 篇诗歌评论文章。全书分为"汉诗外译"、"外国诗歌"、"港澳台及海外诗坛"、"汉诗方阵"、"新锐平台"、"网络诗歌"、"散文诗页"、"中外诗歌论坛"、"少数民族诗歌"、"留学生诗苑"等栏目内容。

11 月 4 日，由中国作家协会《诗刊》社、中国诗歌网、《解放军报》文化部和陆军装甲兵学院士官学校联合设立的"军旅诗歌研创中心"在长春市揭牌。

11 月 6 日，中诗网首届签约作家丁灯的诗歌《天堂鸟》改编的微电影《天堂鸟》从 4000 多部参赛微电影作品中脱颖而出，在亚洲微电影艺术节中荣获大奖。

11 月 8 日，由《中国诗人》主办，《扬子江》《鸭绿江》《芒种》《诗潮》《诗林》《岁月》等九家刊物协办的纪念《中国诗人》创办 30 周年暨诗歌大奖赛颁奖典礼在沈阳举行，刁利欣、许天侠、田力、许长林、落雪、程栩颉、蓝帆、桂兴华、张笃德代表 31 位获奖诗人领取了奖状和奖金并发表获奖感言。

11 月 10 日，"2018 年南方诗歌论坛"在广东中山隆重举行。

11 月 12 日，第二届中国公安诗歌研讨会在柳州举行。来自全国的诗歌名家和公安诗人代表相聚一堂，共同探讨新时代公安诗歌的走向，增强文化自信，繁荣公安文学。

11 月 13 日，在柳州开往兴安北的 G1546 次高铁列车上，来自全国各地的 20 余名诗人参加"高铁诗歌朗诵会"，以诗歌朗诵的形式，歌颂中国高铁发展。本活动由全国公安文联、中国铁路文联作家协会主办。

11 月 17 日，首届昌耀诗歌研讨会在湖南省常德市柳叶湖畔召开，《诗刊》社联合常德市委宣传部、湖南文理学院特别邀请了 28 位评论家、诗人参加研讨，深入揭示昌耀诗歌丰富的思想内涵和独特的美学特征。昌耀（1936—2000），原名王昌耀，湖南省桃源县人，1955 年奔赴青海，后调入青海省文联，1957 年被划为"右派"，一直颠沛流离于青海垦区。

11 月 17 日，第七届"长江杯"江苏文学评论奖暨第六届扬子江诗学奖颁奖仪式在张家港市举行。胡清华《"乌鸦"的在场方式——孙东诗歌阅读印象》获江苏文学评论奖二等奖，江非《我的梦》（组诗）、李元胜《无限事》（组诗）、叶辉《叶辉诗选》获扬子江诗学奖·诗歌奖，姜涛《从"蝴蝶""天狗"说到当代诗的"笼子"》燎原《百年新诗，与时代相互激活的生长史》获扬子江诗学奖·评论奖。

"长江杯"江苏文学评论奖是由江苏省委宣传部、省作家协会、张家港市人民政府共同设立的省级文学评论奖，由张家港市委宣传部、张家港市文联承办。该奖旨在通过评选、表彰优秀文学评论作品，进一步发挥文艺批评引导创作、多出精品、提高审美、引领风尚的重要作用，推动全省文学事业健康发展。扬子江诗学奖由江苏省作家协会和张家港市人民政府联合主办，《扬子江》诗刊、张家港市委宣传部、张家港市文联承办。该奖设立于 2013 年，每年评选一次。从第三届开始，评选面向国内公开出版的书报刊上发表的诗歌和诗歌评论展开，参评作品数量更多，质量更优，影响更大，奖项的权威性和包容性进一步增强，有力推动了中国当代新诗和诗歌批评的发展。

11 月 18 日，2018 西昌邛海·"丝绸之路"国际诗歌周在西昌开幕，来自中国、英国、美国、澳大利亚等 12 个国家的近百名中外诗人、文学家和评论家，以"语言构筑的世界与疆域：诗歌给我们提供的无限可能"为主题展开交流和互动，并开展诗歌朗诵会、参观非遗展演、调研社会历史、考察田野等 20 项主题活动，发布诗文集《语言构筑的世界与疆域——西昌邛海"丝绸之路"国际诗歌周诗文选》。

11 月 24 日，由《诗刊》社、云南省文联、云南省作协联合主办的"云南青年诗人研讨会"在北京中国现代文学馆举行。研讨会上，与会作家针对云南青年诗人的创作进行了交流发言，林莽、刘立云等十位评论家，还一对一地对祝立根、王单单等十位云南青年诗人代表的作品进行了研讨。

12 月 6 日晚，2018 第四届上海市民诗歌节诗歌盛典在上海梅赛德斯奔驰文化中心举行。同时，2018 第四届上海市民诗歌节"诗歌创作奖"颁奖环节也隆重举行。

12 月 8 日，《有声诗歌三百首》首发座谈会在华中师范大学外国语学院会议室举行。《有声诗歌三百首》（上下册）由诗人、湖北经典音乐广播副总监余笑忠先生、诗人亦来先生共同主编，华中师范大学出版社出版。这套书是 2015 年国家文化产业发展专项资金资助项目"'互联网＋'中外诗歌经典出版与传播"项目的成果之一，也是新媒体时代诗歌出版与传播模式的一种尝试与创新。它从浩繁的中外诗歌中精选出三百首经典的现当代汉语及外国诗歌，并配以专业的朗读音频，将可诵的好诗呈现于读者，让读者从中感受诗歌的韵味与魅力。《有声诗歌三百首》由华中师范大学出版社推出，是该社在融合出版背景下进行文化传播的一项创新实践。它将诗歌出版与互联网思维融合，通过"诗歌＋有声"的方式，对中外经典诗歌文化资源进行整合，让其焕发新的活力。

12月9日晚，首届"张家界大峡谷杯"中国张家界·国际旅游诗歌奖颁奖盛典暨第二届"行吟中国"张家界国际旅游诗歌朗诵音乐会在张家界落幕。上千位嘉宾亲临现场，共同见证26件获奖作品的诞生。

12月12日，由中国作协创研部、云南省文联参与主办的"末端的前沿——雷平阳作品研讨会"在云南西双版纳举行。吉狄马加、何向阳、李勇、梁平、贾梦玮、谢有顺、吴思敬、商震、霍俊明、龚学敏、罗振亚、朱零、张燕玲、李亚伟、娜夜、李琦、林莽、胡性能等评论家、诗人，出版人，以及云南本地多位作家、评论家，共40余人参加了研讨会。研讨会由谢有顺担任学术主持。

12月16日，小众书坊举行"中国好诗·第四季"首发式，入选的10位诗人和诗集分别是：张新泉著《事到如今》、张二棍著《入林记》、王小妮著《落在海里的雪》、大解著《群峰无序》、沈苇著《数一数沙吧》、阎安著《自然主义者的庄园》、江一郎著《我本孤傲之人》、舒丹丹著《镜中》、罗振亚著《一株麦子的幸福》、巫昂著《我不想大张旗鼓地进入你的生命之中》。

12月23日晚，第二届刘禹锡诗歌奖在广东清远举行颁奖仪式，经过评委团投票，最终确定世宾、卢卫平、严正共同摘得主奖。

12月23日，由中国作家出版集团主办、中国作家网承办的全国文学内刊工作座谈会在京举行，多家文学名刊以及来自全国各地的38家文学内刊主编、编辑参加座谈。《人民文学》《诗刊》《北京文学》《当代》《中华文学选刊》《青年文学》等文学名刊主编，充分肯定文学内刊的重要作用。他们认为，风格多样、数量众多、与写作者有着地缘亲近感的文学内刊构成了一道独特的写作景观，不断为我们的文学队伍输送新鲜血液。他们从文学刊物的现状、价值定位、办刊特色及组稿与编辑工作等多个层面介绍经验，启发、鼓励文学内刊坚守品质，提升办刊质量，发挥文学内刊灵活多样的优势。李少君谈到，在当代诗歌史上，不少名作最初发表于内刊，那些最贴近生活的声音，源于社会一线的经验，以文学的形式反映着时代变化、人心变迁，成为敏感而细腻的记录。李少君介绍，《诗刊》在选稿时尤其关注火热的生活现场，关注博客、微信公众号和内刊上的作品。

12 月 28 日，上海轻音乐团联手上海市作家协会在上海 1862 时尚艺术中心上演《开天辟地——中华创世神话音乐史诗》，该作品系赵丽宏、张烨、杨绣丽、张海宁、甘世佳等上海著名诗人、词人历时二年，以中华创世神话为原型，精心创作打磨了音乐史诗作品。由英国作曲家、美国好莱坞著名音乐制作人 Simon franglen 以国际化语言和跨界的音乐创作手法，配合这部史诗作品打造出具有好莱坞电影风格的神话音乐。本场音乐会还特别邀请了费迪曼逊四维团队进行沉浸式的全息声音响设计。采用"四维全息声"声音技术，从采样制作、现场拾音、沉浸式全息现场扩声等多维领域对声音内容的进行呈现。

征稿启示

　　任何事情都有简单的搞法和复杂的搞法，就像这个栏目，看起来是非常简单的，做成流水账即可交差，实际上，这是一个深渊。这是一个史观的问题，也是一个诗学和社会学的权重考量的问题，筛选意味着观念制约，重述意味着价值判断。但是具体的困难却在于，材料太少了。网络公开材料多数是新闻，其表述往往缺少可以提炼的价值点，发布主体、发布渠道也相对集中；还有很大一部分优质信息保存在山野或者抽屉里或者就随风而逝了。前一个抽象的问题我们来解决，后一个具体的问题请大家协同解决：欢迎一切新诗史料，请自由投稿到 qiepub@163.com，我们将摘编刊录。

云南大学中国当代文艺研究所

四个关键词

魏云 撰

一、百年新诗

新诗是"五四"新文化、新文学的起点，在新诗的发生时间上有多种界定。即以 1918 年（《新青年》杂志首次刊登新诗作品）这一较晚的时间为历史起点，新诗在 2018 年也已正式走过了百年历程。学界相关讨论，主要从新诗百年这一世纪时点，返观与思索新诗的若干重大问题——既包括新诗现代性的走向、何为"百年新诗"、如何在古诗与新诗之间重构传统、新诗与政治意识形态的关系等较为宏观的问题，也包括新诗精神主题（新诗的百年孤独与万古愁）、新诗诗体形式（自由与格律）、新诗的传播与评价、新诗选本、通感手法等具体的诗学问题。

其中，奚密从"文化场域"与"美学典范"的角度来梳理新诗百年历程，具有文化史的启发性。从其"新诗边缘化"理论出发，奚密指出，不仅新诗相对于古典文化场域而言迅速边缘化了，古典诗歌写作本身也无法延续其传统角色。这是理解新诗百年发展历程的一个重要关键点。新诗面对两个重大的挑战：其一，古诗的巨大魅力与深远影响。其二，美学模式的"自然化"（naturalization）和本质化。这就造成一个特殊难题：尽管新诗写作已初步树立其"合法性"，但越喜爱古诗的读者就越难理解和欣赏新诗。对于大陆新诗写作而言，有两个问题值得写作者与研究者进一步深思：其一，如何超越于文化身份的焦虑、破解"中国性与本土性的迷思"；其二，歌与诗的密切关系，在当代文化的传播与流变中再次被凸显出来，写作者必须重视"歌与诗的辩证"。在新诗与古诗的关系上，奚密认为：新诗和古诗之间不存在竞争关系，更没有"以此代彼"的可能。在另辟蹊径的同时，新诗和传统依然有着树干与树根的关系。如果古诗是大河，新诗就是一条支流，开拓了汉诗的空间。

二、穆　旦

穆旦是一位影响较大、引发广泛讨论的中国现代诗人。他既是一位被长期湮没、又被重新发现的诗人（"大师座次重排"让穆旦成为了新诗写作中最好的诗人，当年就引发过文化论争），也是一位经典化了的中国现代诗人，被视作中国新诗的杰出代表和重要收获。同时，由于穆旦的外文系背景、中英文写作方式、对英国诗人（叶芝、艾略特，尤其是奥登）显而易见的学习与模仿，其作品在经典化的过程中，也引起了广泛的争议。同时，穆旦不仅是一位优秀的现代诗人，还是一位杰出的翻译家，他为中国当代文学贡献出了一大批高品质的文艺译作，以一种曲折的方式完成了穆旦（查良铮）这一双重写作者的历史任务，引来如王小波等一代读者与写作者的崇高敬意。可以说，穆旦是一个牵涉广泛、视角各异的文化现象，是中国新诗写作、文学翻译、文化论争中难以绕开的一个关节点。

穆旦的作品（尤其是他在 20 世纪 40 年代的一批杰作），奠定了其新诗写作的经典地位。时至今日，能够像穆旦一样从容进退于中英文的诗意创造之中，写译皆佳的诗人，并不多见。意味深长的是，至今，新诗写作者与研究者仍然需要为这位壮志未酬的优秀诗人而不断声辩。王家新从新诗现代性追求的角度，为穆旦的文化身份、欧化文体、外来影响辩护。他详细厘清了王佐良评述穆旦的"非中国性"——"他一方面最善于表达中国知识分子的受折磨而又折磨人的心情，另一方面他的最好的品质却全然是非中国的"，这是指穆旦在表达中国现代感受时的那种"非传统中国"的性质。王家新认为，穆旦所发展出的"新的抒情"，与叶芝"血、理智、想象"相互交融的诗观相似，与同时代袁可嘉"有机综合论"相通。穆旦等诗人探求的"现实、象征、玄学的综合传统"，不仅提升了20世纪40年代新诗的诗学品格和艺术表现力，对当代的"诗学锻造"仍深具意义。由于历史条件，他在自由的新诗写作中并未如愿，但在翻译中显现了一种罕见的"把诅咒变为葡萄园"的诗歌创造力——穆旦独特的"未完成"，对当代的新诗写作深具启发意义。

李章斌则从穆旦诗歌修辞的内部与细节中，为其"复杂的修辞"寻绎出具体的历史意识。他认为，从20世纪40年代初期开始，穆旦对于历史、社会、政治、人性的理解就有了根本性的转折，转向一种普世性的、有明显基督教精神烙印的道德与历史视野；而穆旦晚年则陷入更深的绝望与虚无之中，其"诗歌之自反"——"它的有力正在与它直面自身之无力，它是在无力中显示出它的力量"——成为其诗歌历史意识的支撑。

三、 原初写作

诗的原初写作，是无遮蔽、纯粹而直观的写作。原初写作，是诗人李森"语言漂移说"的一个重要方面。

李森认为，诗不是一种理论，而是语言的一种漂移迁流。提出这一假设，是由于诗歌写作已被知识、文化、审美、诗歌运动、文学史书写、集体或个人的写作狂想症、各种写作技术等范畴挤压得面目全非；伪诗与伪诗学已反客为主，将纯粹诗意创造涂抹、扭曲甚至摧毁。

原初写作反对阐释——"诗到达，诗学退场。"原初写作"无端"生发的诗意，正如无端的"风雅颂"、无端的"赋比兴"。正如"曾省惊眠闻雨过，不知迷路为花开。""曾是寂寥金烬暗，断无消息石榴红。"（李商隐）以"深渊"为喻，心灵结构与语言结构，两个"深渊"总是相互吸引、漂移而重合为一。诗歌写作面对的，只有语言的深渊。当诗与人在语言中相遇，崭新的世界或被创造出来。李森提出："诗到语言漂移为止。"进一步说，"诗到语言漂移着的音声形色为止。"

原初写作反对为理论阐释而创作的伪诗。由此，价值观写作、审美模式写作、奖状写作、学院派写作、流派写作、利益集团写作、代际写作、某个阶层的写作、某个行业的写作等等，皆非原初写作。原初写作——不媚诗、不卖弄诗、不利用诗。

原初写作张扬天才激活语言之伟力，如兰波："我是圣徒，跪在露台上祈祷，——就像那些太平洋野兽吃着草直到巴勒斯坦海。""圣徒"与"野兽"，两种绝然不同的生命，通过比喻的漂移碰触，生成了全新的诗意、刷新了诗意的形象。被激活的形象，若漂移进入无污无蔽的纯粹敞亮之境，即生发出原初写作的精妙诗意。

原初诗意，即音声形色之无蔽"开显"，既不在世界之外，也不在世界之内，它在语言漂移迁流的时刻生成。其生成是"一元"的，浑然天成，自足、自在、自为。诗是一。诗是圆的。诗就是诗的不二法门。

四、 青年写作

经云南大学中国当代文艺研究所讨论、一行执笔的《分道而行：2018 年中国新诗概观》一文认为，当代新诗写作如以代际划分，则——"晚年诗人"正在退场，"中年诗人"成为中坚，"青年诗人"（"80 后"为主体）日趋活跃。当代"青年诗人"普遍构成"群落"现象——在一个或几个作为写作中坚力量的"中年诗人"周围聚集，形成某种新诗写作团体。

当代"青年诗人"的写作（亦即"青年写作"），主要有几个特点：一、眼界开阔、技艺早熟。由于中国社会的发展进步，新一代写作者在知识结构和感受力方面具有显著的优势，因而"青年写作"的写作技艺较为早熟。以"青年写作"的一些佼佼者为例，其成功的作品在语言感受力、语言控制力等技艺层面上，已然超越成名已久的许多中年诗人，堪称"一代新人胜旧人"。二、与中国历史传统、当代生活经验普遍存在隔阂。此即"历史感"、"在地感"的薄弱。这种隔阂程度较重的，甚至给读者产生"不像是中国诗人"的印象。三、最可贵的，是这种写作具有极其强烈的、"活跃到极致的"诗歌语言的"敏感性"。

当下批评界对"青年写作"提出的批评，主要有"技术性"和"同质化"。一行认为，"技术性"的指责主要源于批评者对诗歌写作"专业性"的重视不足，而"同质化"的指责则主要因为阅读的粗疏，"青年写作"需要一种更具耐心的专业阅读。

通往诗歌写作的"内核"，"青年写作"已有一些特殊的通道——其一，在诗歌中诉诸精神性（spirituality），亦即"灵性"。它根源于从里尔克到冯至的译介传统。其二，"新感性"的途径。也就是说，"青年写作"更能趋近于当代科学技术发达的、人类新的感性方式，诗歌写作"向人类的一切知识和经验敞开"。

附录一
年度推荐诗集、诗歌丛书、诗歌选本存目

（2017 年 10 月—2018 年 10 月）

一、推荐诗集

1. 陈东东：《海神的一夜》，江苏凤凰文艺出版社，2018 年 10 月。

2. 李建春：《等待合金》，武汉大学出版社，2018 年 8 月。

3. 丁及：《花期》，江苏凤凰文艺出版社，2018 年 4 月。

4. 叶美：《塞壬史》，江苏人民出版社，2018 年 3 月。

5. 杨章池：《小镇来信》，长江文艺出版社，2018 年 3 月。

6. 袁永苹：《心灵之火的日常》，江苏人民出版社，2018 年 3 月。

7. 黄梵：《月亮已失眠》，江苏凤凰文艺出版社，2018 年 3 月。

8. 华清：《形式主义的花园》，人民文学出版社，2018 年 1 月。

9. 欧阳江河：《开耳》，四川文艺出版社，2018 年 1 月。

10. 蓝蓝：《从缪斯山谷归来》，北岳文艺出版社，2018 年 1 月。

11. 陈黎：《蓝色一百击》，新星出版社，2017 年 12 月。

12. 杨小滨：《洗澡课》，华东师范大学出版社，2017 年 11 月。

13. 曹僧：《群山鲸游》，北岳文艺版社，2017 年 11 月。

14. 高春林：《神农山诗篇》，长江文艺出版社，2017 年 11 月。

15. 陈先发：《九章》，安徽教育出版社，2017 年 10 月。

16. 雷平阳：《击壤歌》，中国青年出版社、小众书坊，2017 年 10 月。

17. 朱朱：《五大道的冬天》，华东师范大学出版社，2017 年 10 月。

18. 刘振周：《知幻集》，自印诗集，2018 年。

19. 朱琺：《一个人的〈诗〉》，自印诗集，2018 年。

20. 张华、陈建、游太平：《他的旧友朋友是一头波色的鹤望兰》，伊萨卡工作坊，2018 年。

二、推荐诗歌丛书

1. "漂移丛书"（李森主编），云南大学出版社，2017 年 10 月。
包括以下诗集和批评文集：

谭毅：《家与城》
一行：《黑眸转动》
符二：《如果月亮还不升起》
方婷：《磨喙集》
邱健：《音声小集》
李日月：《欢喜伦理》
客是语：《海的形状》
龙晓滢：《"他们诗派"研究》
魏云：《一代新人的诞生》
纪梅：《情绪的启示》
朱彩梅：《怎样回归，如何表达？——中国当代文学研究论集》

2. "大雅诗丛"第二辑，广西人民出版社，2017 年 11 月。
包括以下诗集：

姜涛：《洞中一日》
周瓒：《哪吒的另一重生活》。
张曙光：《看电影及其他》。
臧棣：《最简单的人类动作入门》
王强：《风暴和风暴的儿子》

3. "中国好诗"第四季，中国青年出版社、小众书坊，2018 年 11 月。

包括以下诗集:

张新泉:《事到如今》

张二棍:《入林记》

王小妮:《落在海里的雪》

大解:《群峰无序》

沈苇:《数一数沙吧》

阎安:《自然主义者的庄园》

江一郎:《我本孤傲之人》

舒丹丹:《镜中》

罗振亚:《一株麦子的幸福》

巫昂:《我不想大张旗鼓地进入你的生命之中》

三、推荐诗歌选本

1. 雷武铃编:《相遇》,文化发展出版社,2018 年 7 月。

2. 臧棣、西渡编:《北大百年新诗》,四川人民出版社,2018 年 5 月。

3. 洪子诚编:《阳光打在地上——北大当代诗选(1978—2018)》,北京大学出版社,2018 年 8 月。

4. 肖水编:《复旦十九人诗选》,北岳文艺出版社,2018 年 7 月。

5. 哑石编:《诗镌(2017 年卷)》(包括《诗镜》《诗蜀志》《句法》三本),成都时代出版社,2018 年 1 月。

6. 雷平阳、李少君主编:《诗收获》(季度选本),长江文艺出版社,2018 年。

7. 海男、施施然主编:《中国女诗人诗选·2017 年卷》,长江文艺出版社,2018 年 5 月。

8. 马永波主编:《汉语地域诗歌年鉴·2017 年卷》,东方出版中心,2018 年 9 月。

9. 王辰龙编:《2017 年诗歌选粹》,北岳文艺出版社,2018 年 1 月。

10. 余笑忠、亦来编:《有声诗歌三百首》(上、下卷),华中师范大学出版社，2018 年 10 月。

11. 周瓒编：《新一代：“翼”20 周年特刊》，“翼”女性出版，2018 年 6 月。

附录二
本卷作者简介

李森

1966年11月生，云南省腾冲市明光镇人。云南大学文学院院长，云南大学中国当代文艺研究所所长，教授，博士生导师。教育部艺术学理论本科教指委委员，"中华文艺复兴论坛"主席。《学问》杂志主编，《新诗品》杂志主编。出版《屋宇》（新星版）等诗文集和《法蕴漂移——〈心经〉的哲学、艺术与文学》（商务版）等学术著作16部，发表论文和作品400余篇。《他们》诗派成员，"语言漂移说"诗学理论的创始人。

符二

文学博士，执教于云南大学文学院。出版小说集《在他身边》、诗文合集《如果月亮还不升起》。云南大学中国当代文艺研究所研究员。

朱彩梅

文学博士，现任教于云南师范大学文学院，主要从事中国现当代文学研究。

方婷

湖南人，文学博士，毕业于云南大学，现任教于云南师范大学。主要从事诗歌批评，曾有文学评论发表于《南方文坛》《作家》等。

一行

本名王凌云，1979 年生于江西湖口。现居昆明，任教于云南大学哲学系。已出版哲学著作《来自共属的经验》（2017）、诗集《黑眸转动》（2017）和诗学著作《论诗教》（2010）、《词的伦理》（2007），译著有汉娜·阿伦特《黑暗时代的人们》（2006）等，并曾在各种期刊发表哲学、诗学论文和诗歌若干。

魏云

1977 年生，云南玉溪人，云南大学中文系讲师。有文学评论集《一代新人的诞生》、论文《中国新诗的古典追求》等。目前致力于中国当代文学评论与当代思想研究。

邱健

云南昆明人，文学博士，艺术硕士，青年评论家，云南大学中国当代文艺研究所研究员。主要研究方向为：艺术哲学、音乐理论、文学批评等。已出版学术专著《音乐哲学》，诗集《音声小集》；在《思想战线》《音乐研究》《扬子江评论》《南方文坛》《作家》《齐鲁艺苑》《艺术探索》《东吴学术》《云南艺术学院学报》等国家级核心刊物发表多篇文章。

朱振华

1982 年生，山东莱芜人，云南大学教师，云南大学在读博士，云南大学当代文艺研究所研究员。研究方向为现当代诗学，现代语言学，发表相关论文十余篇。

纪梅

1986 年生于河南杞县，现为云南大学文学院博士研究生。曾出版诗学评论集《情绪的启示》（云南大学出版社，2017年），有文章见于《新诗评论》《世界文学》《作家》等刊。曾获第二届"西部文学奖·评论奖"。

谭毅

四川成都人，现居昆明，任教于云南大学美术系。已出版诗集《家与城》（2017）和戏剧集《戏剧三种》（2011），并在各类刊物发表诗歌和译诗若干。

李日月

原名李明，曾用笔名黯黯。诗人，著有《七情正义》《痛苦哲学》《欢喜伦理》等诗集。云南大学中国当代文艺研究所研究员。

欧阳黎明

云南大学中文系学生。

图书在版编目(CIP)数据

中国新诗年度研究报告.2018/李森主编.
--上海:华东师范大学出版社,2019

ISBN 978-7-5675-9904-8

Ⅰ.①中… Ⅱ.①李… Ⅲ.①诗歌研究—中国—当代
Ⅳ.①I207.22

中国版本图书馆 CIP 数据核字(2019)第 287022 号

华东师范大学出版社六点分社
企划人 倪为国

中国新诗年度研究报告 2018

著　　者　李　森　主编
责任编辑　古　冈　徐　平
责任校对　王寅军
封面设计　李日月
出版发行　华东师范大学出版社
社　　址　上海市中山北路 3663 号　邮编　200062
网　　址　www.ecnupress.com.cn
电　　话　021-60821666　行政传真　021-62572105
客服电话　021-62865537
门市(邮购)电话　021-62869887
地　　址　上海市中山北路 3663 号华东师范大学校内先锋路口
网　　店　http://hdsdcbs.tmall.com
印　刷　者　上海盛隆印务有限公司
开　　本　787×1092　1/16
插　　页　1
印　　张　17
字　　数　210 千字
版　　次　2020 年 5 月第 1 版
印　　次　2020 年 5 月第 1 次
书　　号　ISBN 978-7-5675-9904-8
定　　价　68.00 元
出　版　人　王　焰